William Shakespeare
Franz Kafka
Joseph Conrad

〈創造〉の秘密

シェイクスピアとカフカとコンラッドの場合

野上勝彦
NOGAMI Katsuhiko

彩流社

亡父學《さとる》、九十一歳の母露子に捧ぐ

目次

序　創造の謎をめぐって

（1）

二〇一七年夏、上野の国立西洋美術館を訪れた。かねて興味を抱いていたイタリア・ルネッサンスの画家ジュゼッペ・アルチンボルド（一五二七～九三年）の展覧会が開かれたからである。

アルチンボルドは一五六二年、ハプスブルグ家（フェルデナンド一世、続いてマクシミリアン二世、ルドルフ二世）の宮廷画家となり、ウィーン、後にプラハで、多くの絵画を描いたほか、イベントのデザインを提供し、優れた素描画を残した。また、博物館に出入りを許され、世界中から集められた動物の剥製や植物を描いて、名を轟かせた。その絵は正確無比であり、本物に比べ遜色がないほど精妙に描写されており、植物学や博物学の書物にも転載されたほどだ。リアリズムの画家としてデッサンの腕は確かである。

宮廷画家となって間もなく、野菜や果物、魚、動物などをアレンジして、人物の顔や肖像を描いた、いわゆる「寄せ絵」を発明した。

たとえば、『春』『夏』『秋』『冬』の四季連作(一五六三年)や、それらに対応する『地』『水』『火』『風』の四元を象徴した絵画(一五六六年)を発表、その他、『ウェルトゥムヌスに扮するルドルフ二世』『フローラ』『庭師』『法律家』『司書』などが名高い。連作は展覧会でも目玉として展示され、その異彩ぶりを目の当たりにした。後世、シュールリアリズムの代表であるサルバドール・ダリが影響を受けた逸話でも知られる。まことに感銘の深い展覧会であった。

この寄せ絵であるが、共通する特徴は、一つひとつの野菜、果物、その他の被描写物が、堅実なリアリズムで描かれている点である。いずれの作品を見ても、色といい、筆使いといい、画家の優れた技術が一目で見て取れた。とはいえ、リアリズムの絵画については、別にアルチンボルドに限らずとも、いくらでも素晴らしい画家はいる。レオナルド・ダ・ヴィンチやレンブラント・ファン・レイン、ヨハネス・フェルメールなどを思い浮かべればよい。しかし、肝心な点は、一個一個の野菜、果物、動物、魚類などが独自にアレンジされると、たちまち人物の顔になったり、肖像になったりする配置の妙、組み合わせの妙なのである。もちろん、そこにはある意図(主に皇帝たちへの賞賛)が籠められており、寓意画として傑出した作品となりおおせている。新たな意味を生み出したわけだ。(1)

アルチンボルドは伝統的な絵画ではまったく忘れ去られているとはいえ、この寄せ絵で今日でも多くの人を魅了している。『法律家』と『庭師』が出色だと思うが、独創性について、改めていろいろ考えさせられる。

絵画で独創的というなら、他にも思い付く。たとえば、『嫁と義母』『兎とアヒル』『ルビンの壺』などの隠し絵、探し絵、騙し絵は、トリックアート(トロンプ・ルイユ(仏))の一種ではあるが、単に変種や変わりもの趣味というに留まらないインパクトがある。本邦では、アルチンボルドに影響されたらしい歌川国芳(一七九八～一八六一年)の寄せ絵(鳥羽絵)が良く知られる。浮世絵に西洋画の陰影法を取り入れているから、アルチンボルドの複製などを見る機会があったものか。あるいは、日本にも存在した寄せ絵の手法を完成させたものか。詳細は不明ながら、奇想と大胆さで名を馳せた。

もう一つはハンス・ホルバイン(一四九七／八～一五四三年)——一五二四年以降、「死の舞踏《ダンス・マカーブル》」をテーマとした連作版画が何度も版を重ねた——の『大使たち』(一五三三年)などに用いられたアナモルフォーシス、すなわち歪み絵であろう。角度を変えたり、円筒に投影させたりして初めて正常な本来の形が見えるようになる技法である。

いずれも、画家たちが独自性を出そうと工夫を凝らした跡が鮮明に読み取れる。

(2)

ここで、当然ながら、一つの問いが浮かぶ。

「独創」とは何か。

こう訊かれて即答できる人はどれだけいるであろう。

絵画に限らず一般に、独創性とは、ひいては創造するとは、いったいどういう事象であろうか。

取りあえず、辞書の定義を探ってみれば、『広辞苑』(第七版、岩波書店、二〇一八年)では、「独創」の項に、「模倣によらず、自分ひとりの考えで独特のものを作りだすこと」とある。『日本国語大辞典』(小学館、一九七五年)を繙《ひもと》いても、「……模倣によらないで、自分の考えで物事をはじめること。自力でこれまでにないものをつくり出すこと」である。一見して言葉の曖昧さが目を射るであろう。「自分(ひとり)の考えで」とは、どういう意味内容であるのか。

人間は、ある時代に産まれ、しかもある文化圏に生きる存在であるから、生まれてこのかた、無意識のうちに周囲の文化ないし伝統に条件づけられている。その条件に縛られないものを独創と呼ぶのであれば、どこか他所からアイデアをもってこなければならない。だからといって宇宙の果てから持ってくるわけにもいくまい。「自分の考えで」とはいえ、文化、伝統の下で、という縛りは免れないのである。

次いで、「独創性」については、どうであろうか。同じ『日本国語大辞典』は、「芸術作品などの表現・過程および結果について見られる独自の新しい性格・気分」とする。一気に「芸術作品など」と範囲が絞られてくる。他に、『デジタル大辞泉』、『大辞林』(三省堂、二〇〇六年)、『新明快国語辞典』(第三版、三省堂、一九八二年)でも、大同小異である。

辞書の上では大差ないなかで、『日本大百科全書:ニッポニカ』(小学館、一九八四~九年)――以下『ニッポニカ』と略称――が最も紙幅を割いている。「独創性」、すなわち、

originality　英語
originalité　フランス語
Originalität　ドイツ語
主として芸術作品について、傑出したものの基準の一つとされる概念で、芸術家の並はずれた創作力が作品のうちに記す新しい、類例のない、個性的な性格をいう。現代では「新しさ」が文化の一般的価値基準となり、芸術やその周辺現象はもとより、倫理、宗教、思想、政治においてさえ、新しいものが追い求められる傾向がある。この傾向にあわせて、創《つく》り手の側も「違いを出す」ことに汲々《きゅうきゅう》としている。[佐々木健一]

とあり、芸術を念頭に置いた定義に始まり、広範に及ぶ概念規定であることが分かる。むやみに

「新しさ」とか「違い」を追い求める現代の風潮が批判されてすらいる。

イギリスにおける十四世紀ころの'origin'の派生的意味は、「源泉」に属していること、ないし「源泉」から生まれてきたこと(『オックスフォード英語辞典』*OED*)を指す。「源泉」が何かは、また別の問題であろう。時代や民族、文化によって異なるからだ。

また'originality'という派生語が最初に記録されたのは、一七四二年である。著作権法が制定された年が一七一〇年であるから、独創性という概念は比較的新しく、その重要性がようやく認知されたと言えるであろう。

それなら「創造」とは、何か。再び、『広辞苑』(第五、六版)では、

①新たに造ること。新しいものを造りはじめること。↔模倣。②神が宇宙を造ること。

とされている――第七版では「↔模倣」を削除――。『新明解国語辞典』(第三版)には、

①神が宇宙や、人間・動物の祖先を作り出すこと。天地創造。↔模倣。②新しいものを、自分の考えで作り出すこと。

とある。岩波と三省堂では順序が逆になっているものの、ユダヤ・キリスト教の聖典が言及されて

いる。聖書において、「創世記」第一章では、神が何もないところ、すなわち無から宇宙を創りだした御業のことであり、現代の宇宙理論であるビッグバン理論の基礎にもなった。[2]神ならぬ、人間に関しては、やはり、『ニッポニカ』が最も情報が多い。「創造性」とは、「新奇で独自かつ生産的な発想を考え出すこと、またはその能力」と従来の型通りに定義された後、実情が明かされる。

創造性についてはさまざまな研究が行われているが、いまだにその本態について明快な結論は得られていない。

なにか由々しき事態のようである。

むろん、哲学でも重要な命題として取り上げられてきた。アプローチは古くからある。「創造性」について、プラトンは、詩人が霊感を得た状態、言いかえれば詩の女神から「神気」を吹き込まれた状態は、神がかり、狂乱、すなわち、ある種の発狂状態だとした。[3]アリストテレスは、反対に、理性的で目的をもったものを創る作業だと説いた。[4]カントによれば〈精霊に従った構想力の結果〉[5]であるし、ショウペンハウアーでは〈想像力が異常に強いことで、我を忘れる能力だ〉[6]とされる。ニーチェも〈アポロン的なものとデュオニューソス的なものとの共同作用だ〉[7]という比喩に託して、造形美術と音楽との融合(ギリシャ悲劇)を解明しようとした。三者三様、意見は大きく隔たっており、まったく要領を得ない。現代でも、哲学的な統一見解などは存在しない有様だ（*Philosophy of Creativity*, p.4）。創造性の本態はよく分からない、と慨嘆される所以である。しかし、いくつかの注目すべき特徴はみられるとして、『ニッポニカ』には次のような百科事典的叙述が付け加えられている。

高次の創造性――たとえば数学上の発明・発見の過程は典型であり、比較的型にはまった位相を追って進行する。イギリスの心理学者ワラス Graham Wallas（1858-1932）はこれを、（1）準備、（2）孵化《ふか》、（3）啓示、（4）検証の四段階に分けた。第一の準備は、創造者が解決すべき問題についての論点や資料を探索して懸命に努力する時期であるが、多くは熱心な追究にもかかわらず行き詰まりを感じ、一時努力は放棄され、なんらかの気晴らしや別の活動に携わる。これが孵化期であるが、その一見無為の最中に突然あたかも他者が頭のなかに吹き込んだような感じで解決が訪れる。これが、第三の啓示（インスピレーション）の時期である。答えは即座に正しさが確信され、その論理的証明が第四の検証期の仕事となる。

これら四つの位相を説明されたからといって創造力がつくかといえば、それほど単純ではないようだ。続けて先に進んでみよう。

したがって、第一に、創造性は突然真空から出現するものではなく、やはり長年月を要する基礎的学習という努力に加えて、当面の問題へ没入する集中のうえに築かれる。それは単なる思い付きではなく、まして無知や白紙状態と両立するものではない。第二に、発明・発見をもたらす用具として定型的な言語・数学的記号は使われることがなく、視覚・映像的記号が主役を演じる。第三に、啓示の正しさを確信させるのは、フランスの数学者ポアンカレ(Jules Henri Poincaré 1854-1912)によると美的感受性であるという。答えの均衡のとれた簡潔性と体系性が、まず感受性のふるいにかけられる。だから、創造性は、ただ知的な仕事ではなく、もっと別の情意的要素——審美的感覚を必要とする。第四に、強い先入見や固定観念は創造性を妨げる。フロイトが、コカインの眼科的麻酔剤としての効用を発見しながら、鎮静剤としてのその役割に固執しすぎて、眼科の外科手術に適用するという着想を発展させ損なったのは有名である。第五に、創造性と学業成績とはかならずしも一致しない。カントやフロイトのように、飛び抜けて学業に優れた天才も少なくないが、一方では、アインシュタインやエジソンが劣等生扱いされたことはよく知られているし、チャーチルその他、学校そのものに不適応だった人も数多い。［藤永保］

こうした五種類の分類を立てた解説で何が分かったかと言えば、凡人とはまず縁がない、という残酷な事実である。

ベルクソン(一八五九〜一九四一年)の根本的概念が述べられた『創造的進化』(一九〇七年)では、従来のダーウィン的進化論を批判し、〈生命は固定化、空間化を拒むものであり、因果的、目的的な活動ではなく、予測できないような「生の弾み〈élan vital〉」(跳躍、三二三頁)によって進化する創造的活動である〉(第三章)という。つまり、神独占だった創造を人間に取り戻した生物学革命に基づいて、生命の創造性を強調した——他方、相対性理論など物理学革命に啓発されて創造性を主張した哲学者は、アルフレッド・ノース・ホワイトヘッド(一八六一〜一九四七年)である[8]——。ただ、これはそれぞれの種《しゅ》としての話であり、人類においては、「芸術家的直観」ないし「美的感受性」に恵まれず、地に取り残された個人が、圧倒的に多いはずだ。生命の一側面として、生殖を考えれば、「創造はすれども、独創性はなし」となる。通常、類型の生産はあっても、「跳躍」などないからだ。

人間には精神があるとはいえ、これでは大半の個人が篩《ふるい》にかけられ、地に落とされてしまう。余りに無残ではないか。

そうではありながら、一縷の望みもなくはない。探せば、一般社会に生きるわれわれ凡人にも、創造に関与できるものがあるに違いない。

「文化を創造する。創造的な仕事」という言い方もあるし、創造性について、「新奇で独自かつ生産的な発想を考え出すこと、またはその能力」と一般的な定義も得た。これなら、楽観的過ぎるかも知れないが、奇想とまではいかなくても、新しい着想や発想を出しさえすれば、よいであろう。

この新しい発想、新奇なアイディアなるものを出すには、どうしたらよいか。心理学的には、その方法論がさまざま提案されている。『ニッポニカ』のコメントを見てみたい。

アメリカの心理学者ギルフォードは、第二次世界大戦中陸軍作戦局に動員され、臨機応変の対処能力についての研究を行ったが、この体験に基づいて創造性と知能とは別個の能力であると唱えるに至った。彼は、一つまたは少数の定型化された解答様式が定まっているような課題事態に対処する思考様式を集束(集中)的思考、一方、解答がかならずしもひととおりとは限らず、ときとして課題自体が明確に定式化されていないような事態に対処する思考様式を拡散的思考とよんで、この二つを区別した。前者の能力が知能、後者の能力が創造性であるという。

命に関わる窮地に追い詰められた時、人間はどのような行動を取るか。刻々と変わる事態にどれだけ臨機応変に対応できるか、が問われている。既存の方法では解決の糸口が見つからない。真に考えねばならないのだ。

このギルフォードの構想に基づいて、その後さまざまな創造性テストが開発された。その本質は、質量両面での連想の豊かさの計測にある。たとえば、新聞紙のような日常ありふれた物品の用途をできるだけたくさんあ〔挙〕げる、無意味な線画に付け加えて絵画を完成する、などのテストが考案されてきた。これらのテストを用いての研究結果によると、創造性テストと知能テストとはあまり関係がない。創造性は、ＩＱや学業成績とは別種の知的能力と考えられるが、おそらく全人格のあり方に依存するところが大きい。［藤永保］

人それぞれであろうが、こと臨機応変の対処が求められる問題、つまり、創造性豊かな精神が直面する局面に際しては、知能、ＩＱはあまり関係がない。

普段の生活ではどうすればよいか。地道に努力すれば、道は開かれる、という昔からの格言は、単なる類型的な格言にとどまらず、生きる知恵であった。加えて、創造性に資する訓練を積むしかあるまい。「果報は寝て待て」とは、「人事を尽くして天命を待つ」という意味であろう。

取りあえず、どの分野においても、知識——とりわけ科学盲信に陥らないための科学的知識——は増やしておいたほうがよさそうだ。いつ来るか分からないが、いつか閃《ひらめ》きが訪れる時もあるだろう。ついに来てくれなかったら、それは、運が与《くみ》しなかったと諦めるしかない。努力を怠った時こそ、停止の瞬間なのである。

（3）

上の議論でほぼ明らかになってきたであろうが、独創と創造とは似て非なるものである。混同してはならない。
「独創性」とは、他人のアイディアから「派生」したのではない、という事実である。科学的発見や芸術作品が独創的だとは、アルチンボルドのように先駆者がおらず、初めて出てきた場合、という意味において成り立つ言明である。加えて、独創性とは通常、公に誰でも観察できる事物について言えるのであり、「新しさ」が決定的に求められる。[9]

これに対し、創造性は一般に人には見えない。「創造的」の反対語は、「派生的」「模倣的」ではなく、むしろ「機械的」である(*Philosophy of Creativity*, p.19)。独創性と創造性は質的に異なるのだ。

日本創造学会の高橋誠は二つを区別するとしながらも、異なった考え方に立つ。いわく、独創性は創造性を土台にしており、互いにつながっていて、その差はレベルの上下に過ぎない、と。その創造性の定義をみてみたい。下段は領域を示す。

人が、	創造的人間／発達
問題を、	問題定義／問題意識
異質な情報群を組み合わせ、	情報処理／創造思考
総合して解決し、	解決手順／創造技法
社会あるいは個人レベルで、	創造性教育／天才論
新しい価値を生むこと	評価法／価値論

である（日本創造学会ホームページ〈創造の定義〉）。これはむしろ定義というより、「既知の問題」を解決するための方法論的な叙述のように見えるが、どうだろう。

高橋は例示する、〈平仮名・片仮名を発明したり、浮世絵・歌舞伎など独特の文化を創り出したように、日本人には独創性がある。なのに、今まであまりにも自国（民）の独創性を軽視してきた〉と。短歌および、今や世界に広がった俳句を加えなければ均衡を欠くものの、ずいぶん励みになる言説である。

ところが、ベルクソンと同じように、いずれもジャンルとしての話にとどまり、独創性も創造性も、定義であろうが結果であろうが、個人の精神構造については何も語ってくれない。たとえば、アインシュタイン（一八七九〜一九五五年）は相対性理論を独創したにもかかわらず、「神はサイコロ遊びを好まない」として、ニールス・ボーアの量子論（コペンハーゲン解釈）を頑として認めようとしなかった。「スピノザ的静止宇宙論と決定論への好みがあった」（田中裕『ホワイトヘッド』八二、二四八頁）とはいうものの、不可解としか言いようがあるまい。

本邦でも、多芸多才の平賀源内（一七二八〜八〇年）は八面六臂の活躍をしたが、酔った上だったとはいえ、大名屋敷の修理計画書を盗まれたと勘違いし、無実の大工棟梁二名を殺傷した。武家の家督を放棄した文人・企業家・発明家であるにもかかわらず、だ。獄中病死した源内を、葬儀執行人の杉田玄白は「何ぞ非常に死するや」と嘆いた。血迷った魂を悔やんだわけだ。源内の魂魄やいかん。——ホワイトヘッドは、「人間は理性的である」という従来の命題を間違いだとして退け、

「人間は間歇的にのみ理性的である」と、言い直した（『過程と実在』一三五頁）――。

言うまでもなく、制作者の創造的精神が生んだ果実が平々凡々である場合も少なからずある。人工知能（ＡＩ）が芸術を産めない理由はここら辺にありそうだ。

他にいくらでも挙げられるだろうが、右のような意味でも、創造とは、いまだに神秘的な現象であり、専門の学会が組織されるほど強烈に興味をそそられる問題である。叡智を集めてさえ解明できないとは、いよいよもって謎が深まる。

哲学や科学からの試みがいつ成果を挙げるか。

せめて研究、考察を重ねる間にでも、外部に現れた特徴を分析すれば、あのフロイトも、いやアインシュタインでさえも、免れなかった先入観・固定観念――人間の生物的本能に巣食うこの痼疾――に囚われない自由な発想の痕跡が見えてくるはずだ。さしあたり実際を検証してみるほか、ないであろう。冒頭に挙げた、アルチンボルドなどを思い出せばよい。

さて、引用を挟み、例などを示してきたが、独創性、また、似て非なる創造性について、少しでもその輪郭が目の前に浮かんできたとすれば、倖としたい。

巷にあふれる、良案、新案の生み方に関する指南書、解説書などは、いかに新たな発想、奇抜なアイデアが求められているか、という現代社会における逼迫した要求の証左である。

日本創造学会がホームページで提示した「創造技法」をみれば、上記『ニッポニカ』で紹介された考え方をはじめ、すでに確立された方法が列挙されている。四つのカテゴリーに分けられ、十五種類ある。高橋誠編『創造力事典』(モード学園出版局、一九九三年)の〈新版〉日科技連出版社(二〇〇二年)には八十八種もの技法が挙げられている。さらに開発されるであろうが、こうした世相に応える形になっているのは興味深い。――昨今、知識や創造力の搾取に警鐘が鳴らされ、知識創造のパラダイムが推奨されている。つまり、いずれの分野でも知識探求型の必要性が叫ばれるようになった(一條和生)――。

(4)

では、文学に話を絞ったら、どうであろうか。再四になるが『ニッポニカ』に戻れば、次のように述べられている。

独創性の概念史において決定的な年と目されるのは一七五九年であり、これはイギリスの詩人E〔エドワード〕・ヤングの著書『独創的作品についての考察』*Conjectures on Original Composition* が出版された年である。(中略)

この時代のイギリスは、二人の天才を典型として考えていた。シェイクスピアとニュートンである。とくに科学者の業績は比類のないことが客観的に明らかになるものであり、ルネサンス以後、進歩の概念を支えてきた。それがとくに創造主体の力と結び付けて考えられたとき、

独創性の概念に結晶したのである。［佐々木健一］

ヤングは、独創的作者とは自然を模倣《ミメーシス》する者であり、模倣者とは他の作者を模倣する者に過ぎない、とした。他作を模倣する場合でも、作者の心を模倣せよと説いた。自然の模倣から生まれる作者の想像力に高い評価を与えたのである(pp.38-40)。

ヤングと直接関係はないものの、イギリス・ロマン派は、創造性について当時の功利主義的風潮に反発した。M・H・エイブラムズによれば、ロマン派の詩人たちは、単に自然を写すのではない、むしろ、詩人自身が「ランプ」(すなわち「光を放つ光源」)だ、と主張したのである。詩人の光が照らし出したものを鏡(すなわち心)が映す。映ったものを表出した結果が詩である(*The Mirror and the Lamp*, pp. 21-3, 58-60, 67)。ウィリアム・ワーズワスもP・B・シェリーも、詩人とは一種神がかり的な存在であると主張し、後者は『詩の弁護』(pp.102-38)において、タッソーの「創造者の名に値するものは、神と詩人をおいてなし」を引用して、その超越性を唱えた。この限り、プラトンおよびその後継者プロティノスのイデア論に戻ったわけだ。

一方、ジョン・キーツはシェイクスピアについて、弟二人への手紙(一八一七年)で、かの有名な「消極的能力」'negative capability'を提唱し、作品中、焦って事実や理由を求めず、不確実、不可解、疑惑などのただ中に留まる能力を高く賞揚した。自我による真理探究を捨てたところに独創性を見たのである。自作にも応用し、個人的な感情を吐露しなかったのみならず、墓碑銘に、自分の詩は

「水で書かれた」'writ in water' と記すよう指定した。痕跡の残るインク(writ in ink)ではなく、消え去るのである。[10] とはいえ、いずれにしろ、詩人の特権性を再表明した点にこそ、ロマン派的な特徴がある。

シェイクスピアが天才の典型であるとは、ヤング(pp.34-6)やキーツの時代は言うまでもなく、今でも変わりがない。「万人の心を持った」'myriad-minded'(コールリッジ『文学評伝』第十五章)詩人であろうが、「消極的能力」と指摘されようが、全四十三編の作品はほとんどが種本に依拠しており、そうでない作品は『ウィンザーの陽気な女房たち』『夏の夜の夢』『あらし』『ソネット集』など極めて限られている。これは何を意味するであろうか。アルチンボルドの顰《ひそみ》にならえば、寄せ絵を作った、すなわち、元の話をアレンジして、シェイクスピア一流の意味を生じさせた、と言えるだろう。ここに考えるヒントがありそうだ。

コンラッドもカフカも、また『ユリシーズ』のジョイスも、古典に依拠したり、古来の形式を踏襲したり、と類似の傾向が認められる。突然変異'mutation'として現れたわけではない。ベルクソン風に言うと、生の弾み〈élan vital〉(跳躍)を果たした。旧来の作を熟読玩味した上で、それぞれ独自の作品を創出したわけである。

本邦の文学では、松尾芭蕉(一六四四~九四年)の独創性が「かるみ」の境地として現れた。いわゆる「蕉風」である。

では、「かるみ」とはいったい何であろうか。饗庭孝男によれば〈和歌の「風雅」を生かしながらも、日常の「俗」(日常的な事柄)を自由に表現し、和歌の俳諧的要素に市民権を与えること〉(二三九頁)であり、竹下義人に従えば「日常卑近なことがらを趣向作意を廃して素直かつ平明に表現」(二一六頁)することとされる。背景に、俳諧の放埒化・晦渋化があったわけだが、両説とも、やや情緒的な言い方であり、一見、誰にでもできそうだという錯覚ないし誤解を与えてしまう。芭蕉の門人たちにも多くの凡庸な句があった通り、とうてい容易な業ではあるまい。

東洋哲学の立場から芭蕉を見たらどうであろう。

井筒俊彦は、本質を二つに分けて考える。イスラム哲学でいうフウィーア「具体的個体的なリアリティ」と、マーヒーヤ「普遍的リアリティ」である。井筒によれば、芭蕉はこの二つを同時成立させようとしてものを捉えた。

> 現実の経験の世界に生々と現前するものを……そのものの純粋な形象を……詩的言語に現前させよう

とした(『意識と本質』五一頁)。個別性と普遍性の二つを同時に成立させたところが独創であり、並みの詩人ではないのである。「松の事は松に習へ、竹の事は竹に習へ」、続いて「私意を離れよ」

という芭蕉の教え（服部土芳《はっとりとほう》『三冊子《さんぞうし》』一七〇三（元禄十六）年頃成立、「赤冊子」）は、事物の普遍的「本質」を信じた発言であった。井筒は、もう一歩立ち入る。

> この普遍的「本質」を普遍的実在のままではなく、個物の個的実在性として直観すべきことを彼（芭蕉）は説いた。言いかえれば、マーヒーヤのフウィーヤへの転換を問題とした。マーヒーヤが突如としてフウィーヤに転成する瞬間がある。この「本質」の次元転換の微妙な瞬間が間髪を容れず詩的言語に結晶する。俳句とは、芭蕉にとって、実在的緊迫に充ちたこの瞬間のポエジーであった。（五七頁）

極めて難しい言い方であるが、私心を捨てて松や竹と一体化すれば、その普遍的実在が表れてくる、すると、目の前の事物が個的実在として立ち現れる瞬間がある、これを句にとらえるということであろう。机上の詩作ではなく、実践が非常に重要なのである。

ちなみに、リルケはマーヒーヤ（普遍性）を排し、体験に基づく確信をもってフウィーヤ（個別性）へ赴くとされる。〈フウィーヤとしての本質を、「意識のピラミッド」の底辺に探ったわけだが、これは一種の深層心理領域であった〉（七五頁）。

国学四大人《しうし》の一人である本居宣長（一七三〇～一八〇一年）についても、井筒は、中国思想の概念的・抽象的思惟を排して、即物的思考法を説く、とする。「物のあはれ」がそれであり、

物にじかに触れる。……一挙にその物の心を……内側からつかむこと、それこそが一切の事物の唯一の正しい認識方法である

という（三五頁）。これもマーヒーヤを排し、フウィーヤへ赴いた例であろう。対して、〈マラルメは個体性を無化しつくし、マーヒーヤに向かい、万物無化の体験をした。虚無の後に美を見出した。ついには、時間性の支配から存在者を救出することを使命とする。コトバは事物を殺すもので、経験的事物を殺すことが、ただちに普遍的実在の生起なのだ。つまりマラルメの言語は、事物を永遠の現実性のなかに移す絶対言語なのである〉（七五～九頁）。

こうしてみると、独創とは、ものに対する接し方、つまり個別性と普遍性に分かれた本質を、いかに詩的言語に統一し、あるいは分離し、現前させるか、という問題になる。まことに見事な説明だと言うほかない。

ところで、私見を述べさせてもらえば、芭蕉は言葉をものとして扱った。つまり対象を形象化することによって、個別性を強調しながら、同時に普遍性を獲得する難行に成功した。後に弟子たちが称揚した「不易流行」とは、まさにこのことであるはずだ。芭蕉四十三歳の時、一六八六（貞享三）年閏《うるう》三月刊行の仙化編『蛙合《かはづあはせ》』に所収された周知の一句を挙げよう。

古池《ふるいけ》や蛙《かはづ》飛《と》びこむ水《みづ》の音《おと》

まず、静寂――死という説もある――を連想させる古池を提示し、次いで、和歌では鳴くものとしての蛙《かはづ》、つまり鳴(音)を孕んだもの(蛙)を配置する。その危うさから一転して、生きものが、動きへと転じる。情景としては完璧である。

蕉門十哲の一人、各務支考《かがみしこう》(『葛《くず》の松原』一六九二〔元禄六〕年)によれば、貞享三年春、芭蕉は門人たちと一緒に池端を散策しながら、蛙《かはづ》が次々と水に飛び込む音を聞いて、中下七五が先にできたそうだ。深川の芭蕉庵に隣接した自然の真っただ中にいるわけである。おそらく、実際には、人の気配に驚いて蛙が水に飛び込んだのだ。複数であるが、読者は、一匹だったと理解してかまわないだろう。

蛙《かはづ》は、目の前の古池の蛙でなければならない。と同時に、どの池の、どの蛙でもよい。別の言い方をすれば、両方とも典型である。これは、全国に本句の句碑がある事実からも証明されるだろう。古池を背景に、もの性が蛙に付随するイメージを想起させた上、読者(作者ではなく)の期待を裏切って、鳴かずに飛び込む。この動きが、別の音(風雅ではない平俗の音)を発する風情を喚起させ、古池の静けさを強調し、と連想を次々に引き起こす。[11] 一瞬の水音と共に水面には波紋が広がり、余韻となる。最後は聞こえない音となって収束する。いや、収束するだけでなく、波紋と同じように拡散しさえする。

シェイクスピアや、ジョン・キーツ、コンラッド、近くはカフカにも共通してみられる、イメージの流れや連合による究極の効果である。(12)

「水の音」は——芭蕉や門人たちは聞いたが——読む者の耳には直接聞こえない。そうした架空の音であるにもかかわらず、それぞれの脳裏に響くのである。聞こえない音こそ尊い。

音をさえ波紋に重ね、ものとして扱う。この詩情性は、やはり凡人では叶わない到達点というべきであろう。

とはいっても、諦めてよいものだろうか。


最近の研究動向を眺めれば、更なる地平が開かれるかも知れない。

「拡散的思考」'divergent thinking' に関わる脳科学の成果を元に、ペンシルベニア大学の心理学者スコット・バリー・カウフマンは「動機の強度」が創造性にかかわるとした。何かに取り組まざるを得ない、あるいは、回避せざるを得ない、とどれだけ強く感じるか。強いほど創造性が高まるという説である(*Ungifted*, pp.248-88〔263〕)。ＩＱとはやはり余り関係がない(pp.262, 281)。

例を挙げれば、シェイクスピアは若くして三児の父となった挙句、座付き作者であると同時に劇場の株主であり、検閲官の目をかいくぐりながら、観客を惹き付けなければ役者もろとも他との競争に勝てなかった。ポーランド生まれで元船長のコンラッドは、イギリス人妻に悩まされつつ、出版社に大枚の借金を重ねた結果、ネイティブの英国作家たちに負けない作品を書く必要に迫られた。チェコ・プラハのユダヤ人カフカは、人種間の摩擦、階級的闘争のみならず、エネルギッシュな父親との軋轢に苦しみ抜き、嫌いな会社勤務にも辟易しながら強迫的に小説を書き続けた。

本邦では、曲亭(滝沢)馬琴(一七六七〜一八四八年)が、恩師であった山東京伝と対立したり、離反したかつての仲間連中に対する悪口をさんざん日記に書き殴りつつ、大長編を書き抜いたし、夏目漱石(一八六七〜一九一六年)も、同じ境遇であるはずの留学生仲間にイギリスで狂人扱いされ、家庭内の確執や慢性病に悩まされつづけ、ついには、大学教員職を擲《なげう》ち、自ら熱望していた小説家稼業に方向転換した。

他にも羨望、嫉妬、不安、疎外、拒絶、反感、鬱といった否定的感情ないし疾病のみならず、野心、美意識、正義感など肯定的感情まで、作家や詩人を突き動かす要因は多いであろう(Jane Pirto, *Psychology of Creative Writing*, pp.8-18)。なるほど、もしかしたら、こうした要因を引き起こす環境が強い動機をもたらし、創作意欲を高めたといえるかも知れない。

今後も、〈本態に明快な結論が出ていない〉創造性については、さまざまな分野で研究が進むはずだ。日本創造学会の勧める「創造技法」はその技術的な指針であろう。それぞれ有益であるには違いないが、どうも、「未知の問題」に対して有効かどうか、不明である。まして文学においては、そのまま当てはまるとは限らない。

未開発の領域はまだまだ発見されていくはずだ。作家、詩人たちの創作欲求がいかに内奥深く根差しているか想像がつくであろう。

（5）

一方、芸術に限らず、先入観・固定観念に囚われない、独創的なデザイン、キャッチコピー、製品、発見、考え方等々という現象は、あらゆる説明を超越して起こったし、将来も起こる。

ポール・ゴーギャンの最も有名な絵のタイトルを引こう。「我々はどこから来たのか。我々は何ものなのか。我々はどこへ行くのか」[13]（一八九七〜八年）。人間存在に関わる根本的な疑義であるが、「我々」の代わりに「創造性」と置けば、黄麻《こうま》画布に表わされたゴーギャンの切実な問いは、いくらか緩和されるであろうか。いや、もしかしたら、われわれにとって、さらに切実さを増すかも知れない。

というのも、われわれは、問い直さねばならないからだ。独創性にしろ、創造性にしろ、概念の縁《ふち》に足を止めたまま、凝然と佇むだけでよいのであろうか、と。

ベルクソンは、「哲学の役割は科学の役割が終わったところから始まる」と科学的研究を極めて重視し、自ら堅忍不抜の努力を重ねた。他の著作もその賜物である。こういうベルクソンの比喩にならえば、歩き方をいくら工夫しても、水泳の方法は見つからない。「行動性のバネを最高に緊張させ」（三〇五頁）、水に向かって飛び込むに如《し》くはなかろう（二四六頁）。飛び込んだ者のみが、実践への敷居を超えるのである。

（6）

ある種の作家たちには、なぜ独創性や創造性が顕著に現れるのか、その特色はどのようなものか。こうした問題が常に胸のどこかにあった。シェイクスピアと付き合えば、イメージの豊かさに驚嘆する。他の作家でも類似の感懐を抱く。――ついでながら、マーチン・リンドーアーは、作品に現れたイメージと人相、共感覚などに注目した。スイス人J・C・ラヴァーターの観相学が十九世紀および二十世紀に書かれた小説の人物造形に重大な影響を与えたから、今後この分野での研究が肝要ではないか、と提言している（*Psychology of Creative Writing*, pp.124-8）――。

シェイクスピアに加え、とりわけ興味が尽きないのがコンラッドとカフカである。彼らに共通している特徴がその斬新さであった。それはどこから来るのか。プラトンやベルクソン、ホワイトヘッドなど哲学に解明の糸口を探ってみたが、淵源が分からない。であれば、作品に現れた痕跡を辿ってみようと試みた。本書のタイトルも、それ故である。

文学史ではないので、興味の対象が飛んでいると見えるかも知れず、その点は、御寛恕願いたい。創造性を軸にして「非連続の連続」だとホワイトヘッド的に言いたいところであるが、いかがであろう。どんなかたちにせよ、頁を開いてくれた方々に一興となれば幸甚である。

第一章　復讐悲劇と『ハムレット』

（1）

シェイクスピアは作品の冒頭で非常な工夫を凝らす場合が多い。『ハムレット』においては、いきなり異常なショックから劇が始まる。舞台の上では、歩哨兵（フランシスコー）が登場し、観客の前でいかにも警戒態勢に入っている様子を示す。そこへ第二歩哨バーナードーが登場する。

Bar.　　Who's there?

バーナードー　何者だ。　（一幕一場一行[1]）

歩哨の交代に来たバーナードーのほうが見張り中のフランシスコーに逆に誰何する。どう見ても普通ではない。五官に神経を集中し、いわば感覚そのものになっているはずの歩哨兵が、近づく交代要員の気配に気づかないとは。何かあるに相違ない。観客は、強い関心を惹かれて舞台の劇行為《アクション》に注視するはずだ。

基本を確認するため、問題の台詞はどのように変遷したのか、検証してみよう。『ハムレット』は一六〇三年にクォート版の初版が出た(Q1と略記)。Q1が不十分だとして、改訂増補された第二版が翌一六〇四年、劇団により出版された(Q2と略記)。作者の死後、一巻本全集であるフォリオ版が友人たちによって編纂され、一六二三年に日の目を見た(Fと略記)。幸い『ハムレット』にはドイツ語訳が存在する。『原ハムレット』の系譜につながるという説もおこなわれている『兄弟殺し』*Der Bestrafte Brudermord* である(DBBと略記[2])。問題の第一行をこれら四つの版で比較してみよう。

DBB	1 Sent.	Who goes there?
Q1	1. (First Sent.)	Stand: who is that?　(止まれ、何者だ。)
Q2	Bar.	Whose there?
F	Bar.	Who's there?

一目瞭然、Q1及びDBBでは、後の二つの版のフランシスコー(第一歩哨)に相当する1(First

Sentinel）の台詞が第一行に置かれている。（第一行に関して、ＤＢＢはＱ１と実質的に同じであるから、Ｑ２より前の版であると推測できる。）これならごく普通の歩哨の台詞ということになろうが、Ｑ２及びＦでは順序を逆にして、既述したように交代兵バーナードーの台詞に変えられている。繰り返すが、最も鋭敏でなければならない第一歩哨が第二歩哨の接近に気付かず、逆に誰何される。Ｑ１とＱ２との間に大きな飛躍が見られる。この跳躍こそ天才を要するのだ。改訂にはシェイクスピア本人が関わったと考える外あるまい。

では、これが観客に何を意味したであろう。

一五八八年八月、イギリスは無敵艦隊を破った。当然ながら国民意識は大いに高揚した。とはいえ、スペインとの長期対立[3]のもとで、かえって困苦を増した。エリザベス朝人が軍事的に過敏になっていたとは容易に想像できる。たとえば、一六〇〇年、ワイト島にスペイン軍が上陸したという誤報がロンドンに到達した際、市門はことごとく閉ざされたほどであった。常に、攻めるぞと脅しつけてくる敵スペインが意識下にあり、歩哨の重要性に精通していた観客にとって、この最初の一行が意味するものは、いつ我が身に降り掛かるとも知れない現実であったに相違ない[4]。このアイロニカルな最初の言葉は、劇行動の終末に至るまで密かにこの劇を支配する。軍事上の常識を覆す妙策によって、シェイクスピアは観客の意表を突き、まったく新たな劇的力を創造したのである。神算鬼謀といってもいいすぎではないであろう。

(2)

ところで、『ハムレット』が復讐悲劇の系譜に連なるのは論を俟たない。直接の種本ではないにしても、サクソやベルフォレによる「ハムレット伝説」がそもそも復讐譚である。その存在が想像されている『原ハムレット』はさておき、当時人気を博したトマス・キッド『スペインの悲劇』(一五八二～九二年)は、エリザベス朝復讐悲劇のコンヴェンションを活用し、シェイクスピアの恰好の手本となった。『ハムレット』においても、このコンヴェンションがいろいろの形で用いられている。それにもかかわらず、『ハムレット』は他の復讐悲劇の遠く及ばない高みに達し、読者と観客の関心をいよいよ惹きつけて今日に至っている。まず、復讐悲劇の観点から、その理由の一端を考察しておこう——紙幅の都合があるため、これ以外の問題については、他の機会に譲りたいと思う——。

フランシス・ベーコンは『随想集』(第三版、一六二三年)において、「復讐は一種の野蛮な処刑である」と断言、これを前提とし、公的復讐、たとえばシーザー、ペルティナークス、アンリ三世などの暗殺を公に報いる所業は大体において成功したが、私的復讐は良い結果を生まない、と結論している。(5) 学者とくに聖職者の復讐観は、「復讐するは我にあり、我これを報ひん」(ロマ書十二章十九節)という神の言葉をよりどころとして、人間の復讐を退けるものであった。

歴史的にみると、エリザベス朝においては、私的な血の復讐は非合法であり、重罪扱いにされていた。(6) もっとも、これには国王の特赦の道が残されてはいた。

エリザベス女王は、復讐に対して厳しい態度で臨み、強制的に和解させるか、さもなければ厳罰に処した。個人的争いで、復讐を行った者や、和解命令を無視して決闘状を送った者は、貴族であろうと投獄されたが、当時よく知られた例では、一六〇〇年、枢密院がサウサンプトン伯爵に対して、大陸の低地地方におけるウィルトン卿との争いを禁ずる書簡を女王の名のもとに送った一件がある。(7) この件は、為政者の側では、私的復讐を法律的にも宗教的にも認めるどころか、悪徳とさえ考えていたことを示している。(8) それでは、一般民衆は復讐をどのように受け止めていたのだろう。

ジェイムズ一世の治世にはいると、エリザベス女王のような政治的手腕に欠けていたこともあって、復讐の件数は異常に増大するが、(9) すでにエリザベス時代においても、復讐を認めようという世論は連綿として存在していた。フレッドソン・バウワーズは、エリザベス時代の復讐支持論の根拠を九つ掲げたが、そのなかに、

法の網の目をかいくぐって数多くの殺人がおこなわれている。もし私人がこれを剣で処罰することが許されるならば、殺人は減少するであろう。(10)

という一条を挙げている。これは、私的な血の復讐に対して根強い執着があったことの証左となろ

う。復讐は、なるほど道徳や倫理に抵触したかもしれないが、血には血で報いるという太古からの抜き難い人間の本性的欲求を満たしてくれるものでもある。

復讐悲劇は、このような民衆の心情を背景に流行したが、反面、劇の結末では、私的復讐が否定されているのも否めない。この点では、倫理は、一方において、厳格に守られていたともいえる。その端的な表れとして、ほとんどの復讐者は、倫理的に重大な欠陥を持っている。

たとえば、イギリス最初の本格的悲劇『ゴーボダック』(ノートン、サックヴィル共作、一五六一年)の女王ヴィデナは、長男フェレクスを殺した次男ポリクスを自ら刺し殺す。セネカ風悲劇に新しい工夫を加えた[11]といわれるトマス・キッド『スペインの悲劇』では、主人公ヒエロニモが、すでに復讐を成就したあと、自殺の道連れに王弟の公爵を刺殺する。マーロウ『マルタ島のユダヤ人』(一五八九年)では、バラバスが早くも二幕三場でキリスト教徒を呪う復讐の鬼となり、観客の共感を失ってしまう。シェイクスピア自身の『タイタス・アンドロニカス』(一五九三年頃)では、主人公が女王タモーラの息子を殺し、その肉を彼女に食べさせる。

このように、血の復讐は、観客の倫理的疑惑をひきおこす要素をはらんでいる。エリザベス朝の観客は、意識しないまでも、絶えず倫理観を働かせながら芝居を観ていたとも考えられる。復讐者自身が破滅する悲劇が多い[12]のも、この間の事情を説明しているように思う。

悲劇のコンヴェンションでは主人公は死ぬ。とすれば、それに至る過程での多少の倫理的逸脱は許されるだけでなく、かえって強い刺激にもなる。後のジェイムズ朝の復讐悲劇が復讐の方法に工夫を凝らし、時には主人公が復讐を楽しみさえして、センセーショナルな効果を狙うようになったのは、人間の本質的欲求を恃んだ必然的なデカダンスとみなすこともできよう。

(3)

『ハムレット』をこうした視点から眺めたとき、どのような特徴が見えるであろうか。いくつかの例を検討しながら、シェイクスピアの工夫の跡をたどってみたい。

第一に亡霊である。『ハムレット』の亡霊はセネカやキッドのそれとは異なり、実在感を有している。

従来のセネカ的亡霊は、甲高い声で復讐を求めて叫ぶだけの、いわば人形であり、他方、『スペインの悲劇』のアンドレアの亡霊は、「復讐霊」と対になって登場し、劇の枠組みとしてはたらく道具にすぎず、プロットに関与することはない。その点、マーストン『アントニオの復讐』(一六〇〇年)の亡霊は、『ハムレット』の亡霊に最も近いと思われる。三幕一場において、アントニオが父アンドルージオの遺骸を前に独り嘆いていると、その声に誘われるように父の亡霊があらわれ、息子に仇討ちを命ずる。これを機に劇行為は復讐へと展開していくのであるが、それにしては亡霊が、その登場にふさわしいイメージの積み重ねを経ていないため、いかにも唐突の感をまぬがれず、リアリティが充分そなわっているとは言いがたい。亡霊はその後何度か現れ、復讐に手間取っているアントニオに向かって、「復讐しろ！」と叱咤するのだが、それはかえってセネカに戻った印象すら与える。

これに対し、『ハムレット』の亡霊は、単なる道具や人形の枠を超えて主要な登場人物になりおおせている。一幕一場では亡霊が主役ですらあり、そのための演劇的効果は充分計算され確かな実在感が与えられる。亡霊が登場する前、次の台詞が交わされる。

ホレーシオ　ところで、例のあれ、今夜も現れたか。
バーナードー　まだです。
マーセラス　ホレーシオはおれたちのでっち上げだと信じてくれんのだ。
二度も目の前に現れたあの恐ろしい姿をな。そこでともかく今夜
見張りに来てもらったわけだ。あの亡霊がまた現れたら、
おれたちの眼を信じるだろうし、話しかけてもらえるからな。

（一幕一場二一～九行）

中野好夫も指摘している通り[13]、最初からいきなり亡霊と言わないところが並みの手腕とは異なるのである。引用一行目の台詞をQ２はホレーシオに、Fはマーセラスに配している相違はあるものの、はじめは「例のあれ」'this thing' とあいまいな呼び方をし、次に「あの恐ろしい姿」'the dreaded sight' と何だか分からないが恐ろしいものを意識させ、最後に「あの亡霊」'this apparition' という切り札が出される。イメージは次第に狭まって亡霊に収斂するのである。こうしたイメージャリーの使用は、すでに『ジョン王』(一五九四年?)でも試みられた。(14)

ルイ　貴公のほうが、まず息で戦争という石炭に火を付けた、
　この懲らしめを受けた王国と、我が国との間にだ、
　しかも、この火を燃え立たせる燃料を持ち込み
　挙句、消すには大きくなり過ぎた
　あの火を点けた弱い息じゃ消せまいな。
(『ジョン王』五幕二場八三〜七行)

イメージは、「息」「石炭」「火」「弱い息」など印象的だが、まだ充分な収斂には至っていない。イメージの意識的連結にむけた萌芽といえるだろう。なお、ルイはフランス皇太子で、ローマ法王の使者、枢機卿パンダルフに応答している。

ソネットになると、イメージャリーの使い方に大きな進歩が認められる。わずか十四行の詩の中でうねるような動きを示し、実に精妙な働きをする。その見本として七三番を挙げよう。(15)

　君は一年のあの季節を私の中に見るだろう、

黄ばんだ葉が二つ三つ散り残って
木枯らしの空に震える枝にぶらさがっている、
枝はさっきまで小鳥が美しくさえずっていた廃墟の聖歌隊席。
私の中のあのたそがれを君は見るだろう、
日没後、西の空に色褪せていく薄明りが
やがて暗黒の夜に連れ去られていく、
夜はすべてを安らぎの闇に閉ざす死の分身。
私の中に君は炉火のあの輝きを見るだろう、
その火は若い日の灰の上に横たわり
そこを死の床として息絶え
育ててくれた養分とともに燃え尽きねばならないのだ。
これを見れば君の愛はもっと強くなり、間もなく君が、
手放さざるを得なくなるものを深く深く愛するようになるだろう。

このソネットのイメージャリーをグループ別に取り出してみると、まず「冬の空」'the cold'→「寧日のたそがれ」'the twilight of such day'→「日没」'the sunset'→「暗黒の夜」'the black night'と時間的な推移を示す。

空間的には「寒空」↓「日が沈む地平線」↓「炉辺」↓「火」と戸外から室内、さらに暖炉の中へと凝縮してくる。

色彩的には「朽ち葉の黄色」'yellow leaves'↓「たそがれの橙色」'twilight'↓「燃え盛る炎の赤」'the glowing of such fire'と次第に濃くなっていく。これは、結句の「愛」に収斂していくイメージの流れとしては完璧といってよいだろう。

それと同時に、間もなくやってくる「死」のイメージャリーも引き出している。「暗黒の夜」は「死の分身」'death's second self'と同格で、そこから「炎の死」=「灰」'ashes'へとつながり、「横たわる」'lie'↓「死の床」'death-bed'↓「息絶える」'expire'↓「消耗する」'consumed'と暗い方へ落ち込んでいく。

このようなイメージの動きから、この七三番は従来「死を観想した瞑想的な詩」として有名であるが、シェイクスピアはもう一捻り利かせている。死のイメージとして使われた'death-bed','expire','consumed'は、実はそのままセックス用語なのである。後の『アントニーとクレオパトラ』でも多用されるが、まさに、絵画における「騙し絵」ないし「隠し絵」に相当すると言える。これを念頭に置いてもう一度読み直してみれば、

間もなく私は老いさらばえて死んでいくだろう。そんな私の行く末が見えたら、君は私への愛をもっと強く燃え立たせるに違いない。さあ、私がまだ若いうちだ、一緒に床にはいろう。

となる。

要するに、第一義では瞑想的な「死の観想」と見せて、その裏では「死んだらおしまいだから今晩付き合おうじゃないか」と'bed-in'の誘いとなっているのである。一字一句変えずにこのようにも読めるので、そのトリックアート的手腕には唖然とさせられるが、イメージャリーを駆使する技術はすでにこの頃完成していたと考えてよい。

そこで、『ハムレット』一幕一場二三～三二行をみると、「例のあれ」↓「あの恐ろしい姿」↓「あの亡霊」というイメージの収斂は、決して偶然ではなく、極めて意識的な処理だということができる。それが演劇的効果と結びつけられた時、まったく新たな作用をする事実が、ここで証明されたといえるのではあるまいか。DBBにだけ書かれていない台詞なので、ここでも他の三つの版より古い段階にある版だと推測される。

さて、いよいよ亡霊の登場である。四つの版でト書きを比較すると次のようになる。

DBB　Ghost of the King approaches the Sentinel, and frightens him, and then exits.
Q1、G2、F　Enter Ghost.
DBB　国王の亡霊が歩哨に近づいて驚かせ、退場。
Q1、G2、F　亡霊登場。

一見してDBBだけが説明的だ。このト書きによると、舞台に一人残った第二歩哨に亡霊が近づく、という設定である。なるほどこうすることによって、

Sec. Senti. ...I'll see whether a ghost that has neither flesh nor blood can hurt me.

第二歩哨　肉も血もない亡霊がおれを斬れるかどうか試してやる。（DBB一幕一場一七行）

と豪語していた歩哨を驚愕させることはできる。だが観客にまでその驚きと恐怖を及ぼす効果が得られるだろうか。ハムレット劇には、一五八九年に最初の言及があり、一五九〇年代を通じて亡霊が登場するとはよく知られていた[16]。亡霊を予期している観客に対して心理的効果が充分でない、とは舞台を想像してみるだけで納得がいくだろう。

現テキストでは、腰を降ろしたホレーシオとマーセラスに向かって、バーナードーの亡霊談が始まる。

バーナードー　つい昨夜のことだ。北斗星の西にある、ほら、あの星が
ちょうど今光っているあの天の一角に
輝きはじめた時だった、マーセラスと私は、
そうだ、鐘が一時を打って――

マーセラス　静かに、出たぞ、また。　（一幕一場三五～四〇行）

この台詞はQ1、Q2、Fに現れ、DBBには見られない。後者のほうがやはり古いテキストであることを示唆するが、ここでは年代問題には踏み入らない。ただ、演技・演出の側にとって、亡霊の登場がいかに観客の意表を突くか、が課題なのであり、舞台上の劇行為《アクション》が工夫のしどころなのである。

準備段階として二五行目から四一行目まで、わずかの例外を除いてブランク・ヴァースが続き、調子良く整っている。観客はそのリズムに乗る。バーナードーは「あの星」と言った時、空の一点を指さしたはずである。観客もつられて、そちらに意識が向いたに違いない。舞台を一瞬忘れる。その隙をついて亡霊は登場する。せり出しからでも、内舞台からでもよい。あるいは最初から舞台に留まっていて、「出たぞ」という台詞が発せられた瞬間、鎧を着たまま動き出しても良かろう。観客の心理の虚をついて、見事というほかない手並みである。意外感は想像以上に大きかったとみなければならぬ。それによって観客は慄然とする何ものかを感じるであろうし、したがって亡霊のリアリティを疑う余裕もないであろう。

（4）

この亡霊の正体については、ドーヴァー・ウィルソンやエレナー・プロッサーの詳細な研究があるが[17]、結局、煉獄から来た（一幕五場一一～三行）という点で、カトリック側からみると前国王の霊魂だという可能性がある反面、煉獄を認めないプロテスタント側からはありえない欺瞞だと判定される。しかし、舞台はプロテスタントの国デンマークである。ここにこの劇の仕掛けがある。

むろんハムレットはプロテスタントであり、亡霊の存在を信じるはずはないのに、亡霊と会っているときはそれが父の霊魂である、といささかも疑わない。俗信が残っていたせいもあろうが、主として自分の直観が当たったからである。まだ亡霊に会う前、ホレーシオとマーセラス、バーナードーから深夜の出来事を聞いただけのときは、次のように述懐している。

父上の亡霊が甲冑姿で！　これはただごとではないぞ。
何かふとどきな行いがあるのだ。夜よ、早く来い。
それまでは騒ぐな、心よ。悪事は必ず露見する。
たとえ大地がおおい隠しても人の目はごまかせないのだ。

（一幕二場二五四～七行）

その夜、ハムレットは亡霊からクローディアスの所業を聞く。

おお、虫が知らせたのだ！　やはり叔父が！

（一幕五場四〇～一行）

予感が当たったという確信は、ハムレットを復讐にかりたてる。しかし、亡霊と別れてしばらくすると、プロテスタントの側からの疑いが頭をもたげてくる。

おれが見た亡霊は悪魔かもしれぬ。
悪魔は相手の気に入る姿を借りるものだ。
おれの弱さ、おれの憂鬱、とかくこんなとき
つけこんでくるという。ひょっとすると、おれを惑わし
地獄に落とすつもりかもしれぬ。
もっと確かな証拠がほしい。

（二幕二場五九八〜六〇四行）

ハムレットは、復讐へ向けて行動を起こしはしたものの、このような不安と疑念でメランコリーが蟠《わだかま》るうえ、暗殺の証拠も、復讐を決行する契機もみつからないまま、懊悩のうちに日々を過ごす。一方、観客もまた、ハムレットと同じ心の軌跡をたどりながら、これを見守る。亡霊は本物か否か、クローディアスは兄を殺したか否かという疑念は、この劇の前半における中心の懸案であり、それを絶えず意識させられるという点では、観客は、常に劇行為のなかに参加していることになる。この、おそらく、プロテスタントが多かったであろう当時の観客が抱いた疑念こそ、『ハムレット』の亡霊に秘められたリアリティだといえる。(18)

(5)

同じく、亡霊の実在感に並ぶ新機軸が、ハムレットの人間像である。

シェイクスピアの作品は、『ジュリアス・シーザー』(一五九九年)の頃から外面的葛藤が内面的葛藤にまで深められてくる。従来の復讐悲劇においては、復讐者は外的事件にひきずられ、復讐の通念にしたがって復讐するだけにすぎず、復讐そのものについての精神的苦悩を経験することがなかった。したがって、すでに述べたように、復讐の方法や手段についてのみ思案し、時には倫理的に「悪党」(villain)と同列にまで堕ちる場合もある。

ところが、ハムレットは決して悪党になり下がることはない。ポローニアス刺殺も、ギルデンスターン及びローゼンクランツに対する処刑命令書の書き換えも、ハムレットの側に理がある。尼寺へ行けとオフィーリアを罵倒するときでさえ、国王一派の囮に使われている彼女の立場は、すくなくとも観客には充分知らされており、ハムレットに対する共感が崩れないよう細心の注意が払われている。

しかも、ハムレット自身は、宗教的にも瑕疵がないように描かれる。祈りの場において、国王を殺そうとすれば殺せたにもかかわらず、手を下さない。

いまならやれるぞ。ちょうどいい、祈りの最中だ。
やってしまえ。やればやつを天国に送り、
怨みは晴れる。待て、これは考えものだぞ。
悪党が父上を殺す。お返しに
一人息子のおれが、この悪党を
天国に送る。
それではやとわれ仕事だ。復讐にはならぬ。
……
やつは魂を浄め、冥土の旅への準備ができている。
そんなときに殺して、復讐したといえるのか。

（三幕三場七三〜八六行）

このようなかたちで復讐の絶好の機会を見逃す例は他にない。ハムレットを内的論理にそって行動させる操作により、この劇は、復讐悲劇という枠組みを超えたのみならず、観客に倫理的内省をもうながしたのである。

ところで、主人公の性格を決定づける、その言葉によく耳を傾けるならば、この劇の核心に触れる別の特徴が見えてくる。亡霊に復讐を求められたあと、ハムレットはホレーシオとマーセラスに向かって次のように言う。

いまの世は関節が外れている。呪わしい運命だ、
それを正すために生れついたとは。（一幕五場一九八～九行）

デンマーク王子が現国王に復讐するという椿事は、ただ父の仇討ちだけにとどまらず、公けに国の悪をも正す意味も達成されなければならない。この二行は、ハムレットの復讐が私的枠組を超え、「公的性格」を併せもつに至ったことを強く印象づける。(19)

公的復讐については、ベーコンが『随想集』で明言していた通り、ほぼ容認されていた。それなら話は簡単であるかにみえるが、実はそれほど単純ではない。

公的復讐に特徴的な条件は、『ジュリアス・シーザー』に代表されるように、全国民に復讐の正当性が納得されていて、しかも復讐は公然と行われねばならない、という点である。事件も犯人も明白で疑問の余地がない、という情況がまず与えられている。

他方、私的復讐悲劇においても、事件の存在と犯人とは、事件の発生の時点から、すくなくとも観客には明白になるように仕立ててある。

ところが、『ハムレット』では、一切が闇に包まれているのである。そこがまったく異なっている。前国王殺しの事件が当の前国王の亡霊によって告発されるものの、亡霊は、ハムレットにしか

語りかけず、ハムレットもホレーシオ以外には他言しない[20]。クローディアスの犯罪が事実だとしても、亡霊の言葉以外には、観客もハムレットもそれを確かめるすべがない。あるのはただハムレットの直観ないし予感だけである。しかもハムレットは、学業半ばの学生にすぎず、世間的経験に乏しい。そこへ「公的性格」が加わって、情況は更に困難の度を深めていく。

「公的性格」とは、言いかえれば、復讐に倫理的な欠陥があってはならない、という意味である。そのためには、前国王暗殺事件を公けに立証せねばならぬ。ところが、立証の道は塞がれている。このような二律背反に突き落とされて困惑しない者はおるまい。単にハムレットのみならず、観客にとっても、これはいまだ経験した覚えのない未曾有の事態なのである。

それに関連してもう一つ、ハムレットの言葉に注意しておきたい。

この天と地のあいだにはな、ホレーシオ、
哲学などの思いもよらぬことがあるのだ。
（一幕五場一六六〜七行）

これは、地下から声をかけてくる亡霊について、ハムレットが語る台詞であるが、そのまま、進行中の事態に関する評言とみなしてさしつかえない。というのも、二幕二場で、別の出来事について、畜生、自然を超えた何かがあるのだ。
哲学でも説明できない何かが。

（二幕二場三六六〜八行）

と、同類の表現をするからである。

これらの言葉が何を意味するかは明らかであろう。「哲学を超えた未曾有の事態」に直面したとき、ハムレットは、それまで大学で学んだ知識、あるいは身につけてきた経験が何の役にも立たぬ事情を、見抜いたのである。

この困難には既知のものはすべて捨てて対処せねばならぬ。この困難に見合った方法を模索していく深謀こそが唯一の解決策となるに相違ない。

哲学が躊躇なく捨てられたのは言うまでもなかろう。その代わりハムレットが採用したのは、学究的宮廷人とは対極にある「奇妙な道化の振り(21)」であった。しかし、クローディアスは乗じる隙を与えない。むしろ、彼のほうが、ハムレットを正確に観察している。

いささか理に外れてはいるが、言っていることも
気違いの言葉とは思えぬ。胸に何かある。
それを憂鬱がはぐくみ育てているのだ。

（三幕一場一六三〜五行）

クローディアスは、暗殺の証拠を残さなかっただけでなく、国王という地位からも、絶対的に有利な立場にある。それに対し、ハムレットの不利は覆うべくもない。道化の振りも、かえってクローディアスの疑念をかき立てる結果になった。このような情況にあっては、方法を模索するのに時間がかかり、結果的に復讐が遅れるのは、必然だったのではないか。

復讐遷延に関して、後世さまざまな理由付け、あるいは憶測がなされたが、この未曾有の事態という文脈から眺めれば、また異なった地平が啓けるに相違ない。

(6)

ハムレットは実によく考える。しかし、それがすなわち非行動家とはいわれない。それどころか、ハムレットは果断な行動家でさえある。ポローニアスの刺殺、海賊との遭遇とその後の処置、レイアティーズとの剣術試合、いずれをとっても迅速な行動力に満ちている。思索が行動を妨げたというのは誤解にすぎない。真の行動家とは、真の思索家でもあるはずである。(22)

試みに、「行動の男」といわれるレイアティーズと比較してみよう。レイアティーズは、父ポローニアスが殺されたと聞いただけで、噂を盲信し、復讐すべき相手さえ確かめずに、行動へと突進していく。その復讐への過激な反応は一見痛快にみえるかもしれぬ。だがそれは、復讐の通念に従っただけの、安直な行動にすぎないのではないか。(23)

ハムレットとレイアティーズとの対置は明らかに意図されたものである。とはいうものの、思索家と行動家を対照させるためではなかった。真に考える者と通念によってしか考えない者、すなわち、この対比の眼目は精神にあったのだといえる。

ハムレットは、刻々と生起する現実をそのつど洞察して、独自の対応をする。たとえ復讐が遅れたとしても、復讐の通念にとらわれた行動はとらない。ハムレットには、誰も経験した筈のない領域に踏み入って、新たな真理を発見し、新たな認識を得るという可能性がある。(24) 対して、レイアティーズにはそれがないのである。

クローディアスとポローニアスは、ハムレット乱心の真の原因を確かめるため、オフィーリアを囮として放つ。ここで、良心の呵責に苦しむクローディアスの傍白「ああ、重荷が背に食い込む」(三幕一場四八〜五三行)が行われ、観客には前国王暗殺の罪が初めて明らかにされる。これは極めて重要な手続きだ。観客は、もはやクローディアスが黒か白かで煩わされる懸念がなくなり、次のハムレットの行動に注意すればよいからだ。観客の興味は、いかにクローディアスの罪をハムレットが証明するか、に移るだろう。

ハムレットの疑念がついに根拠を与えられる場面は劇中劇『ゴンザーゴー殺し』(三幕二場)である。国王殺しという劇の内容を知って国王クローディアスが取り乱す。ハムレットはホレーシオと示し合わせてその行動を監視し、国王の犯罪を確信する。その後、クローディアスは「おれの罪は悪臭を放ち、天まで上る」(三幕三場三六行)と独白、観客には再度犯罪の存在が確かめられる。ここで重要なのは、ハムレットはそれでもまだクローディアスの罪を公的に証明できない事実である。客観的な証拠は一切ない。主人公はいかに対処するか。

(7)

さて、ハムレットの道化振りに深く関わっているものとして、シェイクスピアにおけるコミック・リリーフの問題をとりあげておきたい。三幕二場においてハムレットが語る演劇論はつとに名高いが、そのなかで比較的軽視されているものが一つある。道化芝居についての言及である。

その〔道化芝居の〕あいだに、芝居の肝腎な問題が、考えられねばならぬ。　　(三幕二場四二〜三行)

これは、ハムレットがコミック・リリーフをどのように見なしていたかを示す重要な言葉である。これがそのままシェイクスピアの考え方であったことは、作品をみれば納得がいく。コミック・リリーフとは、悲劇的な過度の緊張を道化芝居の挿入によっていったん解放する装置《デバイス》の謂だが、それはまた悲劇を一層強く印象づける働きをもっていることも指摘されている。そのためには、一方で、コミック・リリーフの内容は、芝居の眼目を代弁したり、真理を語ったり、芝居を要約したり、主人公の行動を予告したり、つまりその芝居の本質に触れたものでなければならぬのであって、道化が、

わずかばかりのにぶい見物を笑わせようとして、
自分から笑いだしたりする　　（三幕二場四〇～二行）

という行動はもっての外なのである。事実、シェイクスピアの道化は機知縦横の冴えた道化であり、ハムレットの非難を免れている点では、喜劇においても悲劇においても変わりがない。タッチストーンにしろ、フェステにしろ、『リア王』の阿保にしろ、そして、ハムレット自身にしろ、決して自分から笑いだして観客におもねったりする類ではない。[25]その台詞が観客の心魂に徹せずにはいない重要な存在となりおおせている。これがシェイクスピアの強調するところであり、他の追随を許さぬところである。

『ハムレット』のコミック・リリーフでは、道化（墓掘人夫）二人が登場し、オフィーリアの死に方について言葉を交わす。

道化1　……ここに水があるとする、いいな。ここに人間が立っているとする、いいな。この人間がだ、その水のところまで行って、身投げする、となりゃあ、いやでも応でも自分から行ったってことにならあ。わかったな。ところがだ、もしも水のほうがだ、この人間のところまでやってきて、溺れさせたとする、となりゃあ、てめえから身投げしたってわけにゃいくめえ。かかるがゆえにだ、てめえを殺すっていう罪を犯さねえやつは、てめえの命を縮めやしねってわけにならあな。
道化2　それが法律ってやつか。
道化1　あたぼうよ。それが検視役人の検視法ってやつよ。

（五幕一場一五～二二行）

道化1の論法によると、水のほうがやってきて人間を溺れさせるなら、自殺ではない、という理屈になる。つまり不可抗力である。ハムレットの復讐はこれとどこか似ていないだろうか。ハムレットは先手を打った例《ためし》は一度もない。いわば無防備で立っていたにすぎぬ。そこへ復讐という津波が押し寄せてきたということができる。

復讐の実行に関してもハムレットには責任がない。五幕二場における剣術試合で、毒を塗って切っ先を尖らせたままの剣を使うだけでなく、毒杯まで用意したのは、レイアティーズとクローディアスであり、それが彼ら自身の破滅のみならず、ハムレットの死をも招来する。前者二人は自業自得で弁護の余地はない。
ハムレットはどうであろう。とても復讐の実行を責めるわけにはいくまい。ハムレットは毒剣で傷を受けたあと初めて、毒剣の奸策も毒杯の謀略も知るからである。クローディアスを殺すのはその後なのだ。すべて取り返しがつかなくなってから、自分の死も確実になってから、ようやく仇討ちを果たすのである。[26]
しかし、翻って考えれば、この顚末には、何か釈然とせぬものが感じられる。それは何であろうか。道化の対話が鍵を与えてくれる。

道化2　本当のことを言ってやろうか？　もしもこの女が身分の高い淑女じゃなかったら、教会の葬式は出しちゃもらえなかったろうよ。
道化1　そこだよ、おめえ。まったく泣けてくるぜ、ええ。キリスト教徒に変わりはねえものを、な、お偉方っていうだけで、身投げや首つりやらかすにも、便宜がはかれるってんだからよ。
（五幕一場二三～九行）

道化1と2は、オフィーリアの死を自殺だと考えている。普通、水のほうからやってきて人間を溺れさせるという事態は、起こりえないからである。この常識の視点から眺めれば、道化1と2はよい批判者たり得ている、といえるであろう。その批判がハムレットにまで及んでいるとは、容易に推察がつく[27]。

私的復讐が学問的、宗教的その他どの観点からみても倫理に抵触することは、ベーコンをまつまでもなく、明らかな常識であった。

それでは、かりに、倫理的に正しい私的復讐があるとするなら、それはどのようなものになるだろうか。

この問題を追求したのがシェイクスピアだったといえるかも知れない。

『ハムレット』は、その実現を目指した実験だとみなすことができる。むろん困難をともなうから、シェイクスピアは秘策を用意していた。それが復讐の「公的性格」だったのではないか。

かりにそうだとすれば、次に、王子ハムレットは、真によくその「公的性格」を実現し得たであろうか、という疑問が起こってくるだろう。道化1と2の批判はここにある。答は「否」である。

シェイクスピアは、劇行為が完結するまで、幾重にもハムレットを擁護している。だが、いかに十全な防壁をめぐらせても、私的復讐を公的復讐に変容させ得なかったら、厳しい倫理に抵触するのはやむをえないだろう。

ハムレットの悲劇は、観客、読者の数だけ存在するだろうが、その拠ってきたるところは、この、実現不可能な「公的性格」だったとみることもできる。

(8)

そこで、最後をしめくくるフォーティンブラスが重要な役割を担うようにみえる。

このノルウェー王子は、両国間の取り決めを破り、父の復讐の念に燃えて密かに軍を起こし、デンマークの領土をうかがっていた(一幕一場、二幕二場)。ところが、クローディアスから詰問された叔父の諫めにあうや、ポーランド侵攻へと完全に方向を転換してしまう(二幕二場、四幕四場)。つまるところ、潔く復讐を放棄したフォーティンブラスが、生き残った。復讐に突っ走ったレイアティーズや、やむなく復讐を遂行したハムレットとよく対比され、叔父の諫めを一途に守った孝行息子的態度に焦点が当てられる。だが、こうした従来からの評価は、教訓的な結末を強調するのみならず、何か、外面的な対比に終始し、通り一遍の感じを免れない。

シェイクスピアは三人の対比をもって教訓を目指したのではあるまい。

復讐の「公的性格」は、主筋の劇行為が終了したあと、デンマークを引き継いだフォーティンブラスから公けに承認されるという手順を踏んでのみ、成就される。しかも、事の経緯をすべて明かしましょう(五幕二場三八五~六行)というホレーシオの話を聞いてから、達成されるわけである。

こうした運びは、言うまでもなく、芝居が終わった後、観客の胸底に期待感を湧き上がらせてくれるはずであろう。

ところがシェイクスピアは、最後にもうひと捻り利かせた。

フォーティンブラスの別の側面は、当然ながら、もっぱら軍隊を動かす野心に駆られたその鎧姿にある。(28) この戦闘・戦争のイメージには、観客を真にくつろいだ気分にさせる道理はない。第一幕において甲冑を身に着けた姿で登場し、ハムレットに犯罪の存在を確信させる契機となった前国王の亡霊は、フォーティンブラスにこそ、その長い影を落としているのではあるまいか。

観客はいつまでも胸にわだかまる不安感から解放されないのである。

すなわち、亡霊のリアリティは劇場の外にまで及んでいると言えるであろう。

第二章　劇中劇——その創出と劇幻想

シェイクスピアは『ハムレット』や『夏の夜の夢』その他で劇中劇を用いた。この技法《ディバイス》に関し、創出の歴史的意味、およびそこに至るまでの変遷を辿っておきたい。

（1）

劇中劇はイギリス・ルネッサンス期の劇作家にとって最も魅力ある技巧の一つであった。本筋の劇にもう一つの劇幻想を生み出せる手段、観客に重層的な世界を示せる手段だからである。今日でもその効果は絶大で、(1)不器用という誹りも何のその、(2)上演で用いられることも稀ではない。劇中劇は一見複雑で目新しいため、これは近現代の発明だと主張する評家もいるくらいだ。(3)もちろんギリシャ劇では存在しなかった。時間、場所などに統一性を求めたギリシャ演劇には馴染まなかったという意見もある。[4] だが、劇空間を重層的にしたかったという希求が目覚めていなかったとするのはどうだろうか。たとえば、市民を代表するコロスなど、もう一歩で劇中観客と見なされても、おかしくなかろう。ニーチェは、役者は幻影であり、現実はコロスであったとし、自然の象徴だと述べた。[5]

東洋では、枠に囲われた物語として、『千一夜物語』が良く知られる。ペルシャやインド、ギリシャの古民話がパフラビー語(文語ペルシャ語)で記されたものが、九世紀にアラビア語に翻訳され、その原型ができた。一七〇四年、オリエント学者アントワーヌ・ガランがフランス語に翻訳した時には、二八二夜しかなかったが、その後、一七一三年まで増訂され、全十二巻となる(小学館『日本大百科全書』他を参照)。シャフリヤール王を慰めるため大臣の賢い娘シェヘラザードが毎夜面白い話を語って聞かせるという形式は、シェイクスピア『じゃじゃ馬馴らし』の枠物語と似ている。まったく独立して類似の枠構造が成立していた現象は、興味深い。

イギリスの中世では、演劇技巧が徐々に発達しており、もう少しで二重空間を生み出すところまで行った。たとえば教会において、修辞は儀式に流用され、笑劇が神聖な儀典の一部をなしていた。[6]『第二羊飼いの劇』は第二の劇空間を創造する寸前まで行ったほどだ。しかし、中世演劇は、多重空間演劇の理念を欠いていたし、作家も劇作法を確立していなかった。[7]

このジレンマを破るためには上演術の発達を要したが、ヘンリー七世の治世中、徐々に変化が起こってきた。神秘劇が衰退し始め、国王、王族のための上演が盛んになり、そこからマスク劇が生まれた。道徳劇は、俗化された形での上演が十五世紀半ばから顕著になり、十六世紀にはインタールード(幕間劇)の隆盛につながった(8)。

社会変動が必然的にこの動きと関連している。十五世紀、囲い込み運動に刺激され、田園から都市への人口移動が起こった(9)。初期の市民劇を後援していた職業別組合《ギルド》が次第に貴族にとって代わられた。とりわけインタールードの勃興で影響の大きかったのは、貴族や高位の者の庇護下に入った役者たちである。ノーサンバランド伯爵、オックスフォード伯爵、ダービー伯爵、シュルーズベリ伯爵、海軍提督などは例外なく十五世紀末までにはお抱えの役者を庇護下に置いていた(10)。たとえば『トマス・モア』では「司教猊下の役者たち」が晩餐会などの機会に上演をした。

このような情況の下、チューダー朝演劇の初期段階に入ると、ヘンリー・メドウォールのインタールード『ファルゲンスとルークリース』(11)(一四九七年)に劇中劇が取り入れられた。しかし上演技術はまだ充分ではない。ピーター・ブリューゲルの絵でも分かるように、架台の舞台は極めて単純なものであり、宮廷や大学のホールでさえ平面と衝立くらいしか備えていなかった。このような舞台は台上だろうと床面だろうと、観客へ語りかけよ、という台本の指示通りに役者が劇行為を行う点で、極めて容易であった。悪役(Vice)など、語りかけるどころか、観客の中にさえ降りていく。このような現況に抗して、舞台装置は十六世紀に発達、装飾的で壮観さを求める熱望に応じるようになった(12)。まだ上演技術は劇作家の意図を実現するには足りなかったとはいえ、評家の一致するところ、一五八七年頃、トマス・キッド『スペインの悲劇』が完全な形の劇中劇を実現した。当然、背後には急速な舞台技術の向上があったに違いない。おそらく一五六七年、本格的な最初の劇場「赤獅子座」が完成したことと関連があるだろう。この劇場には、洗練された内舞台、椅子席、天井、奈落、せり出しなど、劇中劇の上演を可能にする装置が初めて設けられていた。[13] キッドの場合、この後に続く「劇場座」(一五七六年)や「カーテン座」(一五七七年)などが直接影響したと思われる。[14]「赤獅子座」が建設された頃、演劇では教訓目的から娯楽目的へと大きく方向が変わってきた。劇作家はプロローグで上演意図を披露したものだ。たとえばニコラス・ユードール『レイフ・ロイスター・ドイスター』(一五五二年)では「リクレーションに愉楽ほど推挙できるものはない。寿命を延ばすし、健康を増進する」とあり、作者未詳『ジャック・ジャグラー』(一五五五年)も「平穏な愉楽とリクレーションを提供する」と謳う。作者未詳『クリオモン卿とクラミディース卿』(一五七〇年)など「我らが喜びのため役者が演じたもの」を観客に献じるというのだ。

劇中劇はほとんど娯楽として上演されている。本筋における登場人物のためインタールードの形を取る場合が多い。たとえ劇中劇が悲劇であっても、『夏の夜の夢』に見られるように、目上のための娯楽として上演された。こうしてみると、演劇が宗教とはすでに完全に分離していたことが明瞭になる。

(2)

これら技術革新や演劇の俗化に加え、演劇の本質にまつわる本質的で困難な問題があった。すなわち外見と実質、幻想とリアリティ、影と実体、虚偽と真実、などの関係性である。[16] 宗教劇は多かれ少なかれリアリティを目指した。ギリシャ劇のコロスのように説明役として市民も参加したし、中世演劇の「悪役」(Vice)のように観客まで降り、筋に誘い込んだ。[17] だが、神聖な側面が失われていくにつれ、劇幻想に対する興味が増大した。[18] 舞台上、想像力の働きに直接言及する台詞が増えるのはこの事情を反映している。幻想(=虚構)の本質が問題になり、演劇空間は「影と夢に近い」劇行動《アクション》の空間となるのである。[19] ジョン・リリーの劇、たとえば『キャンパスピ』(一五八〇~四年)は、影のダンスであり、『エンディミオン』(一五八八年)には「月の男」という副題がついている。『月の女』(一五九〇~五年)は「単なる詩人の夢」と規定されている。[20] このような関心の変化とともに、観客への直接的呼び掛けは遥かに少なくなった。演劇はそれ自身独立したものとなり、観客を劇幻想の中に取り込むようになったのである。幻想はこうして演劇的実体を獲得した。そのため、劇中劇が導入されると、幻想とリアリティの関係は一層複雑にならざるを得ない。

ここで注意したいのは、ルネッサンス人にとって、世界劇場〈theatrum mundi〉という隠喩は聞き慣れたものであったという事実である。メランコリーに罹ったジェイクィーズは過ちようのない宣言をする。

世界はすべて舞台だ。

男も女もみんな役者にすぎない。　（『お気に召すまま』二幕七場一三九〜四〇行）

トマス・ミドルトン『チェスゲーム』（一六二四年）の白女王の歩は悪魔を悪魔の姿でないまま見せることを弁護しながら、

世界はすべての役割が演じられる舞台だ。[22]　（五幕二場一九行）

と主張する。アン・ライターによれば、十六世紀の演劇俗化を経て初めて、すなわち、演劇が幻想だという思想が現れたからこそ、世界は舞台だという考え方がイギリス演劇に入った[23]という。実は、世界劇場という隠喩は、イギリス演劇に入るずっと前、ギリシャ演劇までその起源を遡る。ピュタゴラス（前五八二？〜五〇〇年？）は、「世界劇場」という警句を最初に吐いた人物として十六世紀人に信じられていた。[24]この演劇理念は以来、ずっと言及されている。デモクラテス（四六〇？〜三七〇年？）は剽窃で悪名高いが、「世界は舞台、人生は入口。登場し、演技し、そして去るのみ」と記した。[25]アポストリオスはこの前半を反復引用した。[26]プラトン（前四二七？〜三四七年？）も何度か言及した。[27]スエトニウス（六九？〜一四〇年）はローマ初代皇帝アウグストゥス・カエサルが亡くなった時の言葉を伝えている、「余は余の役を巧く演じたゆえ、皆の者、拍手せよ。喝采で余を舞台から送りだせ」[28]と。グローブ座の看板に懸かっていたとマロウンが信じるラテン語警句〈*Totus mundus agit histrionem*〉(「全世界は劇を演じる」)は、ペトロニウス(?〜六六年)の手になるものである[29]。イギリス中世、国王の責任を論じたソールズベリー伯ジョン著『ポリクラティクス』(一一五九年)は広く読まれが、その第三巻に〈*Totus mundus ... exerceat histrionem*〉と記した[30]。ウィクリフは著作で同じイメージを使い、反面、ルターは冒涜的歴史への嫌悪を表わすために世界劇場の隠喩を用いた[31]。説教はもちろん、その他、歌謡集、パンフレット、紋章集、年代記などは、この隠喩あるいはその変形[32]を広める媒体となった[33]。

世界劇場というイメージは、人間は役者に過ぎず、実世界は舞台だと教える。したがって役者は中世、必然的に観客と同一視された。演劇がリアリティだとする考え方は中世精神に根深く備わっていたため、ルネッサンス以前、劇作家たちは、演劇がそれ独自の世界を観客に提示できるという認識は持っていなかった。

観客が舞台上の登場人物とはっきり別の存在と認識されて初めて、演劇は自律性を獲得する。そうしてようやく、世界劇場という隠喩は演劇理念で主要な地位を得ることができた[34]。人間は単に役を演じているにすぎないとする認識は、古代以来の書物で見られたように世の中の変わり易さを強調するために援用されていたが、しかし今や、演劇の重要な力である幻想 'illusion'(＝虚構)という概念を与えてくれた。翻って、この隠喩は逆に生きいきした会話を演劇に招来し、幻想だが自律的な世界を舞台上に現出させるのだ。最適の例はおそらく、イギリス最初の喜劇作家と称されるジョン・ヘイウッドの『亭主ジョン、妻ティブ、牧師ジョン卿』(一五二〇年)に見られるだろう。道徳劇とはまったく違った様式で創られた登場人物たちが興奮を巻き起こす様子は次の通りである。

ティブ　この糞ッ垂れ。手桶を壊したって？
　あんた、後悔するよ。鶏の爪に賭けたって。
　……
　まったく、女郎の餓鬼め。家から出てお行き。
ジョン　何ちゅうことを！　お前こそ出て失せろ。牧師の売女め。
ジョン卿　嘘吐くな。この寝取られ亭主。天に唾する何とやら。
ジョン　お前こそ嘘吐きだ。化けの皮が剥がれた偽牧師、悪太りめ。
　……
ティブ　やっつけて、ジョン卿。さもなきゃ神様にぶっ叩いてもらお。
ジョン　何を、売女に泥棒猫め、思い知らせてやる。聖ジョージを借りてきてもな。[35]

これから三十年以上経った後、ニコラス・ユードール『レイフ・ロイスター・ドイスター』（一五五二年）は教訓目的で古典的な法螺吹き兵士を使うものの、ロイスター・ドイスターとカスタンスが絡む最初のシーンで、純粋な演劇的ダイナミズムを繰り広げる。[36]

一方、ジョージ・ギャスコイン（一五三五頃～七七年）の『サポージズ』（一五六六年上演）は翻訳ながら、流麗な散文を使い、舞台と観客の関係を新たに構築した。これはイタリア風陰謀の喜劇であり、頭が良く、はかなく、浅薄だが、イギリスの無垢な観客の目に、イタリアをお伽の国にしてみせる、あの異国情緒に溢れた上品さをもっている。[37] その複雑なプロットには、たくさんの間違った思い込みが織り込まれ、外見と実体の問題に曖昧さを一ひねり利かせたうえ、舞台上の込み入ったやり取りで観客を興奮させるのである。[38]

ギャスコインの散文体、それに演劇の喜劇的機能に関わる明晰な認識があったからこそ、R・T氏が一六一五年に記したように、「現代の洒落た詩人に突破口を開けたのである」し、あるいはトマス・ナッシュが言うように、「ギャスコインの死以来、現代最上の詩人たちが憧れるあの完成度にいたる道を開いたのである」[39]。『サポージズ』は劇幻想 'dramatic illusion' の観点からみれば真の喜劇ではないという評家もいるが、十六世紀末まで栄えたインタールードとははっきりと一歩を画した存在となっている。この翻訳劇が現れた頃には、演劇は幻想だという考え方が浸透していたとみなしてよかろう。この概念こそ、「劇中劇の本質[41]」なのである。

(3)

まだ忘れてならないものがある。つまり、演劇は「自然にかかげた鏡」というリアリズムの考え方である。これは表層のリアリズムであるにもかかわらず、政治的道徳的武器として使われた。劇中劇は、間違いなくこの概念にも関わってくる。[42] 外枠の劇と同じく、劇中劇も人間の本性を反映する。それどころか、性質上、主劇の文脈の中で、映された世界ともなる。すなわち観客の目には、外枠の主筋で思い描いたものが劇中劇で実現されるのである。たとえばミドルトン『女よ、女に気をつけよ』やマッシンジャー『ローマ役者』の劇中劇などがそれである。

したがって、機能としては、劇中劇は現実世界と劇場の幻想世界との橋渡しになるわけだ。[43] お蔭で劇的緊張が高まる。『ハムレット』や『スペインの悲劇』における劇中劇は劇全体の転回点ないしクライマックスになるが、役者兼観客とは異なる元々の観客は当初の演劇次元を心理的に超えてしまう。劇中劇と外枠劇のプロットが深く関係してくるため観客の注意をいつも惹き付ける。この点で、外枠劇の幻想はいっそう強化される。他方、役者兼観客と同じ平面に置かれる事実によって、本来の観客は劇場にいるという環境を忘れ、別の幻想に入っていく道を示されるのである。こうして逆説的に劇中劇は、「さらなる幻想によって別の空間を生み出す」のだ。[44] そこからまた別の問題が起こる。元々の観客が劇中劇を見る時、役者兼観客と同じ平面にいるために、外枠の劇においてはもう一人の観客になるからだ。[45] こうして観客自身も舞台でリアリティを強める要因となるのである。

これもやはり、ベルクソンが『創造的進化』でいう「跳躍」(第三章)の一例となるだろう。

（4）

劇はいつかどこかで幕引きがあるように、劇中劇も終わらねばならない。元来、幻想強化が目的だった劇中劇は、最後には幻想破壊物となる。[46] しかし破壊物といってもネガティヴになる必要はない。ちょうど良い時に幻想を消すことは、観客を現実に戻すわけだし、それによって観客は現実の本質について考えさせられるのだ。加えて、プロットが外枠劇と劇中劇とで緊密な絡みを実現すれば、劇全体は観客に対し更に深い没入感を生み出してやることにもなるのである。

劇中劇を含むイギリス・ルネッサンス劇（年代順）

[題名]	[著者]	[発表年]
Fulgens and Lucrece	Medwall	1497
The Spanish Tragedy	Kyd	1587
Endymion, the Man in the Moone	Lyly	1588
Friar Bacon and Friar Bungay	Greene	1589
John a Kent and John a Cumber	Munday	1589

The Old Wives Tale	Peele	1590
I Richard II, or Thomas of Woodstock	Anonymous	1592
The Taming of the Shrew	Shakespeare	1594
Sir Thomas More	Munday, Dekker, Chettle, Heywood? , Shakespeare	1595
Love's Labour's Lost	Shakespeare	1595
A Midsummer Night's Dream	Shakespeare	1595
I Henry IV	Shakespeare	1597
Antonio and Mellida	Marston	1599
Lust's Dominion, or the Lascivious Queen	Anonymous	1600
Hamlet	Shakespeare	1601
What You Will	Marston	1601
A Mad World My Masters	Middleton	1606
The Knight of the Burning Pestle	Beaumont	1607
The Travels of the Three English Brothers	Day, Rowley, Wilkins	1607
The Tempest	Shakespeare	1611
The Hog Hath Lost His Pearl	Tailor	1613
Bartholomew Fair	Jonson	1614

Women Beware Women	Middleton	1621
The Roman Actor	Massinger	1626
The Rebellion	Rawlins	1636
A Jovial Crew, or The Merry Beggars	Brome	1641

第三章　『リア王』と創造性——分析書誌学と本文批評

（1）コーディーリア

単行本を全集に収める際、テキストが改訂されるという事象はよく起こる。シェイクスピアの『リア王』も、まず、一六〇八年に単行本であるクォート版'Quarto'（以下『リアQ』と略記）が出版され、作者没後の一六二三年、全集版たるフォリオ版'Folio'に採録された（以下『リアF』と略記）。

活字研究の結果、『リアF』は植字工Eが活字を組んだと判明した。Eを特定したヒンマンは、熟練工ではなく徒弟だった、と推測している。一方、『リアQ』は、元の原稿が読み難かったためか、ページ順に二人の植字工によって植字された。[1]

二つのテキストをくらべれば、『リアF』は、『リアQ』と別の作品であると思われるほど大幅に改訂されている。これを根拠に、二十世紀の第四四半期、シェイクスピア作『リア王』には二つのテキストがある、と主張されるに至った。[2]

それにしても、なぜ、シェイクスピアは改訂したのか。

そのほかの四大悲劇に限っても『ハムレット』や『オセロウ』も書き直されている。現存テキストが一つの『マクベス』でも改訂の可能性を否定できない。そうだとすれば、書き直した動機、あるいは書き直した理由は、ある程度、推測できるのではないか。

これがいわゆる改訂主義者 'revisionists' の考え方で、上演と文学的洗練を念頭においてテキストが書き直されたと主張した。[3] その理由づけが正しいか否かは別として、一応探究する価値があるかもしれない。

しかし、フォリオ版とクォート版のどちらを採るかと問われれば、相変わらず未解決の部分が多いといわざるをえない。

まず、『リアF』を検討してみよう。――図1、3、5、7、11、13の通し番号はヒンマンがフォリオ版につけた 'Through Line Number' のことで、以下TLNと略記する――。

図11を見れば、TLN二〇四行目に、イタリックで '*Cor*' とあり、つづく台詞は 'Here's France and Burgundy, my Noble Lord.' となっている。

この '*Cor*' が誰を指すか、というわずか一語の問題が大きな議論を生んできた。

他に似たような現象を探せば、同じ頁のTLN一五二は '*Le*' で始まっている(図13―1)。これは明らかにリアを指すが、ずっと上では、全部 'Lear' と印刷してある。短縮の理由は、TLN一五二の台詞を植字すると、右側にぴったり納まり、'Lear' の 'ar' をつければ、はみ出してしまう。よって、'Lear' から 'ar' を外した。このようにして行末の統一、つまりジャスティフィケーションを行ったと見てよい。TLN一八一の 'Lea'(図13—2)でも同じことが言える。

さて、'Cor'(TLN二〇四)では何が起こっているのだろうか。未熟な植字工Eが植字した部分である。行末統一が行われたとは充分考えられる。この前後を見れば、コーンウォールは 'Corn' と、コーディーリアは 'Cord' とそれぞれ印刷されている。ならば、当然 'Cord' の省略形なのか、'Corn' の省略形なのか、という問題が起こる。同頁でTLN二〇四 'Cor' の前後を見れば、コーディーリアを指すはずだ。しかし、TLN一五二の行末統一と違って、これは本当にコーディーリアなのかという疑問が出てくるだろう。

図11に相当する『リアQ』B3ᵛ では、上から七行目に、

Heere's France and Burgundy, my Noble Lord.(陛下、フランス王とバーガンディー公爵です。)

と印刷してあり、台詞は *Glost* (*Gloucester*) に割り振られている(図12)。——図2、4、6、8、10、12は『リアQ』からの複写である——。

第1クォート版（1608年）

Kent.
I Thought the King had more affected the Duke of *Al-bany* then *Cornwell.*
Gloſt. It did allwaies ſeeme ſo to vs, but now in the diuiſion of the kingdomes, it appeares not which of the Dukes he values moſt, for equalities are ſo weighed, that curioſitie in neither, can make choiſe of eithers moytie. ←

［図2］Q1。B1^{r}。'kingdomes' と複数になている。

Lear. Meane time we will expreſſe our darker purpoſes, ←
The map there; know we haue diuided

［図4］Q1。B1^{v}。'purposes' と複数になている。

Beyond all manner of ſo much I loue you.
Cor. What ſhall *Cordelia* doe, loue and be ſilent. ←
Lear. Of al theſe bounds, euen from this line to this,
With ſhady forreſts, and wide skirted meades,

［図6］Q1。B1^{v}。ト書きなし。

フォリオ版（1623年）

Kent.
I Thought the King had more affected the Duke of *Albany*, then *Cornwall.*
Glou. It did alwayes ſeeme ſo to vs : But now in the diuiſion of the Kingdome, it ap- ←
peares not which of the Dukes hee valewes moſt, for qualities are ſo weigh'd, that curioſity in neither, can make choiſe of eithers moity.

［図1］F。qq2ʳ 左コラム（TLN3-10）。'Kingdome' と単数に改訂されている。

Lear. Meane time we ſhal expreſſe our darker purpoſe. ←
Giue me the Map there. Know, that we haue diuided

［図3］F。qq2ʳ 左コラム（TLN41-2）。'purpose' と単数に改訂されている。

Beyond all manner of ſo much I loue you.
Cor. What ſhall *Cordelia* ſpeake? Loue, and be ſilent. ←
Lear, Of all theſe bounds euen from this Line, to this,
With ſhadowie Forreſts, and with Champains rich'd

［図5］F。qq2ʳ 右コラム（TLN66-9）。ト書きなし。

第１クォート版（1608年）

Then that confirm'd on *Gonorill*,but now our ioy,
Although the laſt,not leaſt in our deere loue,
What can you ſay to win a third, more opulent
Then your ſiſters.
Cord. Nothing my Lord. (againe. ←
Lear, How, nothing can come of nothing, ſpeake
Cord. Vnhappie that I am, I cannot heaue my heart into my mouth,I loue your Maieſtie according to my bond,nor more nor leſſe.

[図 8] Q1。B2^{r}。*Cord.* の 'Nothing' は一度だけ。

Kent. Now by *Appollo* King thou ſweareſt thy Gods
Lear. Vaſſall, recreant, (in vaine. ←
Kent. Doe, kill thy Phyſicion,

[図 10] Q1。B3^{r}。'*Alb. Cor.*' の台詞なし。

フォリオ版（1623年）

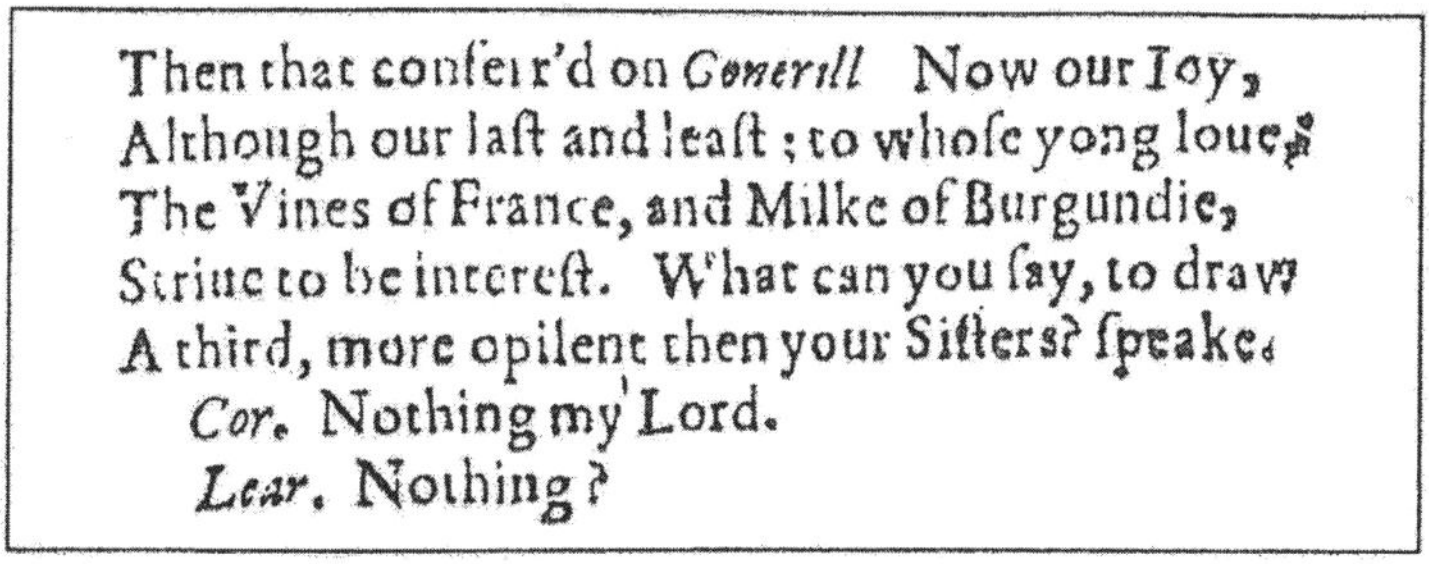
Then that conferr'd on *Generill* Now our Ioy,
Although our laſt and leaſt; to whoſe yong loue,
The Vines of France, and Milke of Burgundie,
Striue to be intereſt. What can you ſay, to draw
A third, more opilent then your Siſters? ſpeake.
Cor. Nothing my Lord.
Lear. Nothing?

[図 7-1] F。qq2^{r} 右コラム（TLN88-94)。*Lear* が 'Nothing?' ときき返す。

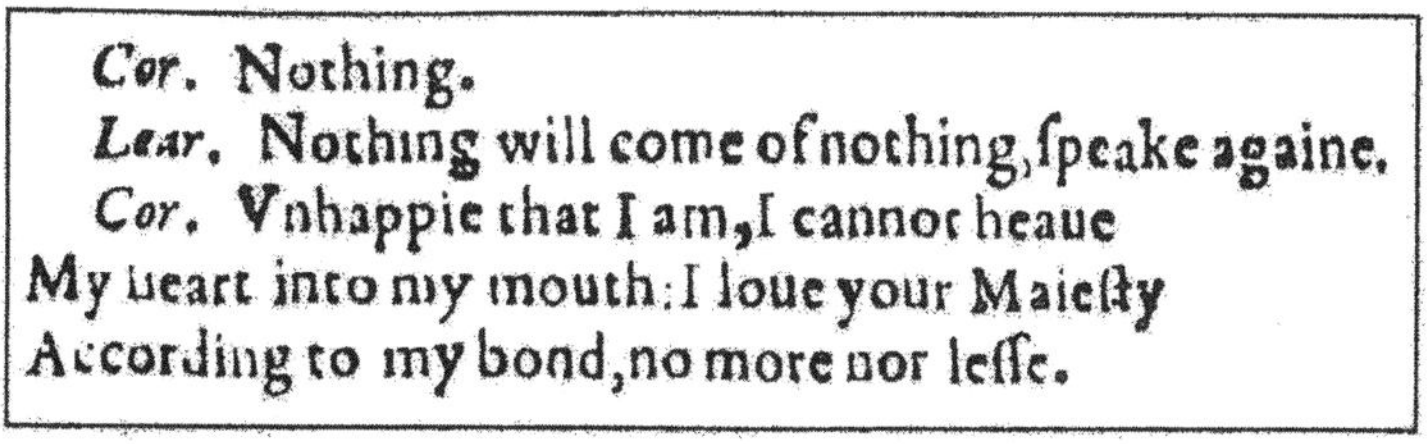
Cor. Nothing.
Lear. Nothing will come of nothing, ſpeake againe.
Cor. Vnhappie that I am, I cannot heaue
My heart into my mouth: I loue your Maieſty
According to my bond, no more nor leſſe.

[図 7-2] F。qq2^{v} 左コラム（TLN95-9)。'Nothing' が二倍に強調されている。

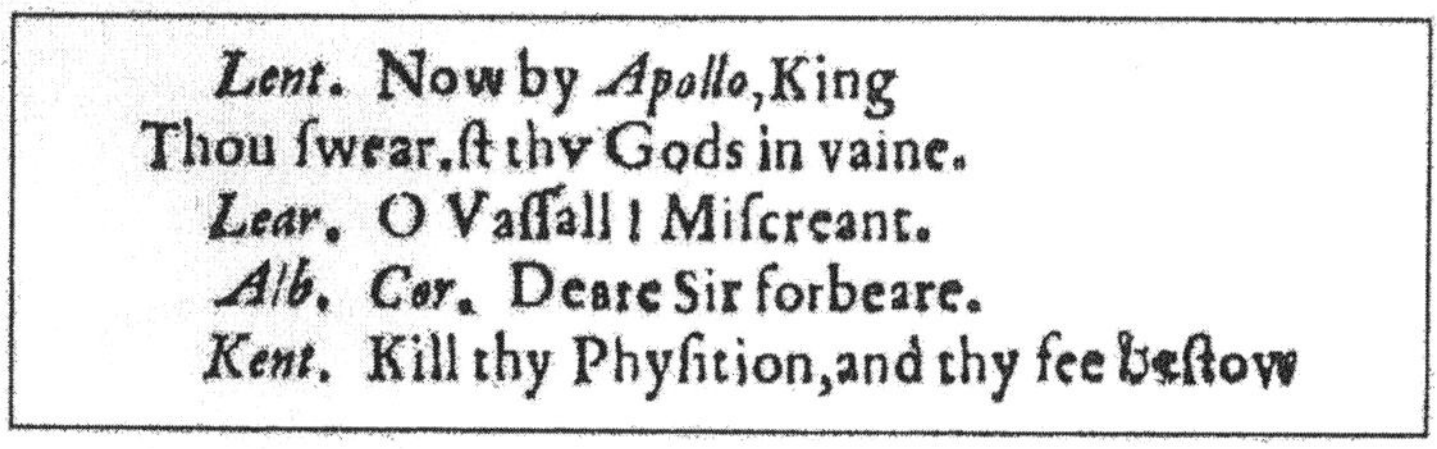
Lent. Now by *Apollo*, King
Thou ſwear'ſt thy Gods in vaine.
Lear. O Vaſſall! Miſcreant.
Alb. *Cor.* Deare Sir forbeare.
Kent. Kill thy Phyſition, and thy fee beſtow

[図 9] F。qq2^{v} 左コラム（TLN173-7)。'*Alb. Cor.*' の台詞あり。

第1クォート版（1608年）

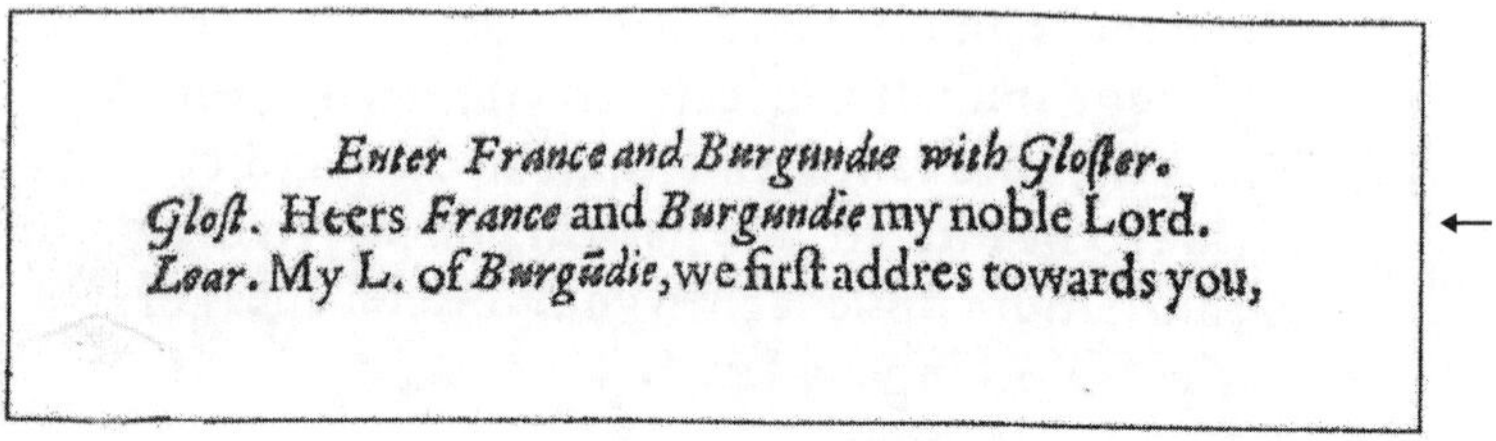

Enter France and Burgundie with Glofter.
Glost. Heers *France* and *Burgundie* my noble Lord.
Lear. My L. of *Burgũdie*, we firſt addres towards you,

［図12］Q1。B3^{v}。Speech Headが‘*Glost*’となっている。

フォリオ版（1623年）

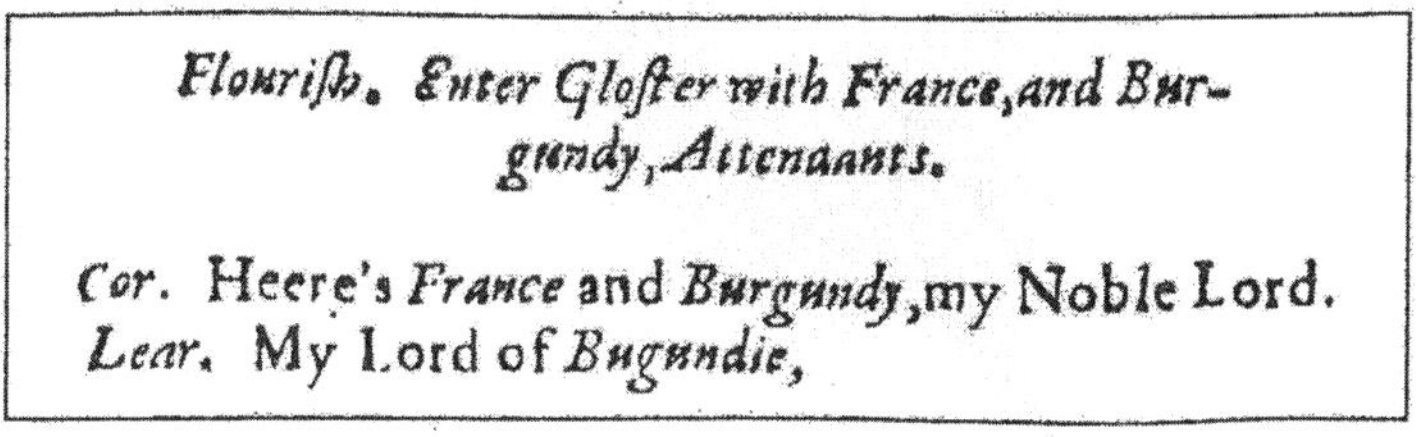
Flouriſh. Enter Gloſter with France, and Bur-
gundy, Attendants.

Cor. Heere's *France* and *Burgundy*, my Noble Lord.
Lear. My Lord of *Bugundie*,

[図11] F。qq2^{v} 右コラム（TLN202-5）。Speech Head が‘*Cor*’となっている。

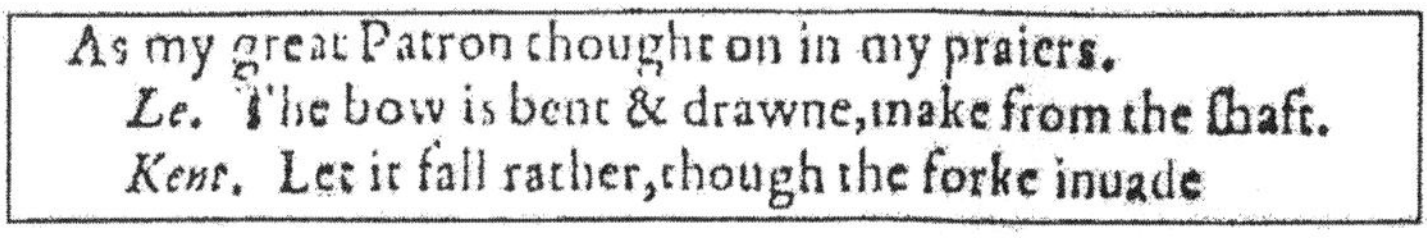
As my great Patron thought on in my praiers.
Le. The bow is bent & drawne, make from the ſhaft.
Kent. Let it fall rather, though the forke inuade

[図13-1] F。qq2^{v} 左コラム（TLN151-3）。Justification の例。

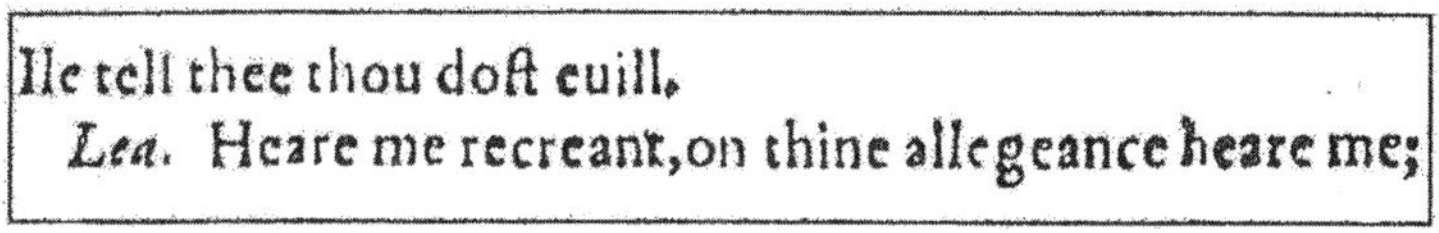
Ile tell thee thou doſt euill.
Lea. Heare me recreant, on thine allegeance heare me;

[図13-2] F。qq2^{v} 右コラム（TLN180-1）。Justification の例。

[出典]

Q1（1608）M.J.B.Allen & Kenneth Muir, eds., *Shakespeare's Plays In Quarto*（1981）
F（1623）*The Norton Facsimile: The First Folio of Shakespeare*（1968）

この場面では、リア王が国を三分割し、自分の娘に分けてあげようとした。三女コーディーリアはリアに対し、'Nothing'と答え、すでに勘当されている。リアの激怒を招き、相当に事態が進んだ。その途中で、リアが、フランス王とバーガンディー公爵の二人を呼んでこいとグロスターに命令(TLN四〇)、ちょうどグロスターが再登場してきたところである。

『リアQ』では、グロスターが自分で、

陛下、フランス王とバーガンディー公爵をお連れしました。

と報告することになり、前後の流れから発話者が明瞭であるため、説得力がある。ほとんどの現代版がこの台詞をグロスターの発話としているのも頷ける。

他方、『リアF』は'*Cor*'とあるのみで、よく分からない。クォートとフォリオの良いところと思われる部分だけ採った二十世紀後半までの折衷本では、無条件にグロスターであった。

ところが、実は問題がある。

『リアF』TLN一七六には、『リアQ』にない'*Albany*'と'*Cor*'と二人の名前が記された(図9)。未熟な植字工Eは、コーディーリアを'*Cor*'と植字し、また、オールバニーともう一人誰かを'*Cor*'と植字したことになる。あらためて、TLN一七六の'*Cor*'は誰であろうか、という疑問が起るはずだ。一七六行目、舞台では、あたかも国王リアがケント伯爵に剣を振り上げた。怒る国王を止めるのはオールバニーともう一人である。女性では力負けするため、男性であるに違いない。ならば、コーンウォールである必要性が出てくるだろう。このような推測が成り立つ。そうすると、TLN二〇四の'Cor.'は、同じく、コーンウォールであってもいいのではないのか。

最初にTLN二〇四の'Cor.'をコーンウォールと解釈したのは、ニコラス・ローである。一七〇九年、底本とした第四フォリオに従ったのだ。現代スペリング版の嚆矢といわれている版である。

その後、現代スペリング版ではこの二者択一で安定していない。一九六〇年、ニュー・シェイクスピア版の編纂者G・I・ダシー及びJ・D・ウィルソンはTLN二〇四にグロスターと充てた。(TLN一七六'Alb. Cor.'では、'Cor.'をコーンウォールとしている。)ファウンテンウェル版のJ・L・ヘイリオは一九七三年、なんと、コーディーリアとした。第三の候補というわけである。

後述するように、これは非常に奇妙なことになる。

ところがこのコーディーリア案は魅力があったらしく、一九八三年、ゴールドリングはヘイリオの改訂を採用した。[4] ウェルズ及びテイラー編纂の一巻本オックスフォード版(一九八六年)にも継承される。(ついでにTLN一七六の'Cor.'もコーディーリアとした。)ヘイリオ自身による一九九二年のニュー・ケンブリッジ版も自説をまげず、TLN二〇四の'Cor.'をコーディーリアとしている。

同じく一九九二年に編纂された並列テキスト版(Q1とFを左右対称に配置)において、ワイスはフォリオ版としながら'Cor'を'Gloucester'とし、完全にシェイクスピアの修正を無視した。

そのあと、二〇〇〇年に出た分冊本のほうのオックスフォード版『リア王』では、スタンリー・ウェルズは'Cor'のところをまた'Gloucester'に戻した。(Q1を底本にしたためTLN一七六'Alb. Cor.'を削除し、註で'Cor'をコーンウォールかコーディーリアだとした。)一時コーディーリアに傾いたとしても、グロスターの説得力たるや、止まるところを知らないようだ。

ところが、シェイクスピアは改訂しているのである。これを書記が書き間違えたとか、あるいは植字工Eが'Gloucester'と原稿にあるのを'Cor'と印刷したということは、ありえない。この植字工Eというのは、未熟練工に予測されるように、手稿本の文字をそのまま忠実に印刷する癖がある。したがって、'Gloucester'とあったのを'Cor'と植字したはずがない。分析書誌学の成果から、以上のような主張が成り立つ。

であれば、このTLN二〇四'Cor'という綴りは、そもそもコーンウォールとコーディーリアの二つの可能性がある。どちらにせよ、選ぶに際して理由を示さねばならない。

その理由づけにいろいろな説がおこなわれた。例えば、スティーブン・アーコヴィッツは、*Shakespeare's Revision of King Lear*(一九八〇年)において、フォリオの植字工Eが、コーンウォールを'Cor'と十五回組んだ一方、十四回'Corn'と植字している。したがって、TLN二〇四の'Cor'も、コーンウォールである可能性が非常に高い、と推測した。しかもここには、なぜコーンウォールであらねばならないかというサブ・テキストが存在するはずだ、と示唆した。(5) ただし、アーコヴィッツは、そのサブ・テキストが何かという指摘はしていない。

逆の設問をすれば、『リアF』の場合、なぜTLN二〇四 'Cor' がコーディーリアであってはいけないのか、また、グロスターであってもいけないのか、ということになろう。

グロスターは、一見、非常に強い説得力があるけれども、コーンウォールの方がもっと良い。というのも、シェイクスピア自身が書き直したのだからだ。その理由を探る試みもあながち無駄ではないはずである。

舞台にもどれば、すでにコーディーリアは勘当されている。このような時、コーディーリアが、自分の求婚者たち二人が来たので、国王に向かって

陛下、フランス王とバーガンディー公がいらっしゃいましたわ。


というのは、自分の立場にこだわり過ぎていてコーディーリアらしくない。舞台の上でも、リアとはだいぶ離れたところにいるはずだ。コーディーリアである可能性はやはり低いだろう。

それについて、編纂者のほうにクォームというか、内面的なひっかかりが、やはりどうしてもある。それは、リバサイド版で、編纂者べヴィントンはグロスターを採っているものの、注釈で別に「コーンウォールの可能性がある」と指摘している事実からもうかがえる。一九七三年初版、一九九七年改訂版ともに、同じ注がある。

アーデン版では、第三版（一九九七年）のR・A・フォウクスはとうとうコーンウォールを採用した。その理由が示してある。

リアが追放したケント伯爵のほうを向いて、退場するケントにバイバイとやっているため、別の入り口から登場するグロスター伯爵の方を向いていない。だから、コーンウォールこそ王侯二人の登場を知らせた人物だ。

これがフォウクスの主張であるが、フォリオ版では、どうもそぐわない解釈に見える。リア自身が激しい言葉で追放したケント伯を見送る、というのは説得力があるだろうか。

ところが、『リアQ』のほうをよく読んでみると、劇行動《アクション》から見れば、グロスターでぴったりくるようになっている。それは、舞台の上できちんと実現されたに違いない。（当時の上演は、今からでは推測するしかないが。）そうすれば、『リアQ』のアクションと、『リアF』におけるアクションとは、どうも違うという話になるだろう。だからフォウクスはコーンウォールにしたのだろうが、その理由づけが、もう一つはっきりしない。もっと積極的な理由が求められてよいだろう。

ここでは、アーコヴィッツの言っているサブ・テキストがあると考えられる。このサブ・テキストが何か、ヒントを探してみれば、宮廷内の権力構成が関係しているようだ。

コーンウォールとオールバニーは公爵である。他方、グロスターもケントも伯爵である。だから、爵位から見れば、コーンウォールとオールバニーの方が上である。両グループの経済力の差は一切書かれていないため、まったく分からない。しかし、グロスターとケントは両方とも伯爵でありながら、リアに極めて近い。

シェイクスピアは冒頭で巧妙な仕掛けをするのが普通だ。ここでも、最初の数行で、ケントとグロスターに、国王の隠れた意図である国土三分割、

the division of the Kingdome（TLN七）

を話題にさせている(図1、2)。この件はリアを除いてこの二人しか知らない。その後リアが'our darker purpose'(TLN四一)と言っているのだから、他の廷臣には知らされていないことがいよいよはっきりする(図3、4)。つまり、ケントとグロスターの側近性がきわだって高く、観客の印象に残るように仕組まれているのだ。

これこそアーコヴィッツが、言葉にするに至らなかったとはいえ、感じるところのあったサブ・テキストではなかろうか。

この文脈にしたがえば、二公爵の立場は推測できる。コーンウォール公爵は次女リーガンと結婚し、オールバニー公爵は長女ゴネリルと結婚したというだけだ。二人は婚姻関係によってリアとつながっているに過ぎない。したがって、リアに対する彼らの側近性はきわめて低いといえる。

ところが、二人のうちコーンウォール公爵は、俄然生気をおびたようになる。それには何か理由がありそうだが、どうもグロスター伯爵が退場してフランス王とバーガンディー公爵を呼んでくるまでのわずかの間に、側近の地位が逆転させられたのではないか、と見えるからだ。あるいはその地位が本来の、両グループの身分の差というぐらいに大きく開いたのではないだろうか。コーンウォール公爵にすれば、グロスター伯爵の代わりに王侯の参上を国王に直接告知するのは、伯爵を出しぬく形になる。これによってグロスター伯爵は使い走りにされ、それをアナウンスするのはコーンウォール公爵だ、となるだろう。コーンウォールの中で何が起こっているかと考えれば(『リアF』のTLN二〇四 'Cor' をコーンウォールだと解釈すれば)、権勢ではもう自分のほうが上だよ、と言っていることになる。それを示したいがためにシェイクスピアは、恐らくこの台詞をグロスターからコーンウォールに変えたのではなかろうか。

この書き直しは、その後のコーンウォール公爵の性格を暗示する、という狙いをもっていた。なぜなら、コーンウォール公爵は、いずれグロスターの目をくりぬくからである。人間の所業を超えているので、自分の臣下に殺されてしまう。そのようなコーンウォールの性格が、ここですでに、いわばでしゃばった行為をやらせることにおいて示されているのではないか。

当時は、恐らく身分的な格差は非常に大きなものがあっただろう。伯爵にすぎないグロスターが国王リアの側近中の側近、という現実が厳然としてある。それを何とかくつがえそうという腹づもりが、公爵になかったか。テキストは何も述べていない。

だが、この度、グロスターが退場して舞台から姿を消している間にコーンウォールは、英国、オールド・ブリテンの三分の一を相続した。それどころか、コーディーリアが勘当されたため、末娘の分まで相続し、謁見が終わってみれば国土の半分ずつを所領とする望外の結果になった。明らかにグロスター伯爵の財産よりもはるかに大きい経済力を手に入れたのだ。

次女とはいえ、王女と結婚しているからには、政治的な権力においても上回るだろう。ついに実力のうえで伯爵二人を凌駕した。これが公爵の態度に影響しないわけはないだろう。それをはっきりとリアだけでなくて、ほかの臣下、周囲にも知らしめておく。コーンウォールは非常に重要なスタンド・プレーの機会がはしなくも訪れ、抜け目なく実行に及んだといえる。つまり、公爵が一歩前に出て、リアに対してそう発言する行為そのものが極めてタイムリーな、政治的行動だったと考えられるのである。

それらの意味に、恐らくシェイクスピアは一六〇八年の初版を出したあとに気づいたのではないかと推測される。リアの目をくりぬく場にいたれば、

ああ、ちょうど一幕一場のあのときに、一歩しゃしゃり出て、われこそはとやった。そういうことをやった人物だからな、このくらいの行動はやりかねないな。

このように観客が感じてくれれば、このコーンウォールの、非常に目立つ行動や台詞が何を意味

するか、よく理解されるのではないか。

これが正鵠を射ているとすれば、このTLN二〇四'Cor'をコーンウォールと解釈したときだけ、『リアF』のテキストは非常に豊かになる。すなわち、意味が重層的になる。シェイクスピアがどのくらい深く考えてこのような改訂をしたか、想像することができるだろう。このような微妙な差こそ、『リアQ』をシェイクスピア自身が改訂した、その有力な傍証になりはしないであろうか。

(2) 無

シェイクスピア作『リア王』の解釈といえば、アーコヴィッツが言うように、サブ・テキストがある。この場合は経済力と政治力の急変であろう。その一方で、コーディーリア自身の問題がある、といえる。

リアは娘たちに、

How much do you love me?（どのくらい私を愛しているか。）

と問う。しかし、'love'は、現代の意味（数量化できないもの）とは別に、数えるという意味が、まだこの当時はあった、とテレンス・ホークスは指摘している。(6)

そのような意味で、国王リアが娘たちに対して、父親たる自分をどの程度重く見ているか、つまり数えているか、と訊いたのであれば、上の娘たちは「この程度ですよ」と、実際以上に持ち上げて答えたことになる。

ところが、末娘コーディーリアは、どの程度持ち上げるかという質問に対して、

Nothing my Lord.

と答える。『リアF』では qq2r の最後、下から二行目に当たる。それからリアが 'Nothing?' ときき返す(図7—1)。コーディーリアは、また次のページの頭にあるとおり、'Nothing.' と答える。それでリアが、

Nothing will come of nothing, speake againe.（無からは無しか生まれない。もう一度言ってみよ。）

と命じる(図7—2)。ここまでくれば、すでに明らかなように、この 'Nothing' という言葉が、重大なキーワードだと分かる。

'Nothing' と言ったがためにコーディーリアは勘当されてしまうからだ。それだけ重要な 'Nothing' とは、どのような意味を持っているのだろうか。

'Nothing'は、実は『ハムレット』で何度もくりかえされる。『ハムレット』の'Nothing'は、ほとんど言葉遊びであって、'Nothing'が持っている伝統的な意味、あるいは隠れた卑猥な意味をもって使われる。

ところが、『リア王』になってくると、'Nothing'に対する意味づけがまったく違ってくる。ここはシェイクスピアが新しい考え方を追求した証拠とみていい。このリアとコーディーリアのやり取りが非常に重要だという理由である。

『リアQ』(B2r)では、もっと簡単に、

Cord. Nothing, my Lord.
Lear. How, nothing can come of nothing, speake againe.

となっている。たかだか二行で終わっているのだ(図8)。これが『リアF』になると、'Nothing.'がさらに二度繰り返される。強調の仕方が只事ではない。もう明らかにこれは、シェイクスピアが'Nothing'という言葉をいかに観客、読者(あるいは学者)に訴えたかったか、とみてよいだろう。

意味の点になると、リアの'Nothing will come of nothing.'(『リアF』)という台詞を見る限り、「無からは無しか生まれない」となる。無というのはゼロなのだ、その中には何もないのだ、という思想であり、この考え方の起源を遡れば、ギリシャ哲学に行き着く。『リア王』の設定はオールド・

ブリテンであり、キリスト教が到来する前の時代だ。リアはギリシャ文化の影響下にあったといえよう。

ところが、コーディーリアが言った 'Nothing' とは、果たしてリアの説くような「無」であろうか。ここで考慮にいれねばならないのは、『リア王』の書かれた時期である。時代背景は確かに紀元前のオールド・ブリテンだけれども、書かれた時期は一六〇四年から六年にかけてである。

このころ関心を集めた問題の一つは、やはり聖書であろう。一六〇三年三月にエリザベス女王が亡くなり、ジェイムズ王が即位した。新国王の最大と言ってもよい功績は、聖書の翻訳である。学者四十七人に命じて新たに聖書の翻訳をはじめさせた。これは非常に有名な話であった。翻訳は数年かかり、一六一一年に、いわゆるジェイムズ王の欽定訳聖書が出版される。ただし欽定訳聖書といっても一つではない。エリザベスの欽定訳聖書は「ビショップス・バイブル」*Bishop's Bible* (1569)であり、その前のヘンリー八世の欽定訳聖書は、「ザ・グレート・バイブル」*The Great Bible* (1539)であった。

ジェイムズ王によって一六〇四年一月(ユリウス暦ではまだ一六〇三年)に下命された欽定訳聖書が別名 'The King James Version' といわれるゆえんである。この件は世間にも知れ渡っていた。シェイクスピアは「詩篇」の翻訳にかりだされた、というまことしやかな話まで生み出されたくらいである。

このころ英国国教が政治的にも外交的にも非常に重要な問題になっていた。ジェイムズ王は大陸のカトリック国に気を使っていたのに、カトリックによる暗殺の脅威はなくならなかった。イギリスはヘンリー八世のときにプロテスタントに変わったが、メアリー女王のときにカトリックに戻った。エリザベス女王になってまたプロテスタントになったものの、前女王の轍を踏まず、宗教的には寛容な政策をとった。シェイクスピアの父親はカトリックで、プロテスタントに改宗せずカトリックのまま通したらしい。そうした中で、シェイクスピアもカトリックに親近感を持っていたといわれている。

そのような個人的な背景があり、また時代背景がある。ならば、シェイクスピアは一六〇四年一月の翻訳の下命で何かを考えただろう。

その結果、『ハムレット』に出てくる'Nothing'の言葉遊びを超えたものとして'Nothing'に新しい意味を付与したのではないかとも思われる。

上に述べたとおり'Nothing'は、『リアF』では『リアQ』にくらべ二倍も強調されており、シェイクスピアの意図は明らかだ。それに時代背景が重なっている。となれば、聖書に戻らねばならない。

聖書の「創世記」の第一章に「神は混沌〔無〕から天と地を創った」と記してある。これは、ユダヤ・キリスト教独特の考え方で、「無から有」を生み出す世界感である。エホバの神こそが創造主なのである。そうであるからには、「無から有」という考え方が当時、一六〇四年一月以降、特に強く感じられたとは有り得るだろう。コーディーリアの台詞はこの根本原理に言及しているはずである。このような考え方も可能であろう。そうだとすれば、ギリシャ的な思想にもとづいているリアとは、当然、意見が合わない。

コーディーリアの説く「無」は、

一見、ギリシャ的な何もない無に見えるけれども、実は、非常に充実した無である。

という解釈ができる。では、なぜこのような問題提起が可能なのか。

現代の宇宙生成論にビッグバン理論というものがある。あるとき、何もないようなところ、微細な、ごく小さな点、から大爆発'Big Bang'が起きて、今現在の宇宙が出来上がった。爆発が起こって百万分の一秒後にはこうなったとか、十万分の一秒後にはこうなったとか、計算もおこなわれており、今はビッグバンが起こって、宇宙が拡大している最中である。いつ、そのビッグバンが起こったかといえば、一三七億年ぐらい前だった。そういう理論である。

これは、ケンブリッジ大学のスティーヴン・ホーキング博士によると、ベルギーのジョルジュ＝アンリ・ルメートルが提唱した宇宙創生理論である。(7) ロシア生まれでアメリカの物理学者ゲオルギー・ガモフが一九四八年、「火の玉宇宙」のアイディアを発表し、ルメートルを支持した。

その理論とそっくりではないか。現代、われわれがいる地球なり、太陽なり、あるいは銀河なり、それらが何かというのは、さまざまな分野で問題になっている。ところが、それは、最初は無だった、何にもないところから大爆発が起こったのだ、という説を聞けば、現代のルメートル理論は、きわめてキリスト教的な理論だということが分かるだろう。因みにルメートルはカトリック司祭であった。

コーディーリアが言った"Nothing"とは、言葉は同じ「無」だけれども、ユダヤ・キリスト教的な意味での「無」なのであって、

中身のいっぱい詰まった無

である、と解釈できる。

無から有を生む。この言説は、実は非常にむずかしい哲学的な問題を含んでおり、現代、最新の学問でもよく分からない。"Nothing"という問題には、量子力学"quantum mechanics"が関係しているらしいが、電子や光とは違って、また素粒子とも違って、まだコントロールできないほど小さなもの、例えばニュートリノや超対称性素粒子などの存在が考えられている。ニュートリノはすでに観測され、ヒッグス粒子も存在の証明がなされたが、後者は未詳だ。宇宙空間はほんとうに何もない領域なのであるか。「無」が科学でも問題になる所以である。[8]

コーディーリアが言った"Nothing"は、ユダヤ・キリスト教的な意味の"Nothing"であったろうと考えれば、シェイクスピアが『リアF』で、"Nothing."、"Nothing?"と(図7―1、2)、二行も付け加

えて強調した理由が分るのではないだろうか。

つまり、"Nothing"〈無〉という言葉をめぐって、二つの思想が激突したわけである。『リア王』はまことに思想の衝突という高みまで、観客や読者を引き上げたといってよいのだ。

(3) イエス・キリスト

ユダヤ・キリスト教的と指摘しておいたが、イエスの問題が別にあると思われる。なぜかといえば、コーディーリアはイエスを表象する、だから死ぬんだ、という説があるくらいだからだ。では、そのイエスとは何者だろうか。

これも実はよく分からない。実証はなかなか難しい。当時、イエスと呼ばれる人物が存在し、活動していたことは、ギリシャの歴史家の書き物に「イエス」という名前が出てくるから、歴史上、ナザレのイエスなる人物は存在したであろう。ナザレは、死海からヨルダン川をずっと北のほうに遡った所にあるガリラヤ湖の西側に存する町である。

ナザレのイエスはユダヤ教徒であった。このイエスが何をしたかといえば、ユダヤ教の聖典である旧約聖書をよく読んだ。そしてイエス的に再解釈した。それがイエスの大きな功績である。では、どのような再解釈だったのだろうか。

イエスの言行録ともいえる新約聖書の福音書に「汝の隣人を愛せ」(「マタイ伝」二十二章三十九

節)という話が出てくる。同じく、旧約聖書の中にも類似した文言の神の命令がある(「レビ記」十九章十八節)。旧約聖書の文脈では、お前の隣の人たち、同じ部族の仲間たち、そういう人々が隣人として考えられている。当然の話であろう。ところが、イエスが「汝の隣人を愛せ」と説いたのは、誰に対してでもそれをやれ、と命じたのである。つまり、「自分の敵をも愛せ」(「マタイ伝」五章四十四節、「ルカ伝」六章二十七節)、と説いた。「右の頬を打たれたら左の頬も出せ」とはその意味であるはずだ。

これは人間にはできない至難の業であろう。

イエスの言うようにしていたら殺されてしまう。自分の敵を愛するなど、とんでもない。つまり、人間には不可能な難行中の難行をイエスという人物は要求した。普通の人間に対し、神にのみ可能なことを要求した。そこにイエスの洞察がある。旧約聖書をイエス的に再解釈したとは、まさに精神の飛躍を意味したわけだ。イエスに追随する人にとっては、これは大変な信頼を置ける人物となろう。すべてを与えて、死んでしまうからだ。

イエスは、このような教えを最初はひとりで説いていた。まもなく、弟子ができた。弟子の最初の一人は、シモンである。兄弟で漁師をやっていた。弟のアンデレとともにイエスの言うことを聞いて、すべてを捨てた。捨ててイエスについていった。だが、漁師だから読み書きができない。読み書きができないからこそ、弟子になったといえるかもしれない。こういう人びとにイエスは信頼された。イエスの弟子は十二人いるうちほぼ八割が無学である。後から次第にできるようになるとはいえ、最初のときは、網修理の職人とか、漁師とか、貧しい人たち、下層階級の人たちであるから、字などもちろん読めないし、書けない。

一方、イエスは、非常に難しいこと(奇跡と呼ばれている)をおこない、それから荒野の三つの試練なども受ける。悪魔に「石をパンに変えよ」と求められたり、「塔の上から飛び降りろ」とか、「見渡すかぎりの土地をくれてやるから悪魔に従え」とか、要求される。ところがイエスは悪魔の誘惑をことごとく退ける。他方で、人間には、不可能な難事をずっと要求し続ける。

イエスは最後にエルサレムまでやってくる。大勢の信者は、ほとんど底辺にうごめく人たちであった。

エルサレムにやってきた日が日曜日で、その日のことをパーム・サンデーという。パームというのは、イエスを歓迎するために翳されたヤシの葉を指すが、ヨーロッパの北のほうではヤシは生えないから、代わりに、ヒバの葉とか何か緑の葉を、教会の石段に飾る。今でも祝われる。

それからわずか五日でイエスは捕まって処刑されてしまう。金曜日であった。そして、次の日曜日に復活する。エルサレムにいたのは、ほんのわずかの間にすぎない。

イエスがエルサレムに入ってきて何をやったかといえば、とりあえずユダヤ教の神殿に行った。すると、境内に屋台が出ているのを見て、これをみんな引っ繰り返して回った。燔祭の子羊に法外な値段をふっかけたり、賽銭の両替に市価の何倍もの率をかけたりするのは神を冒涜する行為である、と主張して引っ繰り返して回った。

ほかにも過激な振る舞いをやって、当時のユダヤ人から見れば、神の教えに反するような行為に及んだ。最も怒ったのは、当然、儲け損なったユダヤ教の祭司である。このイエスは許しがたい、捕まえて処罰しろ、と、厳しく捜索する。非常に簡単に言えば、しまいに十二使徒の一人イスカリオテのユダがイエスを売ってしまう。自分が接吻するのがイエス本人だ、と前もって祭司長たちに告げておき、イエスに近づき接吻する。そこを捕り手たちが押さえるのだ。

ここでもう一つ、ユダの問題がある。何故ユダがイエスを売ったか。これもまだ、解決はできてない。イエスを売った値段が銀三十枚といわれている。ユダは、諸説あるが、イエスが処刑されると、もらった銀貨を神殿に投げ込み、首をくくって死ぬ(「マタイ伝」)。

ユダは、イエスの弟子の中で、イエスの兄弟を除けば唯一人といって良いほど、字が読めて、計算ができた(他に収税士がいた)。計算ができれば、お金を握っていたといえる。つまり、イエス・キリストの周りで動くお金の金庫番であった(「ヨハネ伝」)。読み書きができたのは、ほかの人と違って教育を受けていたからだ。信頼もそれだけ厚かったはずだろう。

そのような人物が、なぜイエスを売ったか。ユダは、危機に当たって、困難な判断を強いられた。つまり、イエスは放っておけば、宗教儀礼に必要なものを引っ繰り返したり、ユダヤ教の祭司に睨まれるような、危ない所業に及ぶ。このまま放っておいても、いずれ捕まるだろう。となったら、イエスをむしろ教団から切り離して、教団のほうを守ろう。そう考えてもおかしくはない。明敏であっただろうから、どちらを取るか、悶いたはずだ。このような考え方がある。そうするとユダは、イエスを犠牲にして、ある意味では祭り上げて、教団のほうを守った。よく考えてみれば、たった銀三十枚でイエスを売るわけがない。そうするとイエスを売った理由、しかもそのあと自殺した理由は、かなりはっきりしてくるかもしれない。(9)

イエスは金曜日に処刑され、日曜日に復活する。そのあと教団はもちろんばらばらになる。使徒は一人減って十一人しかいない。しかも彼らは、学問がない。ペテロは頑固一徹で、ほかの人の意見を聞かない。内部分裂が起り、教徒があちこちに散らばっていくのは当然の成りゆきだ。こうして、ユダヤ教の組織から、キリスト教徒が追及・迫害されることになる。

追及・迫害したほうの代表的な人物がユダヤ人のパウロである。パウロは、ヘレニズム、つまり、プラトン主義の大学者で、同時に、ヘブライズムの大家でもあった。最新の学問を修得した熱狂的なユダヤ教徒、これがキリスト教徒を追撃する。捕まえては官憲に送って牢屋に入れた。当時、キリスト教徒で牢獄につながれるとたいがい出て来られなかった。だから、殺された、と言えるだろう。

パウロはイエスの死後三年間ぐらい、熱心にキリスト教徒の迫害をやっていた。ある日、ダマスコから探索に出かけ郊外まできた時、イエスの亡霊が現れる。ビジョンのようなものが「パウロよ、パウロ。なぜわたしを苦しめるのか」というイエスの言葉を吐く。パウロは突然の病に撃たれた後に大悟して、キリスト教徒となる。有名なパウロの回心と言われているものだ。これも不思議といえば不思議である。なぜそのようなことが起こるのかはとにかく、パウロはそれからキリスト教徒を守るほうに回る。どのように守るか。パウロは「律法からの自由」を標榜して、より広くキリスト教を広めようとする。大伝道旅行を三回決行し、イエスの教えをエーゲ海や地中海沿岸に広めた——その反対、布教はユダヤ教徒だけに限るべきだと主張したのが、例のペテロことシモンである。ところがパウロの役割は、実はそれだけではなかった。各地で「われこそはキリスト教徒だ」と分派闘争をやっている人たちをまとめる必要があった。分裂をまとめるには、説得しなければならない。説得するために理論武装したが、その根幹がプラトン主義であった。キリスト教の基本的な理論というのは、こうしてパウロによって確立された。したがって、プラトン主義の最大の特徴である二元論がキリスト教の中心に据えられるようになったといえる。

説得をするとき、パウロは手紙を書いた。新約聖書の中にパウロの手紙といわれている書が幾つかあり、なかでも有名なのが、「コリント書一」である。そこに出てくる五体の話では、あなたがたキリスト者は、手がなくても完全な人間じゃないし、足がなくても完全な人間じゃない。完全になるためには全部そろわないといけないいじゃないか。無力を転じて「よりすぐれた賜物」すなわち力を持たねばならない。このような理屈をつかい、分裂していたキリスト教団をまとめようとした。二元論を駆使した巧妙な論法である。だから、成功する。大成功と言ってよい。一説に、キリスト教はイエス教ではなく、パウロ教だといわれるのは、このようなところに原因があるのだろう。

そうするとこのパウロは、ユダと同じ趣旨の行為をやったと考えられる。ユダはイエスを売ることで教団を守り、パウロはプラトン主義を基礎理論として導入することで教団を守った。そのとき、無から有を生むという話は、二元論で単純化される。

旧約聖書の「創世記」が書かれたのは、紀元前五四〇年くらいといわれている。例のバビロン捕囚に際し、ユダヤ教徒たちが、そっくりバビロンに連れて行かれ、そこで何十年かを過ごす。その間、旧約聖書に対する再考・反省が行われ、「創世記」が書かれたといわれている。

イエスはこうした旧約聖書をイエス的に再解釈した。パウロは、イエスの言行をパウロ的に再解釈した。言い換えれば、イエスの実践を観念化した。回心を契機に、「キリストにすべてをゆだねる生き方に移った」とは、その意味でもあるだろう。これは教団が力を結集する拠り所となった。つまり、無から有を生んだわけである。大雑把に、そう考えて大きな間違いではなかろう。

ところで、肝心のイエスは普通の罪人として刑死している。いわば非業の死を遂げた。これは後にも迫害などによって非業の死を遂げる人びとにつながる。ペテロも、パウロも殉教する。あるいは、イエスに影響を与えた洗礼者ヨハネが斬首され、すでに先例を示していたともいえる。キリスト教の教団側からみれば、教団の掲げる神に命を捧げたのである。そのため聖人に叙せされた教徒がたくさん出た。

コーディーリアはどうして死なねばならなかったのかという疑問が、このイエスからの類推を呼び込んだといえるだろう。イエス・キリストの表象だというのは、以上に述べたイエスの事跡を思い浮かべれば、容易に思いつく考えかたである。けれども、果たしてこの説が充分な説得力を持っているであろうか。

(4) コーディーリア、コーディーリア

コーディーリアはどうしても死なねばならない。イエスが死なねばならなかったように。この問題は、もう少し後になる『コリオレイナス』(一六〇八年)でまた、シェイクスピアは非常に深く追求する。なぜ、死なねばならなかったか。これは、文学的な解釈で解決できるだろうか。これほど純粋な人間がどうして非業の死をとげねばならないのか? イエスにしろ、コーディーリアにしろ、あるいはコリオレイナスにしろ、純粋さという点では、共通するところがある。死なねばならない何か決定的な理由があるに違いない。

これは残念ながら、まだ充分納得できる解答が得られていない。コーディーリアは絶対に死なねばならないという、直接的で、誰も抗弁のしようがないほどの理由が挙げられていない。今ごろはもう、だれか言っているかもしれないが、追求することにしよう。

これは簡単に言えば、コーディーリアの行動を考えると、解答のヒントが得られるだろう。試案を示せば、まずコーディーリアは何をしたか。親に逆らっている、と見えるだろうか。父と娘の関係からいえば、'Nothing'の解釈では明らかにコミュニケーションの断絶がある。しかし、何をしたかといえば、単に親には分からない意味で'Nothing'と言って、説明を省いた。シェイクスピア自身もこれについて何ら説明していない。その代わり、行動で示している。

コーディーリアは"Nothing"と答えて勘当されたあと、フランス王に拾われ、フランスに行く。王妃になって、しばらくは幸福な新婚生活を送ったかもしれないが、それは描かれない。つぎに劇の上では、なんとイギリスに来るのである。しかも軍隊を率いてくる。当然フランス人で構成された軍隊である。

最初はフランス王が一緒に来ているから、フランス王が最高責任者である。ところがどういうわけか、これもシェイクスピアは全然説明していないが、フランス王は本国に帰ってしまう。自分がいないとだめな用事ができたという報告だけだ。

では、フランス軍の責任を誰が引き継ぐかといえば、それは王妃のコーディーリアになるはずであろう。実戦の指揮官は貴族が任命されても、コーディーリアがフランスの軍隊を率いてイギリスに来た、という事態に変貌するのは当然である。コーディーリアは元々何人か。いうまでもなくイギリス人である。イギリス王女だった女性が、フランスに嫁に行って、祖国イギリスにフランスの軍隊を率いてきた。リアを救出するとか、その他理由はどうあれ、攻めてきた。

となれば、大問題であろう。攻めて来られれば、イギリス人も必死になって戦う。正当な戦いである。それからどうなったかといえば、戦い抜いて、国土を守り通した。しかも、コーディーリアを捕えた。では、コーディーリアは正式な裁判を受けたらどうなるかというと、これは大逆罪の科によって有罪である。イギリス人の裏切り者である。だから、死刑に値する。どうしても、死なねばならない。(余談ながら、ノルマン征服や無敵艦隊の撃破という歴史的事実をシェイクスピアは考えたかもしれない。)

ただし、芝居では、裁判によって正式な殺し方をすると、共感がそがれてしまう。やはり非業の死を遂げさせなければ、作品として弱くなる。非合法的に殺したほうが、イエスの非業の死と重ねて考えてもらえる。これこそ悲劇のヒロインにふさわしい死に方ではないか。シェイクスピアは、エドマンドの密命を帯びたキャプテンを派遣して殺させる。そのような殺させ方をすることによって、このコーディーリアの純粋性、あるいはイエス・キリスト的なイメージ、非業の死という悲劇性、などが非常に強く表面に出される。表象としては申し分ない。

しかし、背後にはやはり政治的な問題、大逆罪の問題という事情がある。それは『コリオレイナス』で、やはり主人公がローマから追放され、しまいにはローマに侵攻してくる経緯とよく似ている。最後には母親の嘆願を聞きいれ、ローマを攻めないで終わらしてしまう。結果として非業の死をとげるのは言うまでもない。――もう一つ例を挙げておくと、『アテネのタイモン』(一六〇七年?)でアルキビアデスが故国アテネを攻める一歩手前で元老院の説得を受け入れ、攻撃を中止する。史実では、その後アルキビアデスはアテネが派遣した刺客に暗殺されるが、シェイクスピアはそこまで劇では描かなかった。タイモンの悲劇がメインテーマであるからだろう――。

コリオレイナスは母親の説得を容れて攻撃を中止した。そのためマザコンだという説もある。もっともであり、確かに母に弱い性格も顕著である。しかしながら、背後に隠れたもっと重要な点は、言葉に対するコリオレイナスの深い不信感である。コーディーリアも言葉に信を置いていない。これはやはり、同じテーマをさらに深く掘り下げたことになるのではないか。――言語不信については第四章で取り上げた。シェイクスピアはこの問題についても先取りしたと考えたい。

(5) 傍白

それから、演劇は舞台が勝負である。そうすると、上演の問題が出てくる。シェイクスピアはテキストを書いて劇団に提供し、まず上演用の台本が作られた。その後、検閲を受け、許可されれば、いよいよ上演となる。その際、劇団の中に天才的な役者が数人いた――フォリオ版(一六二三年)に二十六人の役者名が記載されている――ことが関係しているかもしれない。そう思えるふしがある。つまり、彼らが芝居を演じているときに、「ウィル、ここはこうやったらいいんじゃないの」と提案した可能性も非常に強い。たとえば、道化役者は、シェイクスピアが手に負えないほどアドリブを飛ばしたらしい。道化の脱線ぶりについてハムレットが苦情を言う場面が『ハムレット』三幕二場にあるほどだ(本書第一章7節参照)。あの場面でも明らかなように、シェイクスピアの台本を離れて舞台を取ってしまう場合が頻繁だったに違いない。

これは道化役者ウィル・ケンプに対する面当てだったとする説がある。一五九九年、退団したケンプを継いで、新タイプの道化役者ロバート・アーミンがシェイクスピアの劇団宰相一座(一六〇三年以降、国王一座)に加わってから、台詞に従った演技が行われた可能性が高いという[10]。

それを考慮すれば、『リアF』はシェイクスピア単独の改訂だとはいえ、ヒントが得られたのは、やはり天才的な役者たちがいたためではないかと考えられる。これは現代の舞台とも深く関係してくる問題であろう。役者や演出家の意見がテキストに影響したという事例は多く、ごく自然に納得してもらえるのではないか。

さて、今まで述べてきた趣旨を前提にすると、テキスト上、もう一つ問題が浮かび上がってくる。それは、「傍白」'*Aside*'である。

『リア王』のどの映画も、どの舞台も、一幕一場で、ゴネリルやリーガンがリアの気に入るようにお世辞を抜け抜けと述べている最中、コーディーリアは、

わたしは何を言えばよいのかしら。(TLN六七)

と言うとき、カメラや観客の方を向く。こぞって、これが当然な処理のようにして扱われている。観客も疑問を抱かない。現代のテキストも、ここに'*Aside*'と入れて、コーディーリアに観客の方を向くようにと指示している。だが、これは必ずしも当然ではない。

まず、『リアQ』にも『リアF』にも、コーディーリアの行動を指示するようなト書きは一つも書いてない(図5、6)。あれほどシェイクスピアが深く考えて改訂したはずの『リアF』でさえ、ここでは何一つ変えられていない。改訂なしという事実は何かを意味しているのではないか。

天才的な役者たちがそろっていた劇団で、「傍白」が指示されておらず、しかも改訂なしだということは、それなりの理由があったからではないのか。

シェイクスピアは少なくとも、観客に向って傍白しろ、とコーディーリアには指示しなかった。すなわち、その必要がなかった。だから、テキストにもそれを書き込まなかった。

したがって、現代のテキストも、ここに「傍白」'*Aside*'と入れるべきではない。そうは言えないだろうか。

このような考え方は以上述べた理由から、不自然ではない。だとすれば、コーディーリアは舞台上でこの台詞(TLN六七、TLN八三～五)を誰に向って言ったのか。もちろん観客に向って言ったと考えて問題ないだろう。しかし何か他にあってもよいのではないか。

観客に対してでなければ、舞台上にいる登場人物に向って言った、となるから、その人物は誰かという問題になろう。

すぐ後で、コーディーリアの勘当を目の前にして、ケント伯爵が非常な怒り方をする。自分の主人リアに向って、激高した怒りを表す。これはどうみても異常である。その怒りの背景に、コーディーリアのこの台詞があるのではないか。そうでなければ、ケント伯爵があれほどの怒りを示す理由がよく説明できない。リアを諫めるだけだったら、何もあれほどひどく怒る必要はないであろう。

そういうわけで、ケント伯爵の可能性も考えられてよいのではないか、という気がする。

テキストの問題は、分析書誌学から本文批評の方に傾いているが、やはり初版のクォートと全集版のフォリオはどちらも大事にされなければならない、と考えられる理由がある。

現代スペリングの版では、「傍白」'Aside' が記してないところは空白にしておいて、テキストの註に、他には「傍白」を指示している編纂者もいる、と断る。このほうが、読者にも、役者や演出家にも、自分で考える余地を残しているだろう。[11]

(6) 翻案

最後にもうひとつ、翻訳と翻案の問題についてのべておきたい。これは、現代に直接関係する。翻訳は当然、存在意義があるだろう。『リア王』にはたくさんの日本語訳があり、我が国の翻訳文化の伝統にも叶う。イギリスも実は翻訳文化である。その翻訳文化で自国の文化が成長し、成熟してきた。日本では明治以降はともかく、それ以前は漢文に返り点を打っていた。だから、あれは一種の翻訳であるけれども、それで充分理解していた。多くの漢籍をもとに、独自の文化を生み出していた。江戸時代二百六十年間はその意味では、学問が成熟した時期と考えて良い。

明治初期、最初の日本のシェイクスピア翻訳というものは、実は翻案であった。むしろ要約と言った方が妥当なほどだ。明治のころの翻案、要約から、いつのころか、正確な翻訳、あるいは原文に忠実な翻訳という主張がなされ、その種の翻訳が随分、行われるようになった。日本では、それによる文化への貢献度がはなはだ大きい。なぜなら、シェイクスピアの原文を読んでみろと言われても、簡単に読めるものではないからである。しかし、翻訳では読める。そのお蔭で、皆が享受できる。少なくとも、母語で読めるというのは、やはり有利なことである。[12]

それでは、戦後、われわれは翻訳本を手にしているが、江戸時代のように成熟まで達しているかと問われれば、どうであろうか。いま、日本文化は成熟しているか。答えるには、とても、難しい問題である。

ところが、また別に、翻案の問題がある。翻案とは、シェイクスピアの作品を基にして、自分の新しい作品を作る作業である。翻案は創作との関係がさらに深化する。シェイクスピアの『リア王』をもとにして、黒澤明が『乱』を作った。そこにはやはり一歩飛躍がある。『リア王』の筋を借りて自分の発信したい主張を映画で伝える、という作業だからだ。

現在、仙台では、東北弁でシェイクスピアを上演している劇団(下館和巳主宰、シェイクスピア・カンパニー)がある。これは翻案である。黒澤と同じく舞台を日本に移し、戦国だったり、あるいは近代だったりするけれども、いろいろな形で翻案というのをやる。これは、やっている人は大変な苦労をしている。やはり飛躍があって、自分が伝えたい主張なり叫び(詩、魂)なりを、シェイクスピアの筋を借りて観客にぶつけ、それが観客にどこまで理解されるか、というところで真剣勝負をしている。

これも、突き詰めれば、すべてが、テキストからどのくらい離れるか、という問題に帰結する。印刷されたテキストそのものが生原稿ではないので、すでに作者本人のテキストからは離れている。

どんな形の『リア王』(そしてあらゆる作品)の上演も、その意味で翻案といえる。どの程度離れているかという程度の差でしかない。その点では、手前味噌という誹りを恐れずにいえば、翻案も本文批評の関係するところではなかろうか[13]。

また、これは、そもそもシェイクスピアが引き起こした問題である。『ホール年代記』や『ホリンシェッド年代記』、『実録レア王年代記』、ティトゥス・リヴィウス『ローマ建国史』、あるいはプルタルコス『英雄伝』などは、単に材料となったにすぎない。種本の叙述をシェイクスピアなりに解釈しなおしたのが彼の作品であったといえる。その意味で、シェイクスピアはイエスやパウロと同じ作業をおこなった。シェイクスピア自身の言葉を借りれば、'sea change'を受けた[14]。

翻って、現在、あるいは時代にかかわりなく、『リア王』(またシェイクスピア)を再解釈するとはいかなる行為か、と問われれば、『リア王』が創造の源となっていくこと、何かを生んでいくこと、と答えざるをえないであろう。この意味で、テキストが創造の問題とかかわってくる、というのはご理解いただけるのではないだろうか[15]。

第四章　言葉の闇——コンラッド『闇の奥』の秘密

（1）はじめに

ジョウゼフ・コンラッド『闇の奥』において大団円を飾る決め台詞は、嘘である。第二の語り手マーロウが聞いたクルツの最期の言葉は、

The horror! The horror![1]

であった(*Norton* 4, p.69)。

本作の最も重要なキーワードであり、これまで四種類の邦訳がある。

中野好夫　「地獄だ！　地獄だ！」
石清水由美子「怖い！　怖いよ！」
藤永茂　「地獄だ！　地獄だ！」
黒原敏行「怖ろしい！　怖ろしい！」

それぞれ訳出に苦心しているとは、一目瞭然であろう。
ところが、マーロウは最後のエピローグ部において、クルツの婚約者に、

最期の言葉は――貴女のお名前でした。

と意図的に嘘を吐いた(p.77)。これは何を意味するであろうか。
ここでお断りしておけば、死に際の辞世が恋人の名前であった、という設定は、コンラッドの発明ではない。先例として、シェイクスピア『アントニーとクレオパトラ』四幕一三場八行が挙げられる。アントニーは、アクティウムでアウグストゥス率いるローマ軍に破れた原因の発端がクレオパトラの裏切に存《あ》った、と怒り狂った。戦線離脱したクレオパトラは、その激怒から逃れるため霊廟に籠る直前、自殺を装って、アントニーに使者を送る。その時、「最後の言葉はアントニーでし

た」と伝えてくれるよう計らう。コンラッドが私淑したのは明らかである。(2)

嘘について、簡単に振り返っておけば、プラトンが『国家』において、詩人を嘘吐きと規定、毛嫌いした一件を初めとして、虚偽と真実、あるいはこの二つの絡みに関し、古くから幾多の名言がある。(3)ウェブサイトで「嘘」を検索すると、古来「嘘」ないし「真実」がいかに多くの文筆家を魅了してきたか、たちどころに分かる。

言うまでもなく、嘘とはいっても一言で片付けるわけにはいかず、虚偽と虚構は異なるし、他にも様々な種類があるとは明白であろう。

まず、「虚偽」に注目したい。たとえば、他人を陥れるような嘘を吐く。むろん、論外の行為である。中央出張所の支配人は「(クルツが集めた)象牙はたいがい化石だった」(p.48)とマーロウに言い募るが、単に象牙を一時的に地中に埋める原住民の習慣があっただけだ。これに付け込み、事実の曲解を敢行、故意にクルツを貶めようとした虚言である点、悪質である。クルツに心酔したロシア青年が白人らによる「(クルツへの)積極的な悪意」(p.62)を疑い、マーロウも中傷を確認している。

この構図は、いわば劇場型のおれおれ詐欺ならぬ、劇場型の讒謗《ざんぼう》とでも呼べば今日的であるだろうか。当時でも、虚偽を一般に広めたからには名誉棄損という刑法条規に抵触するのは当然であるとして、クルツに反論の機会を与えないやり口に至っては、卑劣そのものと言う外ない。誹謗中傷の典型といえるだろう。個人の幸福をいたずらに害した意味では、人権侵害にも相当する。小人、俗物としか言いようがないが、このような小悪党は例外的ではなく、一定の割合で存在する。『から騒ぎ』のドン・ジョンや『オセロウ』のイアーゴウなどが即座に思い浮かぶ。当然、マーロウも、おいそれと引っ掛かるわけにはいかない。

だが、つい相手のショックを和らげようと慮り、あるいは感情を傷つけまいとする余り、心にもない嘘を吐いた経験がある人は少なくないだろう。嘘も方便という言い方はそうした場合に当てはまる。悪意のない嘘であり、英語では'white lie'(罪のない嘘)に相当しよう。例を挙げれば、オフィーリアが「お前の父親は今どこにいる」と訊かれてハムレットに「自宅です」と吐く嘘(三幕一場一三一～二行)はその場凌ぎで、彼女にとって、それ自体大した嘘ではなかった。

もう一つ、芸術としての嘘については、オスカー・ワイルドが「嘘の衰退」(一八八九年)で擁護し、近代リアリズムを事実偏重だとして批判している。[4] これなどは虚構として扱われるべき嘘の範疇だろう。コンラッドも、プラトンへの言及(p.11)が明白であるから、当然意識していたとみなしてよい。

次いで、近代リアリズムの問題がある。アウエルバッハ『ミメーシス』によれば、リアリズムは古代から存在し、現代まで多かれ少なかれ影響を与えてきた。[5] だが、十九世紀に隆盛した近代リアリズムは、十五、六世紀にロマンとはっきり決別した流れが、表層リアリズムとして始まり、十八、九世紀のロマン派に反発する形で強く主張され始め、市井の人々を眼前に浮かぶように描写する、というまったく異なった動きに至る。その特徴として、下層階級ないし中産階級の主人公、神様視点、作者の介入、多重視点、心理描写の多用などが挙げられるが、チャールズ・ディケンズやジョージ・エリオットなどが代表的作家といえる。本邦では坪内逍遥が写実主義を展開した。今でもこの縛りを脱却できた作品は数少ない。それほどの強い影響力を克服しようとしてモダニズムの運動が起こった。コンラッドもこれには早くから顕著な反応を示した。[6] 振り返れば、初期モダニズムに数えられる。

本作の批評には百年以上の伝統[7]があり、植民地主義、帝国主義、人種差別、虐待、搾取、西洋白人の自己認識等々、外在的で見やすい問題点は既に詳論されている。[8] 物語形式でいえば、西洋古典の叙事詩を踏襲したものだ。とはいえ、これら伝統的批評を踏まえながらも、虚構の内在的問題に注目する態度も必要であるはずだ。

たとえば、クルツを高く評価する立場がある。立野正裕「虚無を見つめて――ジョゼフ・コンラッド『闇の奥』[9]」は、クルツが偉業を達成した反面、マーロウはそこに至らなかった、とする。マクローククランは、クルツ堕落論を批判し、クルツは理念に照らして自己を判断できる力を取り戻したがために、作品に肯定的な価値が認められる、と主張した。[10]

これに対し、破綻した人物とみなす見解があり、大方の評家が従っている。本稿ではクルツが失策をおかしたという立場から論を進める。第二の語り手マーロウにしても、その立ち位置は微妙に揺れる。

如上のように、内在的といっても立場の如何によって大きな考え方の相違が認められるが、それにもかかわらず、こうした揺籃の底に厳然と流れる、『闇の奥』に秘められた伏流水的、深層水的な問題が感じ取られるのも事実だ。言葉の底に何があるのだろうか。言辞《テキスト》をテコに、あるいは「嘘」をテコに、コンラッドが言葉をどのように捉え、実質にどう対処したのかに注目し、言葉と実体《リアリティ》の根源的関係に迫っていきたい。

(2) イメージ

文学作品の審美的解明には一般にイメージの分析が有効である。シェイクスピア作品のイメージ研究は一九三五年、スパージョン[11]に始まるが、コンラッドは早くも一八九九年二月、『闇の奥』に関して「はっきりしたイメージを使って始める」と友人カニンガム＝グレアム宛ての書簡で宣言している。[12]それに先立ち、『ナーシサス号の黒人』(一八九七年)序文において、

小説とは感性への訴えかけであり(中略)感覚を通して得た印象こそその訴えを有効なものにする[13]

と独自の芸術論を展開していた。よく知られた印象主義の宣言であり、しかも言葉の「魔術的暗示

性」(同)を揚言しているのだから、イメージや印象が何かの表象である可能性は確実だ。本作冒頭のイメージは言うまでもなく船と大河テムズである。

マーロウは「想像してくれ」(p.6)と第一の話者を含む聞き手たちに促す。シェイクスピア『ヘンリー五世』の説明役《コーラス》による懇願「想像力を働かせてもらいたい」を反映した台詞である。読者も想像力を馳せる必要があるが、その契機がイメージなのである。

注意しておくべきは、言わずもがなであるが、文明(civilization)と自然(nature)の対立、ないし人工(art)と自然の対立である。つまり二元論が西洋思想の根底にある。

「創世記」の記述はこの点で象徴的である。神はアダムとイヴに命じた。「産めよ、増やせよ、地に満ちよ[14]」(一章二十八節)と。そればかりか「生きとし生けるものを支配せよ」(同)と駄目を押した。これは何を言おうとするものであろうか。文字通り解釈すれば、人間の幸福のため自然を対象化し、開発利用せよ、と命じた。その後の人類の歴史、とりわけプロテスタント運動勃発後の科学技術史をみるなら、容易に神の言葉の神髄を納得できよう。しかし、翻って考えれば、神が自然を支配せよと命じなければならなかった事情も歴史には明瞭に読み取れる。たとえば、地震の予知が可能になっても地震をとめる技などあるわけもなく、火山の活動を観測、解明できるようになっても、噴火を抑える術などない。

自然は基本的に人間の手に負えないのである。一見、部分的一時的に制圧できたようにみえても、地球温暖化のように、長い目でみれば自然のしっぺ返しを受けている場合がほとんどだ。それほど自然とは厄介なものである。したがって「自然を支配せよ」という神の命令は極めて反語的と言えるだろう。

この「創世記」の意味深長な多義性を、プラトン的な二元論に還元してしまう人物はパウロであった。パウロは職人の出自であったにもかかわらず、ヘブライムズとヘレニズム双方に精通した大学者であり、「新約聖書」に収められたパウロの書簡、特に「コリント書一」十二章において、全体を人体になぞらえ、手足がなければ人間は完全ではない、バラバラでは機能を果たさない、従って結束せよ、という具合に説得した。つまり、大略、二項対立を基礎に据えたパウロ式思考方法が受け継がれ、その後のキリスト教の発展とともに、西洋思想に定着した。――なお、本作の宗教的基調は贖罪に関する観点からカトリックである。(15)

『闇の奥』では、自然が文明の二項対立的な具体的形象を取って描かれる。すなわち、大河テムズに次いでアフリカ及びコンゴ川として、現れる。頻出する川のイメージは、必ずや「何か」の表象であるに違いない。

これに対する文明の最先端が船舶である。当時、技術の粋を集めた成果として世界を馳せ巡る最強の手段となっていた。今日では高速鉄道や航空機などがそれに当るだろう。

その文明の利器であるフランスの蒸気船に乗って、マーロウはコンゴに出かける。途中、フランス軍艦が砲弾をアフリカのジャングルに撃ち込む場面(p.14)に遭遇するが、文明対自然の構図から眺めると優れて象徴的なシーンと言わねばならない。文明からの威嚇とも見えるし、自然に対しては大砲すら無力だとも解せる。一幕の笑劇でもあろう。だが、同時にまた、第三者に原住民を敵だと思い込ませる腹黒い策略も感知される。[16] 二重、三重の意味が読み取れるところに、本作の真骨頂がある。当然、何かの示唆でもあるはずだ。気をつけておきたい。

(3) 闇

作中の闇に関するイメージを取り上げてみよう。

まず、外見は良いが中は腐敗している都市(「白く塗った石棺の町」)、すなわちブリュッセルでマーロウが出会う会社の受付女性二人である。黒い毛糸で編み物に勤しむ。応募したもの(新入社員)のうち「あの女の顔を再び見る者は多くない」とマーロウは述懐する。毛糸は寿命を表わすのだ。二人の女に象徴される運命である。

ここでアナトリアの三相女神が思い浮かんでもよかろう。うら若き少女、成熟した母親、老婆という三つの姿形を取り、本来の意味はそれぞれ創造主、育成主、破壊主である。ギリシャ神話ではモイライ(運命の女神、元来割り当ての意)に相当する。プラトン『国家』第十巻十三節以降、臨死体験をしたエルが語るところによれば、命の糸(本作においては黒い毛糸)をつむぐクロートー(創造者)、運命を割り当て、糸の長さを決めるラケシス(測る者、維持者)、糸を切るアトロポス[17](不可避のもの、破壊者)が人間の運命を決める。

この三女神になぞらえれば、今後マーロウの辿る運命が受付の女性二人、とりわけ老婆に仮託されているとは明らかである。「人間のすべて、運命をも見透かせる」(p.11)とマーロウの感性が露わにされるように、人間には制御できない運命が象徴的に示される。当然ながら、糸(つまり黒い毛糸)の長さは誰も知らない。たいがい短い。文明人をして運命に想像を馳せさせるのは自然の力(死もその一つ)ではないだろうか。

二人の女は「闇の戸口を守護している」(同)。しかも言葉を発しない。

ここに本作を読み解く重大な鍵の一つがある。運命の女神というイメージだけであれば、誰でも思いつく着想にとどまり、作家としては並であろう。コンラッドの仕掛けは更にその上を行く。つまり、受付の女性に無言を貫徹させた趣向が重要なのである。不気味さを感じる向きもあるだろう。だが、コンラッドの読者は感情の赴くに任せてはならない。受付の役割に関しては、社会通念がある。リアリズムの立場から見るなら、受付が一言も発しなければ、礼儀や常識に反し、ショックであろう。このショック、つまり、徹底した無言の応対こそ、人間の本質に迫る契機となるのだ。

運命論から脱却したはずの文明社会も逆説の闇を突きつけられる。

西欧文明の一般市民を表象するマーロウの叔母は「無知蒙昧の野蛮人を忌わしい風習から引き離す」(p.12)と述べる。この程度まで植民地主義[18]の宣伝に洗脳されていた。マーロウはいみじくも

「俺は詐欺師だという妙な気分」(p.13)を味わう。叔母自身が植民地主義について無知蒙昧であり、陰に隠れた帝国主義[19]の過酷な現実を見逃していたからである。

生首を杭にさらすクルツの支配が貫徹されたジャングル奥地の狭い世界、これはただ収奪するだけの帝国主義を象徴する。西欧がクルツこそ自らの鏡像であるという仄《ほの》めかしに気づいて慄然としたとは、想像に難くないのである[20]。

文明そのものが抱える闇にも留意しておきたい。

マーロウは、アフリカの中央出張所に到着するや、船長として搭乗予定の河蒸気が沈没したと聞かされる。河蒸気が川底をこすって船腹に穴が空いたのだ。穴を塞ぐための鉄板はある。しかし、肝腎の、鉄板を張り付けるためのリベットがない。何度もリベットという単語が繰り返される。キーワードに違いない。何を意味するであろうか。それは高々リベットという単純極まりない部品が欠けていたために、複雑な当代の船がまったく機能しないという皮肉な現実だ。

おなじく、同時期に並行して執筆された『ロード・ジム』(一九〇〇年)でも、ジムが見ている前で難破船から避難しようとする船長たちがボルト一本の不具合で救命ボートを本船から切り離せない、という事態に直面する[21]。文明には、こうした陥穽ともいえる弱点がある。

ここで、従来の批評から、既述した以外の闇を要約しておけば次のようになる。

自然の闇——古代テムズ。厭わしいもの。しかし魅力もあるもの。アフリカ、ジャングル、コンゴ川。帝国主義の闇——コンゴの搾取。象牙収奪。人種差別。現地人虐待。白人至上主義。精神

（ないし心）の闇――悪の観念、貪欲。人倫・道徳性の腐敗。欲望の無際限さ。人権侵害。人間存在そのものが抱える闇。男女差の闇――男性の独壇場。フェミニストからみれば解決不能の闇。

（4）もう一つの闇

タイトル'Heart of Darkness'の'Heart'とは、心臓、心を初めとして実に様々な内容を含む言葉である。むろん核心、中心をも意味する。これをテコにした批評がなされてきた。たとえば――クルツが君臨する'heart'へ向かうのは内面の旅である。マーロウはクルツの分身であり、マーロウの中に巣食うクルツがクルツに忠実な行動を取らせる。文明は男性、アフリカは女性を表象する。文明社会に戻るマーロウは婚約者の分身である。[22]――こうした系列の解釈から少し離れてみたい。上のほかにも闇はいくつも可能だろうが、ここでは地図上のイメージがもたらす闇について述べておこう。

コンラッドは幼少から地図中毒にかかっていた。[23]アフリカ大陸の形状にハート型を見る評家もいる。[23]タイトルにある'Heart'の影響であろう。見方によっては確かにハートの形状をしているが、必ずしもハート型にこだわる必要はない。ロールシャッハの経験によらずとも、別に見えて構わないはずだ。

筆者にはどのように見えたかといえば、人間の脳である。アフリカ大陸の形状は横から見た脳の外形を想わせるものだ。クルツについて、脳の残骸(p.68)という比喩も用いられている。

プロローグ部に出てくる大河はテムズ川であり、マーロウの叙述からアフリカのコンゴ川となる。これら大河が「何か」を象徴しているとは冒頭で問題提起しておいた。マーロウ自身の印象である巨大な蛇(p.8)という以外に、改めて、何があるだろうか。液体が流れる情況から、それがたとえば血管だとしてもよかろう。「荒野はクルツの血管の中に入りこんだ」(p.48)という重要な表現もあった。

これには伏線がある。出発前、叔母と別れた後、マーロウは奇異な気分に襲われる。「大陸の真中ではなく、地の中心へ出かけようとしている気がした」(p.13)。「地」が地獄を表わすとする解釈[25]があり、ウェルギリウス『アエネイス』やダンテ『神曲』、ミルトン『失楽園』を想起させ、むろん、一つの卓見である。だが、同時に、地が脳であってもまったく問題ないだろう。印象主義的叙述であれば、何を指しても可能性はゼロではありえないからだ。

アフリカが脳の表象である蓋然性を考慮すれば、本作の深みはぐっと増す。ちなみに、後世では、ドイツ・オーストリア系末裔の米女流詩人シルヴィア・プラス(一九三二〜六三年)に「巣箱の到来」('The Arrival of the Bee Box', 4 October, 1962, in *Aerial*〔1965〕)という詩がある。


——四角い巣箱の中で蜜蜂が羽音を立てている。怒り狂うラテン語のよう。気狂いたち。明日私は解放してやる。箱はただこの世だけのもの——。

ここで明日解放とは自殺を仄めかしたと解釈できるし、巣箱は頭蓋骨、内部は脳髄を想起させる。偶然であろうが、脳という発想が似ている点、注目される[26]。

つまり、マーロウがコンゴ川を遡上する行程は、脳の中心に向かって血管中を遡上する行程を指し示すといえる。脳の中心もまた闇ではないだろうか。嘘を吐くどころか殺人もできる。刑法(リアリズムに基づく合理主義精神の発露)では適用の範囲外にある範疇なのだ。荒野と呼応する表象とも言えるだろう。

脳の中心はいまだに本質的に解明されたとは言えない。人工知能(AI)を開発した科学の力をもってしても脳の神秘は極められないだろうし、精神はどうやって科学で解明するのか、はなはだ心もとない。まして嘘の発生現場となればなおさらだろう。船で行ける一番遠い地点とは、すなわち文明(科学技術)で到達できる最大限の境目を表象しているわけだから、技術の限界を示している。

(5) クルツの最期

河蒸気の修繕が終わった。マーロウはクルツの評判を耳にし、中央出張所では支配人の言葉を聞く。クルツは、部下のなかで最優秀の男であり、会社にとっても非常に貴重な人材だ、と。

救出活動のため、コンゴ川の遡上を開始し、ようやく奥地出張所に近づく。残り距離が次第に少なくなってくる。目的地まであと三時間の距離だが、行く手には白い霧が立ち込めた。闇の奥を包み隠す媒体である。奇妙なことに、河蒸気の船員に「人食い人種」を採用していると読者は知らされるが、これら「人食い人種」の乗組員三十人は飢えに苦しんでいるものの、同船している白人五人に危害を加えようとはせず、腐った河馬の肉で食いつなぎ、耐え抜いた。なんと、黒人の中に自制心がある。そして、ついに残り二キロ半にまで迫ってきた。

沈み木を避けるため岸寄りに航路を変えたところ、突然、岸辺から黒人集団の攻撃を受けた。マーロウが高く評価していた改宗舵手が飛んできた槍によって殺害された。乗組員がその死体を喰いたかったと水葬を恨んだものの、マーロウたちを喰う事態には発展しなかった。倫理はどちらが守ったのか。支配人やクルツの倫理崩壊と好対照をなしており、[27]伏線ともなる。

様々な苦難を乗り越え、ついに奥地出張所に到着した。まだら服(アルルカンの道化服を思わせる)を着た二十五歳のロシア青年の憧れの的であったクルツは、病篤く、河蒸気に収容される。

クルツについてはさまざまな評価を下す人物たちが登場する。

有能な象牙の集荷人として賞賛されると同時に貪欲だと批判の対象にもされる。原住民を啓蒙しようとする植民地主義の理念に燃えた男である反面、象牙を強奪する目的で遠征にでかけ、虐殺すら厭わない暴君とも言われる。ロシア青年にとっては、雄弁で、恋愛や詩について熱心に語り、ただならぬ絵画の才も見せる芸術家である。

毀誉褒貶は世の常とはいえ、矛盾を孕んだ人格が立ち現れる。マーロウの帰国後、クルツの知識が広範で独特だったという人物が訪問してくる。自称従兄は音楽の才能が抜きんでていたと語り、新聞記者は、民主的な政治家だったと証言する。

このように、多方面に能力を発揮した巨人は、もはや見る影もない。川を下る途中、一度逃げ出して配下の現地人たちと合流しようとするが、マーロウに連れ戻される。四つん這いになった姿は獣性を表象するとも評される。(28) 英雄の姿としては極めてアンチクライマックスといわねばならない。ある晩、'The horror! The horror!' と今わの際、か細い声で言い残し、あっけなく死んだ。

辞世の言葉は、『ハムレット』一幕五場八〇行の亡霊の台詞、

O, horrible, O, horrible, most horrible!
ああ、恐ろしい、恐ろしい、この上なく恐ろしい!

を下敷きにしている。前国王の亡霊は、「国王が弟に暗殺され、女王が暗殺者と結婚した」と訴える。私的怨恨、国家の腐敗などが背景にある。ハムレットに復讐を求める、告発の叫びであった。

もう一つの出典候補である『マクベス』二幕三場六四〜五行、

O horror, horror, horror! Tongue nor heart

Cannot conceive nor name thee!

ああ、恐ろしい！　恐ろしいことが！

口も心も凍りつく、名付けようもない！　（松岡和子訳）

は、マクダフがダンカン王の暗殺を発見した時の台詞であり、眼前の惨劇を嘆く叫びである（久保寺昌宏の個人的指摘）。

さて、『ハムレット』や『マクベス』と同じく王殺しが ‘horror’ であるのは論ずるまでもないが、クルツの ‘The horror’ には、「あの、お前も良く知っている、帝国主義の ‘horror’ だ」という含意がある。マーロウの叔母もクルツの婚約者も知らない類の ‘horror’ であるから、定冠詞の ‘the’ が必要なのである。マーロウの視点に立てば、マーロウを知見や体験の共有者とみなしている。

これらを加味し、また「恐怖」を認識したとする立野説を勘案すれば、‘The horror! The horror!’ の邦訳として、

恐怖だ！　恐怖だ！

とすることもできるし、「残虐だ！　残虐だ！」ないし「残酷だ！　残酷だ！」なども有力になってくるだろう。

クルツの辞世の句は、地球的規模、人類全体に及ぶ帝国主義的事態を背景に、さらに象徴の重みを増している。自然の収奪は、詰まるところ、人間の収奪であり、狡知を尽くして邁進したところで、反対にかかわった人間そのものが収奪される結果になったのだ。とすれば、これは自己否定、自己告発の叫びであった。[29] マーロウもこの定めからは逃れられない。クルツは「声」('The horror! The horror!')という亡霊になってしばしばマーロウの脳内に谺するのである(pp.73, 76)。

(6)——嘘

ここで最初の問題提起に戻りたい。マーロウは嘘が大嫌いで、「嘘には死の味と臭いがする」(p.27)とまで言挙げした。語り手は嘘を吐かない前提で体験談を開陳する——この約束が保証されたというわけだ。聞き手にも読者にも暗黙の裡に了解されている語りの条件が、ことさら強調されたわけである。

むろん、この強調にこそ仕掛けがある。当のマーロウが、蒸気船の修理を急がせるため、煉瓦造り社員に、リベットが届かなければキャリアに瑕がつくと嘘で脅すのだ。「ヨーロッパで影響力をふるえる人間だ」(p.27)と思い込ませた。結果、自己嫌悪に陥って、「嘘を吐くと同然のところまでいった」(同)と告白せざるを得ない。同じく、機械工には、リベットが来るぞ、と二人で大はしゃぎし、「あと三週間もすれば届く」(p.30)とデマで煽った。また、ロシア人の青年を鎮めるため、「俺に関する限りクルツの名誉は安泰だ」(p.62)と請け合って、クルツの本性を偽る。それればかりか、河蒸気から逃げ出したクルツに「ヨーロッパでの成功は間違いなしですよ」(p.65)と無根拠の作り話でおだてる。帰国後、クルツの会社から派遣されてきた男には、クルツの筆になる報告書の註にあった「蛮人は皆殺しにせよ」の部分を破棄して渡し、真実を伝えない(p.71)。欺瞞としかいえない行為の連続ではないだろうか。

最後の極め付きがエピローグである。繰り返せば、クルツの許婚に、クルツの最期の言葉は彼女の名前だった、と虚を吐いたのだ。マーロウは、「こんな些末事で天が落ちることはない」(p.77)と嘯く。ところが、立野「虚無を見つめて」によれば、マーロウに「天は落ちた」(三〇頁)のである。'The horror' とは「恐怖に対して能動的に立ち向かう人間の姿」(三七頁)を体現する言葉であり、クルツは虚無を見つめる勇気をもっていた(三六頁)。一方、マーロウにはその勇気が欠けていた。つまり、マーロウの本性が暴露された、というわけである。これはクルツを最大限に高く評価した例であろう。コンラッドへの讃辞でもある。

だが、本稿では別の問題に注意を喚起したい。

これほど嘘を吐かれれば、やはり、何か勘繰りたくなるのは人情だろう。先に挙げたオフィーリアの嘘はその場凌ぎで、大した嘘ではなかった。しかるに、ハムレットにとってはオフィーリアの裏切りないしスパイ行為を疑うには充分、あるいはそれ以上であった。

――陳述を額面通り信じるわけにはいかない

読者が疑うのは当然なのだ。その感性の裏付けとして、虚偽ないし背反を示唆する表現が作中にいくつもある。たとえば、クルツも嘘を吐く。ロシア青年を瞞着してクルツ崇拝に導くだけでなく、婚約者をも自説の植民地理論で幻想に閉じ込めるのである。

ほかにもある。マーロウは社員の一人を張り子の悪魔《メフィスト》と呼んだ(p.26)。表面上とか、表面という言葉が散見されるから、内実は無いに等しいわけだ。

張り子の悪魔《メフィスト》、すなわち中身が空っぽのイメージは、一段にも二段にも展開されていき、蒸気管は空洞であり、河蒸気そのものもビスケットの空缶のような音を立てる(p.29)。クルツも中は虚ろである(p.58)。象牙のようなクルツの頭とは、中が詰まっているはずの象牙が実は空虚だという暗示でもある。クルツ自身、象牙で彫った死神の像のよう(p.59)であるし、顔も象牙でできているような様子だった。

富の源泉である象牙(実体)が空洞や死神など否定的なイメージに用いられるのも皮肉であり、まさにブラックユーモアともなる。

第一の語り手は「マーロウの結論のない体験談」(p.7)と揶揄するものの、真実体験なのか誰にも分からない。枠の外にいる第一の語り手すら、客観的だとして信用するわけにはいかないのである。

つとに、第一の語り手の信頼性については、疑問が提示されている。南田正児は、冒頭部において、第一の語り手の位置からは Gravesend の上流に Mucking Lighthouse という燈台が見えていたはずなのに Chapman Lighthouse 以外全く言及がないのは芸術のための故意の操作だ、と指摘した(30)。

もう一つ重要な仕掛けがある。マーロウは、「女がいかに真実とは無縁であるか」(pp.12, 48)と二度も言い放つ。フェミニストから総スカンを喰いそうな台詞だ。女とは文脈上、西欧文明社会の叔母とクルツの婚約者を指している。マクロークランによれば、叔母は騙されやすさによって真実から無縁であり、婚約者はクルツの理想に固執している事実によって真実に縁がない(31)。ともに「白く塗った石棺の都市」に暮らしているとはいえ、二人の状態は内容が異なる。——なお、マーロウの嘘によってクルツに対する幻想から覚めない婚約者は、『夏の夜の夢』において、最後まで魔法の惚れ薬から覚めないままヘレナに恋しながら生かされていくディミートリアスを彷彿とさせる。『アントニーとクレオパトラ』と同様に、影響関係を見る立場も可能だろう——。

コンラッドは、本当に女性を「真実とは無縁」と見ていたのだろうか。

女性は強い面もあるはずだろう。ハムレットの「弱き者、汝の名は女なり」にもかかわらず、シェイクスピアの女性たち、たとえば『ベニスの商人』のポーシャ、『お気に召すまま』のロザリンドなどは、概して賢く強い。その強さは、つとに旧約聖書にも叙述されている。ノアの妻は名前こそ記されていないが、飲んだくれのノアを容赦なく引っぱたく。中世においてさえ、マリア崇拝は別にしても、女性のほうが男性より優れていると主張した学者詩人がいたし(32)、ルネッサンスではすでにフェミニズムは芽生えていた。もとより、コンラッドは随所で聖書に言及しており[33]、シェイクスピアに私淑さえもしている。

ブリュッセルの会社の受付で無言を貫く女性たちは何も知らないどころではない。闇の戸口を護っているのではなかったか。アフリカのもう一人の女性、奥地出張所に現れた幻のような黒人女性も、無言ながら、「悲劇的で強烈な無限の悲嘆」(p.61)を顔に浮かべた、何かを知っている女性であろう。汽笛にも驚かず、伏せたりしない。

また、『ロード・ジム』では、マーロウにとって、ジムの恋人ジュアルはスフィンクスよりも謎めいていた[34]。正解を知っているのはスフィンクスのほうなのだが、さらにそれよりも深い真実、誰にも見破られない真実を知っているというわけだ。

現地女性は真実から無縁どころではない。真実の中心にいるのである。――オスカー・ワイルドは、『謎のないスフィンクス』(一八八七年)でスフィンクス気取りの秘密マニアに過ぎない女性を描き、古来のスフィンクス像を逆手に取ってみせた。コンラッドはワイルドを充分に意識していたと思われる――。

このように概観しただけで、「女は真実から無縁」は少なくとも事実とは異なる言明だと判明するだけでなく、マーロウの思い違いというより意図的な発言にみえる。つまり、マーロウの言説に疑いを持たせるための工夫ではないかとも思える。

——ここで一歩立ち止って、語り手の言葉に用心せよ、言明は本当か？と、読者に対する警告だとみれば面白くなる。ではこの警告の先にどのような秘め事が潜蔵されているのだろうか。

イメージに戻れば、大河が血管だとして、マーロウは脳の奥まで苦労しながら遡っていった。もちろん、予想外のものがあるし、不測の事態が起こる。読者にとっても、当然ながら、推測を裏切られる必然事、つまり、どんでん返しが用意されているのだ。

最後の嘘で示唆されるどんでん返しとは、マーロウの話はすべて脳内の出来事だった、という暴露である。すなわち作り話で、架空の物語だったとも言えるのだ。その可能性がわずかなりともあるのであれば、架空の話をでっちあげて、聞き手や読者を手玉に取った、という解釈も捨て去るわけにはいかないだろう。作者コンラッドの実体験に基づいた語りは「本物だ(genuine)」[35]と主張する評家もいる。確かに一九一七年版の覚書(*Norton* 3, p.4)において、コンラッド本人が事実をほんの少しだけ改変した自分の経験だ、と断っている。しかし、この「ほんの少しだけ」が修辞的であるのは、シェリーやイアン・ワットなどの研究で明らかである。

ついに、マーロウは「信頼できない語り手」としての素性を露呈したといえる。

(7) 信頼できない語り手

事実を枉げて報告したり、捏造したり、認識力に限界があったり、あるいは内心を偽って語る「信頼できない語り手」については、ウェイン・ブースが初めて問題を提起した。[36]

ところが、マーロウに関しては、作者を反映するから信頼できる人物だ、と主張した(pp.91-2)。ニュアンスは異なるものの、アームストロングは、マーロウの言動は他の作品のマーロウに比べ曖昧ではないとする。[37]

これに対し、シェリーは、コンラッドの「コンゴ日記」(*Norton* 3, pp.159-88 に所収)と『闇の奥』とを比較して、かなり異なると実証した。[38] またイアン・ワット Watt, *Conrad 19 C*, pp.135-46 は、コンラッドが現実体験を加工する際効果的に省略、単純化していると指摘した。つまり現実を改変してフィクション化したのだ。

一九一七年版の覚書(*Norton* 3, p.4)では『青春』と『闇の奥』を「体験の記録」だとしながら、『闇の奥』は「全く別種のアート」だとコンラッド本人が認めた。言うまでもなく、アートとは造り物であるから、架空の話なのである。

加えて、スチュワート(Stewart, 'Lying', *Norton* 3, p.369)は自己欺瞞に陥る、即ち嘘を吐くから、マーロウは倫理的に信頼できる語り手として失格だと示唆した。また、ディルワース(Dilworth, 'Listeners and Lies', p.510)は、マーロウが幾多の嘘を吐くため、語りの信憑性が崩れると断じた。ピーター・ブルックスは語り手が‘the horror’を辞世とすること自体、聞き手を騙すことだと糾弾した。[39] 南田正児からは、既述の通り、そもそも第一の語り手からして事実に反した言説を弄するという指摘がなされた。

すなわち、マーロウが語り手としていかに当てにならないか、数多の言辞が費やされ、証明されたのである。

コンラッド自身は、『ロード・ジム』三十三章において、「真実の翼をもった言葉」が役に立たない時、「ぜったい見破られないほど絶妙な嘘にどっぷり浸した魔法の毒矢が必要だ」と、信頼性の議論を先取りしたかのようにマーロウに語らせている(*Lord Jim Norton* 2, p.188)。ありていに言えば、真実を得るためという大義名分を持ち出し、意図的に嘘を使用する、すなわち手段を選ばない態度が窺われる。読者はよほど注意せねばならない。

全編を通じてマーロウの虚言を追求してみると、興味深い特徴が浮き上がる。いずれも悪意のある嘘ではないという点だ。話の流れによって発生した‘white lie’に過ぎない。つまり、‘white lie’は本来、その場の状況が原因となって現れるのである。

これに関連し、非常に重要であるので、ソシュール研究家、森山茂の『「ソシュール」名講義を解く！　ヒトの言葉の真実を明かそう』ブイツーソリューションズ、二〇一四年、を繙《ひもと》いてみよう。

森山によれば、ソシュールのいう発話《パロール》とは「心理的な」もので、たとえば「不意のドアの開く音に急に意図したこととは違うことを口にしてしまう」（一二九頁）類の現象である。「言葉も発話《パロール》も本来まったく不安定なの」だ。

森山は現代言語学を言語名称目録観（七三頁）に毒されていると批判し、ソシュールが正しく理解されていないと慨嘆、一九〇七年、一九〇八～〇九年、一九一〇～一一年の講義ノートを丹念に読み解き、発話《パロール》の不安定性を指摘した。

ソシュールは構造主義者だという言説はソシュール誤解に基づいた虚妄に過ぎず、「言辞と心理とは、永遠に対応することはない」とする（一二九頁）。また‘psycho’（心理的）、‘psychique’（心的＝心のなかの）というソシュールによる用語の使い分けがまったく見損なわれており、前者が‘parole’（発話）、後者が‘langue’（言語）に一貫して適用されている事実は見過ごされていると嘆く（一二八頁）。

ソシュールは連合と連辞という二つの概念を導入する。連合とは「語の周囲に星雲のように漂う、我々の心の中に持つ（潜在的）差異、そして語間の対立の集合である」（一二二頁）とした。重層的な（または多重音声的な）イメージがそれに当たる働きをするだろう。

「連辞」とは「ラングと呼ばれる社会性を伴った言語体系に則って、本来異質な語同士が互いに限定されあい、お互い同士との関係および全体との関係において価値付けられることで、ある意味作用をもって現出してくる一連の言辞、言葉のことである」とする（一一五頁）。

記号表現《シニフィアン》と記号内容《シニフィエ》が、齟齬を生じる場合があるとしても表裏一体で切り離せないように、連辞と連合は切っても切り離せない関係にある（四三頁）。

言語《ラング》は心の中にある（すなわち心的な）価値体系であり（一三四頁）、発話《パロール》においてヒトは言語《ラング》を行使しようとする。発話《パロール》とは次の二つからなる。「個人の意思によるその思考を反映する、個人が作った文《フラーズ》」および「それ（文《フラーズ》）を現実化するための、自発的な発生行為」（一四二頁）。

ソシュールの'parole'は通常「言《げん》」と邦訳されるが、本稿では森山に従って「発話《パロール》」としておく(40)。

ここで「心理的」とは「何かを主体的に選ぼうとする心の動き」を指す。このように選択していく決断を、後にジャン＝ポール・サルトルは、実存であるとした。「実存は本質に先立つ」、すなわち存在には本質がない、とする考え方は、講演「実存主義はヒューマニズムであるか」（一九四五年）で提起された。（禅とよく似た考え方である。「禅にとって、普遍的本質などない」。井筒俊彦『意識と本質』（一九八三年）岩波文庫、八九頁。）

もう一つ、哲学からの例を挙げておこう。アルフレッド・ノース・ホワイトヘッドは、「言語は命題に対して常に曖昧だ」と指摘し、とりわけ「話し言葉は金切り声にすぎない」と断言している（*Process and Reality*, p.264）(41)。

〈たとえば命題「ソクラテスは死を免れない」'Socrates is mortal.'において、英語表記では「それは死を免れない」'*It* is mortal.'か「それはソクラテス的であり、死を免れない」'*It* is Socratic and mortal.'

を意味し得る――'Socratic'は付加的要素――。さて、この命題には論理上、ただ一つの主語(*It*)しかないという説は純然たる因習に過ぎない。「死を免れない」'mortal'という語は、この世界の活動的実在(actual entity = 相互関連した複合的な存在)との関係を意味するのであって、「任意の可能な世界においても死を免れない」を意味するのではない。こうして一般的に、「可死性」'mortality'を例示する時は、この現実世界との関連においてなのである。

同じように、「ソクラテス的」'Socratic'という語は、「アテネ社会においてソクラテス的」であって、「他の社会においてソクラテス的」という意味ではないし、「アテネ社会」とは、この現実世界において、「アテネ性」を実現できる或る組織体である必要があるのだ。――たとえば、常にペルシャなど外敵の脅威にさらされ、市民は全人口の一〇パーセント、残りの九〇パーセントは奴隷、など(筆者)――。

こうして、命題「ソクラテスは死を免れない」の場合、一方の意味において、論理的主語は、単数のそれ(ソクラテス)であり、ならびに、活動的実在'actual entity'でもある――後者は、「それ」をも含んだ、可死性が実現可能なこの現実世界に棲む存在である。他方の意味では、アテネ社会を形成する活動的実在も、論理的主語になる。これらの活動的実在は、述語「ソクラテス的であり死を免れない」を実現するため必要であり、限定的に指示された論理的主語なのである。活動的実在はまた、この現実世界の構図全体が、「可死性」との結びつきにおいて、「アテネ性」を支持するような構図であることをも要求する〉(拙訳、p.265)。

哲学・論理学の上でも言語がいかに曖昧か、証明されたであろう。とりわけ、話し言葉は厳密さにかけてはまったく当てにならず、聴き手の恣意的解釈に委ねられるほかない。マーロウの語りは、聞き手次第で意味がどうにでも変わってくるという論理的裏付けが、ここになされたわけである。

さて、ソシュールを援用すれば、マーロウの嘘は、日常的に現出する「言葉と心理のずれ」を反映したものという結論になる。発話《パロール》こそ'white lie'の正体だ、少なくとも'white lie'は発話《パロール》の一形態である。

つまり、マーロウは心にある本音とは相容れない逆の趣旨を言葉にしていたわけになる。ちょうど、男女間の機微に触れて、嫌い嫌いと言いながら、目は口ほどにものを言い、という現象が起こるのと同じで、日常を少し想い起こしさえすればよい。

マーロウには他者を陥れてやろうという悪意はなかった。あくまで環境的心理的要因の結果なのである。

一連の嘘は、ファルス的要素として、深刻な事態に場の緊張を緩める働きがある。それであれば、イギリス的であろうと東欧的であろうと、手のこんだユーモアも一役買っていると言ってよい。イアン・ワットは、ポーランドの伝統的物語形式ガウェダ——懐古的ナレーターが物語を展開——の影響がある(p.211)としている。同じくマーロウが登場する先行作 *Youth* (1898)(『青春』田中西二郎訳、新潮文庫)は懐古的でありセンチメンタルであるが、東欧的ユーモアに富んだ表現が随所に見られる。

『闇の奥』では、「俗悪な書き割りの前で演じられる下劣な笑劇にでも出てきそうな名前の交易所」(p.35)とか、「小さな砲弾がか細く甲高い叫びを漏らしながら飛んでいく」(p.36)など、何箇所かに見られる。

『ロード・ジム』*Lord Jim Norton* 2の十三章でも、思わず微笑した水夫の話によると、一等航海士で一番チビのボブが救命ボートから難破船に戻ったはいいが、取り残された大柄なメイドを連れ出そうとして力比べとなり、滑稽な綱引きを演じた。難破船は間もなく沈没、二人とも死んだ(pp.91-2)。深刻な事態ながらユーモアに溢れた描写である。イギリス的な、いわゆる「洗練された」ユーモアとは一線を画する。――なお、オスカー・ワイルド『まじめが大事』*The Importance of Being Earnest*(一八九四年作、九五年上演)では無害な嘘がふんだんにあらわれる上、イギリス的ユーモアも堪能できるであろう――。

マーロウの語りは、印象主義的描写で具現化させた想像の過程だとみれば、まさにこの一点でこそ、事実偏重の近代リアリズムを超えている。

他で述べたから詳細は繰り返さないが、ジョイスやプルーストの方法とは異なるものの、カフカ『変身』(一九一五年)も寓話形式を採用した点で近代リアリズムを超えた。(42) 付言しておけば、チェコ・プラハ生まれのカフカにも、コンラッドに類似した東欧的なユーモアが認められる。

コンラッドは独自の形でソシュールと同じ趣旨をいち早く企図した。その結果が『闇の奥』であるといえる。印象主義的描写はここで本来の力を発揮した。ぼんやりと、暗示的な発話《パロール》を続ける、つまり不安定さゆえに読者の想像力をかき立てた。その点でも、観客に、場面移動についてくるよう求める『ヘンリー五世』の説明役《コーラス》とは異なる。さあ答をみつけにおいで(p.13)、と誘うわけである。このやり方はミステリーの方法でなくて何であろうか[43]。

言葉の性質については、『ロード・ジム』*Lord Jim Norton* 2 においても、言及がある。マーロウは言辞と心理が一致しない事態に何度か遭遇、心理的な齟齬に気づく。たとえば、二十八章では、パッサンにおける有力者のドラミンが白人(権力を握ったジム)はいずれ立ち去ると疑問を呈した時、マーロウはそんなことはないと請け合ってしまう。ドラミンが、よかろう、だがなぜだと問い返すと、根拠のない安請け合いだと気づき、ジムには恋人ジュアルがいるから、と咄嗟《とっさ》の想い付きを述べてしまった(pp.164-5)。

これがそのままジュアルの登場につながる。ジュアルの「ひたむきで熱のこもった囁き、そっと情熱的に語る口調、息を呑んだ突然の沈黙、すっと伸ばされた白い腕の哀願するような動きは、僕はどんな言葉にも表せない」(p.183)とマーロウは匙を投げる。次の三十三章でも「(ジュアルの)語調は(中略)単なる言葉では表せない」(p.186)と強調されるように、言葉(発話《パロール》)の限界がはっきり示される。よって、読者は想像力を働かさざるを得なくなる。

嘘を連発するマーロウは、ソシュールが発見した発話《パロール》という人間の現実、すなわち信頼できない語り手という現象を、ソシュール以前に実現していたのである。マクベス夫人が夢遊病に陥るのはフロイトの三百年前であった。奇しくも、同様の現象が起こったわけだ。

（8）フィクション

発話《パロール》が問題であった。言辞と心理が一致しない。この現象は、いっそう事態を複雑化させる。

コンラッドは言葉にこだわる。マーロウだけでなく、クルツもジムも言葉の申し子である。ハムレットの「言葉、言葉、言葉」（二幕二場一九二行）およびトロイラスの「言葉、言葉、単なる言葉」（五幕三場一〇八行）が念頭にあるはずだ。言葉は、無意味な声の氾濫であり繰り返しである。言葉ならぬ、技術の粋を集めたはずの写真でさえも、「光の当たり具合で嘘を吐く」（p.72）。まして言葉においてをや。

コンラッドは『ナーシサス号の黒人』序文において、日常の使い慣れた、手垢のついた言葉が魔術的暗示を達成すると述べている。たとえば、西村隆は一つの表現についての解釈を取り上げる。'Well, the name [Kurtz=short] was as true as everything else in his life — and death.'（p.59）。この'as true as'が肯定であるか否定であるか、はっきりしない。西村説の通り両方であろう。コンラッドが帰化人で英語がネイティブ並みでなかった（中野好夫訳『闇の奥』岩波文庫、一七二頁）からではなく、コンラッドの戦略は「読者の持つ価値観を根底から揺さぶり、すっきりした判断を下させない」ことだから、である。[44] 因みに、コンラッドは自分の書いた英文を作家仲間のフォード・マドックス・フォードに査読してもらっていた。

まことに、発話《パロール》が 'white lie' でない場合、事態は深刻である。

悪質な嘘によりクルツの本質を暴いた気でいる支配人は、自分を誤認する。クルツほど象牙を集められる部下はいないという事実に頭が上がらず、言葉に過剰な重みを加え、相手を陥れる嘘で自己の妬みや欺瞞に目を瞑るのである。ユーモアの欠片もない。『オセロウ』のイアーゴウに遡る伝統的悪役(Vice)ないし悪党(villain, vice)でもあろう。

悪役(Vice)は中世演劇から受け継がれた役回りで、道化的頓智も求められ、舞台の外に飛び出し観客を巻きこんで上演を盛り上げた。悪党(villain)は、シェイクスピアでは、もっぱら悪(evil)を旨とする役どころとして、『リチャード三世』の主人公などが注目される。もう一つの特徴としては、ユーモアが無きに等しい点が挙げられる。コンラッドも巧みに取り入れた。小悪党としての支配人の造形には、陰に隠れて公爵への悪口雑言(虚偽)を憚らない『尺には尺を』*Measure for Measure* のルーチオ(vice の一例)などにもルーツがあると考えられる。

つまり、なぜ悪党かといえば、正しい判断ができない上、自己の言葉に裏切られ、クルツより遥かに小物でその分たちが悪いと自らさらけ出している事実を見過ごすからである。言いかえれば、自分の人格の問題だと気付かないのだ。

支配人は、人間味のない商売気だけにとらわれ、また上昇志向にすがりつき、クルツの堕落や病的倫理感よりもたちが悪く、自己の利益を図るため、不健全な方法による害悪のみに関心を向けさせようとする人間にすぎない――こう断罪する理由として、叔父と結託した支配人によるクルツの殺害謀略(pp.31-2)が成功するからだ、と指摘する評家もいる[45]。

ジャングルに砲弾を撃ち込む軍艦(p.14)が何かの伏線だとは指摘しておいたが、ここに至って、支配人の発語行為が艦砲射撃というイメージを引き継いでいる事情が判然とする。言葉と砲弾という違いはあるものの、双方とも発する側の腹黒さにおいて甲乙つけ難いのである。

言葉と対比されるのが労働だ[46]。黒人たちは重荷を負い、誤魔化しようのない労働に追われる(p.30)。これが実質《リアリティ》であり、言葉の欺瞞とは正反対の現実である。しかも黒人のほうが自制心を発揮した(p.41)。マーロウは、条件付きとはいえ、自ら「働くのは好きじゃない」(p.29)と告白した。懺悔ともみなせるが、引かれ者の小唄的な、あるいは居直りの空威張り的な空々しさは免れず、実質《リアリティ》すなわち現実とは心情的に相容れない人生の破綻を問わず語りに認めている。言葉の社会である文明社会の住心地の良さを手放したくないのだ。

コンラッドの作品は曖昧だ、という不満が、ジョン・メイスフィールドやE・M・フォースターなどから、述べられてきた。

主人公たちが内面の不確定性に翻弄されてしまうのだ。たとえば『ロード・ジム』*Lord Jim* Norton 2のジムは、お伽噺のような国パッサンに逃避しても自己の暗部の重みに耐える我慢ができず、生きるための究理を得ることはできない。コンラッドの描写法をみてみよう。

十一章では「嘘ではなかった――だが本当でもなかった」(p.80)や、十九章では「ジム流の態度が、自らの幻影を避けたことになるのか、正面から徹頭徹尾対決したことになるのか」分からない(p.119)など、意識的にどちらともはっきりさせない表現が見られる。(47) これでは、問題の糾明には至らないであろう。

雄弁が売りであるクルツは、結婚するに充分でない財産を補おう(p.75)とする余り、ジャングルの奥で当初の理念を忘れて白人至上主義に足元を掬われ、やはり真実からは遠ざかってしまった。健康診断の医者が長年の診察経験をもとに予言していた。

変化は頭の中で起こる

と(p.11)。

実際、クルツは暴君に変貌し、支配人は地位利用に走った。今日的に言えば、両者ともパワー・ハラスメントに及んだ。つまり倫理に悖逆する奸物になり下がったわけだ。マーロウの脳内で変化が起こらないはずがない。経験では、人間の行動は理性の埒外に出る傾向がある。

――人間といえども自然そのものだ

これこそマーロウが泳ぎ着いた認識の岸辺である。自然が手に負えないと同じように、理性がある はずの人間も自然の一部を構成して手に負えない。まことに意識的に嘘を吐く、そういう自分自身が真実とは無縁で、手に負えない。他人の言説が当てにならないように、自分の言説すら当てにならないのだ(p.62)。クルツの声が「いかなる意味も持たない一つの長広舌、最後の震え」(p.48)だと感じるのは、ポローニアスを評するハムレットの台詞に重なる。翻って、自分の声も実質がない、脳内の響きに過ぎないと気付くのである(48)。

発話《パロール》に翻弄される、これが文学に現れた近代の悩みなのだ。

言葉がいかに軽くなったか。

換言すれば、言葉が「神」(「ヨハネ伝」一章一節)だとか「言霊」などといったヴェールを脱いで、本来の姿を現したのである。「俺はクルツ氏の同類(friend)だ」というロシア青年への宣言は、戯言のつもりだったが、告白になってしまった——ハムレットは、旧学友ギルデンスターンやローゼンクランツに対し「俺はクローディアスと同類だ」とは決して言わない——。

近代において、言葉は言霊どころではないのである。

念を押しておけば、クルツの名誉は汚さないという言明、

これが本心であるか自分でも分からなかった(p.62)。

こうした言明の揺れ、不安定さをマーロウはあたかも楽しんでいるかのようだが、コンラッドはマーロウを介して読者を試している姿が窺われる。この作為には、東欧的ユーモアが介在しているに違いない。

こうした発言の揺れ、嘘の連発などのような現象は、ソシュールの唱える発話《パロール》の特質でなくて何だろうか。ソシュールははっきりと言明する、「発話の行為は個人にあり、さらにその場限りのものである(49)」と。

言葉を操る際には、細心の注意が必要なのである。

昨今の言語活動にはそれが特徴的に表れている。

たとえば、二〇一六年十一月十六日、『オックスフォード英語辞典』(*OED*)は「今年の言葉」として「ポスト真実」(post-truth、一九九二年初所載)を選んだ。別に'alternative fact'ともいう。偽ニュース(fake news)の謂いである。

同年六月に国民投票が行われた英国のEU離脱・残留問題では、とくに離脱派によるキャンペーンで虚偽の言説が多用された。十一月のアメリカ大統領選挙においては更に程度を深め、当選したドナルド・トランプ大統領は、選挙期間中の発言のうち七〇パーセントが故意の嘘か根拠のないデマだったという分析がある。大西洋の両側でポスト真実、即ち虚偽がまかり通ったわけだ。

インターネットが普及し、一瞬で情報が世界を駆け巡る現代は、「言葉不信」が浮き彫りになった時代といって過言ではない。事実の確認'fact check'つまり'confirmation of a fact'が必須となった。

皮肉でもあるし、当然の帰結であるとも言える。

ついでながら、読者の案に相違して、ユーモアは底知れない闇のユーモアとなる。というのも、コンラッド自身が、

　アフリカ中央部で発狂した人間（＝クルツ）の物語とはまったく違った話になるのは、最後の面会場面があるためです。


と手紙で述べているからだ。[50] 婚約者との面会は種明かしであったのだ。つまり、クルツが主人公ではなく、あくまでマーロウが主人公だと宣言された。マーロウは嘘の吐き放題（継続した、言葉と心理のずれ）によって闇の奥に直接踏み込む危険をかいくぐった末、まんまと西洋社会に帰還、カトリックらしく友人たちに告白し懺悔している最中なのである。しかもそれが架空のでっち上げである可能性を排除できない、[51] としたら、とたんに複雑な構造が透けて見えてくるだろう。

あの世から帰還して経験を語るプラトンのエルやオルフェウスなどと同じく、マーロウも荒野から帰還して、クルツよろしく雄弁に見聞を開陳する。コンラッドがいかに古くからの形式に依拠したか、明白である。

ところで「あの世」が架空であるのは言を俟たない。この西洋古典の顰《ひそみ》に倣えば「荒野」'wilderness' が架空であってもよかろう。

ちなみに、西アフリカに分け入ったヴィクトリア朝の探検家や農学者の日誌によれば、人跡未踏の荒野はどこにもなかったらしい。西洋白人の持ち込んだ牛疫(ウイルス)のため、コンゴの熱帯雨林にしか棲息しなかった媒体のツェツェ蠅が、ほかの地域の偶蹄類に拡散した結果、とりわけ牧牛に深刻な打撃を与え、現地人集落を壊滅させた痕跡がいたるところにあったという。[52] すなわち、人の手の入っていない荒野とは幻想なのである。中央アフリカでも同じような類推が可能だとすれば、「荒野」そのものが西洋白人によるでっち上げ、嘘八百、すなわち「あの世」に匹敵する架空の存在だった、と言ってもよかろう——原住民の疲弊がなかったなら、ヨーロッパがあれほど容易《たやす》くアフリカに侵攻できたであろうか——。文明による闇の、もう一つの例である。

最後に、見逃されがちだが、重要な作為を指摘しておけば、ポール・セロー(またはセルー)によると、アフリカには食人の習慣はなかったという。[53] コンゴのみならず、東南アジアにも詳しいコンラッドは、食人に関した歴史的記録の存する中国や、食人習慣が依然として残っていたニューギニアとは異なる事情を知っていた。コンゴの食人種など、架空の存在なのである。コンラッドの企みは底知れない、と改めて肝に銘じたい。まことに、マーロウは「信頼できない語り手」として群を抜くのである。

惟えば、認識の岸辺から上陸、ずっと奥へと入ったところでマーロウの得た新しい認識とは、言葉の本質にかかわる認識であった。

人間の人間たる所以、すなわち言葉（発話《パロール》）――その内実や在りようを徹底して凝視、秤にかける。

というわけだ。

植民地主義の理論も宣伝も意図的で悪質な虚偽、恐ろしい空洞である。すなわち、言葉が体制化硬直化して、理性的意味を失ってしまったのである。翻ってみれば、マーロウの嘘（発話《パロール》）はこれとは別物だという主張である。それにもかかわらず、

神でもなく言霊でもない発話《パロール》である限り、言葉では実質《リアリティ》に届かない(54)。

言葉に対して、無言のままの女性受付や、言葉が通じない現地人（特にあの黒人女性）は存在そのものとして屹立してくる。雄弁だったクルツも、遂には'The horror! The horror!'という、わずか四語の叫びに収斂されていく。形式上発話《パロール》には違いないが、雄弁とは逆の、極限にまで切り詰められた単純な発語となった。となれば、婚約者を瞞着したマーロウの嘘も、クルツに劣らず能弁に語ってきた探検談全体を要約する単純な発語でなくて何であろうか。

クルツの末期の言葉と比べていかに軽いか、と軽重を測る立場もあり得る。しかしここでは、む

しろ、実質らしきもの――すなわち真実だと保証された語り――から一転、虚偽へという逆転が起こったとみなせる点に注意したい。これが発話《パロール》のなせる技であり、もう一つのどんでん返しという所以である。

作中、いくつも二項対立があらわれるが、大団円に至って不安定な言葉(発話《パロール》)と実質の対立はアイロニーの極みとなる。なぜなら、メタフィクション的に言い直すと、マーロウの存在《リアリティ》は自分自身の不確実な言葉(発話《パロール》)によって支えられる以外、成り立ち得ないからである。

言葉で構築される文学作品は、肝腎の言葉に不安定な根拠しかないとなれば、実に裏腹な、言語不信の上に成り立っているという奇怪な側面を顕在化させるだろう。言語の不安定性について、フリードマンはマーロウの自信喪失と解釈する(p.40)ものの、発話《パロール》の特質とする見解のほうが魅力に富む。つまり、悪意がないとはいえ、咄嗟《とっさ》に嘘を吐く行為は継続されたし、今後もやまない、という現実が、裏付けとして浮かび上がるからだ。

剥き出しの真実は恐ろしく耐えがたい。一方で、言葉ないし嘘は剥き出しの厳しい真実からのシェルターとなる。すなわち、言葉(発話《パロール》)とは欺瞞の根源であり、それ以外ではあり得ないのである。エロイーズ・ヘイは、文明社会の男も、女同様、真実とは無縁である、と指摘した。(55)森山は、「われわれの言辞が完璧に心的状態を記述しうると思うのは虚妄である」(二一九頁)と警告する。

作品として書かれているとはいえ、一人称の告白体である本作の性質上、主人公が喋れば喋るほど嘘くさくなる。言葉を重ねれば重ねるほど嘘が暴露されてくる。人間の現実とは、いかにも皮肉な錯綜ではないか。言葉(発話《パロール》)は、どうやっても当てにならないのである。

この小説構築上の独創的な企図は刺激的であり、この認識もまた、言葉に全幅の信頼を置く近代リアリズムをはるかに凌駕したものである。

十余年後の『西洋の眼の下で』(一九一一年)においても、コンラッドは、「言語で構築する物語、理念、思想には必ず何らかのバイアスがかかり、『真実』から乖離してくる(56)」という問題意識を再び取り上げている。

コンラッドの試みは、おそらくコンラッドの思惑通り、あるいはそれを超えて、文学作品(fiction、虚構、想像力を刺激する絵空事)の本質に切り込んだのだ。まさに、ここで、一つの逆説が浮かび上がってこないだろうか。

――フィクションこそよく真実を衝く

と。むろん、悪意でない限り、という条件がつく。悪意のあるフィクションとしては、ナチスドイツの反ユダヤ宣伝を挙げれば足りるだろう。

『闇の奥』は、多重構造でこれを具現したものとして秀逸であるがゆえに、読者を挑発し続けるのである。

第五章　確信の形式——カフカ『変身』と時代

（1）はじめに

二〇一五年はフランツ・カフカ『変身』が出版されてからちょうど百年目に当たる。執筆は一九一二年。出版社探しで時間を費やした。その『変身』を読み返すたび胸に湧くものを感じるのは筆者だけではなかろう。不条理とか実存主義とか、叫びたいわけではない。言葉を失ったグレーゴルの行動をたどるうち、一読者として、情動に拉致されるままの状態がある。

だが、他方、理知に訴えかける鋭い錐も、槍衾のように束になって押し寄せる。この二つのせめぎ合いをなんとか形にしたくなる衝迫は突き上げて止まないのである。

出版の二年後にはフロイト学派に取り上げられた『変身』、爾来、批評には千言万句が費やされており、今さら所思開陳に及んだところで屋上屋を架すに等しいだろう。戯言で終わる恐れもある。

ドイツ語・ドイツ(チェコ・ユダヤ)文学の専門家でもない者に的確な言葉づかいができるか心もとない。

ともあれ、何か言ってみたくなるのがこの作品の力だとすれば、片言隻語を弄するのも許されるであろうか。

過去の批評史から、二つの系統が見える。まず、虫に変身したグレーゴルは人間の本性を失っていないものの、外からは人間性を認めてもらえない存在になり下がったと捉える見解がある。これは主人公が不幸だとする立場といえるだろう。

対して、グレーゴルが社会の不条理から逃れるために変身したとする考え方では、本人にとっては僥倖とみられるべきだろう。つまり、内的外的な問題を抱え、それらを解決しようと、真に別物に変われるだけの力量(ないし幸運)があったればこそ変身した。本人は当然幸福なわけである。ならば、後者の場合は特に論じなくてよいとも考えられる。

本稿では、前者の場合を中心に述べたいと思うが、ただ、「どれほど豊かに『変身』を読むか」、という別の問題がある。享受者として、努々、貧しく読んではならない。すなわち、解釈のいかなる可能性も潰してはならないのである。この意味では、作者の意図がどうかは別にして、後者も有り得るわけだから、常に意識しておくだけの注意は必要であろう。

一九九五年以降、『史的批判版カフカ全集』(シュトレームフェルト書店)が出版され、カフカ本来の「書写」に忠実な本文が提供されている。(1) この版に基づいた邦訳は、丘沢静也訳『変身/掟の前で『他二編』(光文社文庫、二〇〇七年)であり、本稿の引用はすべて本訳書に拠る。これ以外の作品では、小説は池内紀訳、日記や手紙などは『決定版カフカ全集』を用いた。

以下、物語の展開に沿って気づいた問題点を述べるが、原作の三つに分かれたセクションにはローマ数字が振られているだけで、本稿で採用した「章」などの表記はない。

(2)鏡

冒頭、変身はいきなり起こる。何の説明もない。歴代評家の指摘する通りである。主人公は、ある朝、「不安な夢」(複数)から覚めると虫〈Ungeziefer〉になっていた。

事象の背景をまったく解説しない形式は寓話によくみられる。たとえば、『狐物語』でなぜ主人公ルナールが狐なのか、説明はなされない。『イソップ物語』もなぜアリとキリギリス(元は蝉)なのか、解説はしない。説明や理由付けがあるギリシャ・ローマの変身譚は、縁起物語という色彩が濃い。『変身』が神話とは異なった形式で書かれていることは明白であろう。また金成陽一や立花健吾が指摘するように救済がないためメルヘンとも異なる。むしろ対極のアンチメルヘンである。フリードリヒ・バイスナーはカフカ全般に叙事詩的方法を認めた[2]。

描写については、大半が主人公グレーゴル・ザムザの視点から行われ、写実的、かつ的確である。身体の形状に関し「甲羅みたいに固い背中」とか「アーチ状の段々になった、茶色の腹」と告げられれば、芋虫というより甲虫が思い浮かぶであろう。カナブンでもなければカブトムシでもないが、ゴキブリでもない。確かに地上に存在していそうな甲虫が巨大化したもの、とは容易に想像できる。ただ、たくさんの脚と述べられているため、何本かわからないが脚だけムカデのようなものかも知れない。

原文〈Ungeziefer〉の語源的意味には、多和田葉子が「生け贄にできないほど汚れた動物あるいは虫」(『すばる』二〇一五年五月号)と訳文に割注したように、獣の可能性があることを示唆したものの、カフカが古い本来の意味にこだわったかどうか証明されていない。一方、草稿で中断した『田舎の婚礼準備』(一九〇七年)では巨大な甲虫、「くわがた」あるいは「こふきこがね」(飛鷹節訳)が念頭に置かれている、さらに、『変身』執筆の二カ月前、一九一二年九月十八日の日記には、役所の同僚Hは「毒虫の類」(原文〈Ungeziefer〉)が大嫌いだ(谷口茂訳)とある。現実の〈Ungeziefer〉を目にした記事であり、続いて南京虫に食われたとあるから、この場合、南京虫もその範疇に入っている。一九二〇年四月『ミレナへの手紙』(決定版、一四~五頁)にも甲虫の話が出てくる。最後に、何より、本文中で老家政婦が「クソ虫」とグレーゴルに呼びかけた。原文は〈Kistfäter〉であり、意味は「糞コロガシ」であるため、甲虫の可能性は非常に高いと言わざるをえない。

これらの状況証拠から、グロテスクではあるものの、日本語の毒虫だろうと害虫だろうと、〈Ungeziefer〉は読者の想像力の範囲に収まっている虫とみなしてよかろう。本稿では便宜上甲虫としておく。どんな甲虫でも巨大であれば、インパクトは強烈なはずである。また、平野嘉彦『カフカ――身体のトポス』によれば、〈Ungeziefer〉は「一般にユダヤ人にたいする差別用語である」（八七頁）という。であれば、グレーゴルの甲虫姿には二重の意味が込められているのであろう。

物語はそこから始まる。大事なのは、どうして変身してしまったのかという悩みがグレーゴルにはない事実である。すなわち倫理的・宗教的な反省とは無縁である。「こんな姿にされて、何か悪いことをしたのか、ああ神様、信仰を堅く持ちますから、どうぞ許してください」とはならない。ヨブ的悩みはないといえる。この意味で、ユダヤ・キリスト教的世界とは一歩離れた世界だと考えたほうがよさそうだ。カフカの友人マックス・ブロートは、宗教的に「正しい生活」を目指すカフカに正統ユダヤ教徒を観たうえ、「徹底した懐疑の中から萌え出た信仰」を高く評価して、作品はその宗教的苦悩を表現したものとしているが、さすがに後世、批判・再検討されている(3)。

姿形が甲虫に変ったというのに、主人公、目下の関心事は下世話である。壁に懸けた切り抜きの絵を気にした。裸の女性が正面を向き、あたかもマフに包んだ両手を差し出す格好である。従来、レオポルド・フォン・ザッハ＝マゾッホ（マゾヒズムの語源）『毛皮を着たヴィーナス』（一八七一年）に由来する絵だとされている。作中、ヒロインのワンダ・フォン・ドゥナーエフが毛皮をまとい野獣（拷問者）の役割を演じるわけだが、甲虫変身とのかかわりをカフカが考えなかったとは言い切れまい。金色の額縁はグレーゴル自身が彫刻を施した。カフカも糸鋸細工に勤しんだ時期があり、自分の経験がグレーゴルに投影されている。思い入れは深そうだ。伏線となるので記憶しておくのがよかろう。

なかなかベッドから出られないグレーゴルは布地のセールスマンという「しんどい」職業に不平を漏らし、「五時の列車」に乗れなかった不手際を嘆く。四時に合わせた目覚まし時計は六時三十分を指し、間もなく七時を打つ。時間に追われる毎日が示唆される。

事態は、勤務や時間どころではない情況であり、何を呑気な悩みにかまけているのだ、と諭したくなる。ここには可笑しみの余地がある。危機に陥ったとき、人間の心理はあらぬ方向にむかって逃避しはじめるものだ。罪状を否認する犯罪者心理に近いかも知れないが、現状認識を拒否したいという願望だろう。『兄弟殺し』のシュマールも殺人の直後、目撃者から糾弾されると、一瞬、「合点がゆかない」(池内紀訳)。

この現実描写の方法には、観たところ、鏡の原理が応用されている。

シェイクスピアを初めとして、イギリス・ルネッサンスの劇作家たちは、基本的に「自然に掲げた鏡」として芝居を書いた。つまりリアリズムを演劇理念としていた。リアルでなければ、読者・観客を舞台上の幻想《イリュージョン》に巻き込めないというわけである。身分別服装や変装にこだわる表層のリアリズムではあるものの、時代を超え地域を超えて継承され、十八、十九世紀のロマン派に反発する形で、個人の精神や内面を扱う近代リアリズムにまで発展、定着する。今日でも、リアリティがあるか否かが作品評価の分岐点と目されているほどだ。リアリティをどこに求めるか、となれば、それは現実世界の描写しかない。どれほど空想的な世界を描こうとも、説得力を持たせるためには、社会の実態や人間の心理を如実に描く外ないのである。とくに十九世紀リアリズムではそれが金科玉条とされた。

カフカがリアリズムの大家フローベールに私淑したとは、良く知られている。「現実こそ、世界と人間を造形する、もっとも強力な力です」（『カフカとの対話』七五頁）とグスタフ・ヤノーホに語ったように、目の前の現実こそカフカを捉えて已まないものであった。

（3）仕掛け

鏡は映じる虚像を眺めるだけでなく、その裏側を覗いてみなければならない。

外形は甲虫に変身したが内面は人間性を保っているグレーゴル。この対極はといえば、外形は人間のままだが、内面は人間性を失った存在、といえるだろう。

多くが指摘している通り、市井では、大黒柱が不幸にして認知症に罹り、まったく人間的な判断ができなくなった例は数知れない。であれば、家族にも介護が大きな負担となる。

誰でもが感じ取れる社会矛盾であり、痛みである。

これは、まさに心が「変身」してしまった鏡の裏側だと言えるだろう。実は、この裏側こそ、本作のもう一つの見どころなのである。

ちなみに、私事にわたらせてもらえば、ちょうど三十年前、筆者の父親が事故に遭った。当時イギリスに留学中であった筆者は帰国せざるを得なくなった。滞英一年足らず、鉛を飲んだような気分で帰ってみると、父は病院のベッドに両手を縛り付けられていた。身体中に繋がれたチューブを外してしまうからという医者の説明であった。

父は意識があったかどうか、息子が呼びかけても答えない。意思があったとしても伝えられない情況であった。チューブは止むを得ない処置だったのだろうか。看護の甲斐なく、三月二十五日に他界した。

そのとき、カフカの『変身』を想い起したと言えば、まるで事実から外れる。事故に対し言うに言われぬ気持ちや父の無念などが胸を突き、そんな余裕などなかった。窮地に突き落とされた感だったが、幸いにして多くの方々から励ましを受け、留学に復帰できた。

だいぶ落ち着いたころ、思い至った。主人公グレーゴル・ザムザの心境が父の心中に重なるのでは、と。父は意識があったとき「母さん、母さん」と呼んだそうだ。何を言いたかったのだろう。今でも気に掛かる。単に「チューブを外してくれ」だったか、「水をくれ」だったか、それとも別の件だったのか。誰も正確に聞いていていない。両手の自由を奪われたままでも母に伝えたいことがあったに違いない。

いまさら父の心著をあれこれ考えても仕方あるまいが、筆者のわずかな経験から推しても、主人公グレーゴルの心境は思うに余りある。しかしカフカはグレーゴルの心中をあまり描かない。ここが本作の新機軸である。むしろ世話する妹の描写に重きを置いているのである。

甲虫グレーゴルを介護する妹は神経を使い、動きやすいように家具類を片付けてやったりする。

だが、次第に扱いがぞんざいになり、倦怠や動揺に屈服していき、最終的に追放の決断を下す。現代でも往々みられる、介護放棄の瞬間である。鏡の裏側が、百年後に実現されていることに驚きさえ覚えるだろう。むろん、カフカがそれを予言したとか狙ったとか、言いたいわけではない。

当時、バブルが弾け、不景気が長期化していた。執筆された一九一二年晩秋は第一次世界大戦の前夜で、民族運動が激化し、急速な工業化・都市化による社会変動が顕著であった。グレーゴルの父親も倒産していたし、小品『夫婦』も不景気をテーマとしている。時代の閉塞情況が現代とよく似ているのは、偶然であろうか。

ミラン・クンデラによれば、カフカは予言ではなく、「そのうしろのどこか」にあるもの、すなわち小説の詩ないし魂を見せてくれたという。夏目漱石『夢十夜』第六夜に描かれる運慶と同じような仕事をしたのだ。見物人によれば、運慶は赤松の幹に埋もれている仁王像を掘り出しているに過ぎない。

ミケランジェロも貴婦人に宛てた十四行詩《ソネット》において、大理石に埋もれた像を掘り出すだけだと詠った。フィレンツェのサンタ・クローチェ教会や大聖堂付属美術館にはミケランジェロの未完成の作品がある。大きな四角い石の側面には点も線も何ら印をつけた痕跡がない。人物がまさに石から掘り起こされる途上という印象が心を撃つ。

ミラン・クンデラを敷衍すれば、『変身』はミケランジェロの人物像や運慶の仁王像と比べるに値するというわけだ。

グレーゴルは確かに変身したが、視点を変えれば、明らかになるのは、家族が主人公にすっかり頼り切っていた姿である。父親は老齢を口実に弱々しく行動し、母親は病弱、妹はヴァイオリンを愛好する思春期の少女に過ぎない。グレーゴルの運ぶ高額の給料で、ある意味のうのうと暮らしていた。グレーゴルが盲目の愛情に浸りきっていたからこそ可能な生活であった。この安逸に大きなひび割れが生じるのである。破綻は目に見えている。それはどのようにして乗り切られるのだろうか。これが作品の背後に秘められたもう一つの物語である。読む側も油断なく見守り、注意を怠ってはならないはずだ。

（4） イメージと認識

カフカはイメージの使い方がシェイクスピアに並ぶほど巧みである。

グレーゴルの甲虫姿は、欠勤を心配して訪れてきた会社のマネージャーを驚かした。悲鳴をあげて逃げ帰る後ろ姿は、上司としての責任を放棄した部外者の表象として働く。効率的かつ過重な労働を強いる資本主義社会が剔抉されているという評家もいるくらいだ。

初版本の表紙には顔を両手で覆って嘆く人物が描かれている。グレーゴルに外ならないが、画家オットマル・シュタルケはカフカの指定（「出版社への手紙」）があったとしても、この場面にヒントを得たとも考えられる。

息子とは異なった姿の、予期せぬ甲虫を目の当たりにした母親は落胆してニオベのようにへたり込む。父親のほうは「敵意をむきだしにしてこぶしを固めた」。拳もこの場合、拒否の表象である。グレーゴルは居間を見た。正面の壁には軍隊時代のグレーゴルの写真が懸けてあった。「少尉が軍刀に手をそえ、屈託なく微笑み、自分の姿勢と制服に尊敬を要求している」。

舞台上のオブジェが必ず何かを表象するように、小説中のイメージも何らかの象徴的価値を負わされているはずだ。冒頭の絵とともに、この写真も忘れずにおきたい。

イメージに付随して、認識の問題に注意しておこう。冒頭、グレーゴルは自分が甲虫に変身している事実を自覚する。読者はその驚嘆すべき状態を受け入れさせられる。既述した通り、何故変身したのか、疑問を持ってはならないのだ。同じように、マネージャーが訪れた際、部屋からドアを開けて出てきた甲虫がどうしてグレーゴル本人だと周囲の人々は認識できたのか、疑問を持ってはならない。まして人間グレーゴルが巨大甲虫に食われたなどという誤認・曲解は許されない。周囲にとって、現れた虫、すなわちグレーゴルの変身した姿なのである。読者も、イメージはそのまま現実の表象として受け入れねばならない。

なぜか。むろん、寓話だからだ。寓話の利点は説明を一切省けるところにある。近代リアリズムでは、このような処理は許されない。カフカはフローベールの弟子を自認しているものの、あくまで描写法に留まる。この場面など、むしろ近代リアリズムを嗤っているかとも思える。

そうなれば読むほうも新たな手当てを講じなければなるまい。それかあらぬか、二十世紀には批評理論が大流行した。はたして有効だったろうか。次々に現れた先端理論は、それなりの実りもあったが、結局情動に基づく感動を包摂し得なかったという結果が残った。やはり情動は無視できない人間本来の心の動きであり、理論では分析はともかく総合は叶わなかったわけだ[4]。テキストを地道に読むという作業に戻って、情動にも従うという態度を採らざるをえない。

そのやり方に従えば、心理学・精神分析の位置から、変身は社会的束縛から逃れたかったグレーゴルの願望だったのではないか、とする意見は排除できないのである[5]。カフカは勤務を嫌ったらしい。となれば、甲虫姿そのものが社会に対する抵抗の象徴になるだろう。当然、無駄な抵抗ではある。はたして本人は幸福だったろうか。たしかにグレーゴルには生きるに値しない社会だったが、いざ抵抗した結果、家族とすら意志疎通が図れず、まったく理解されないという現実が襲ってきた。変身の効力はないと言わざるをえない。むしろ逆効果だ。幸福どころの騒ぎではないだろう。――ただ、最期は苦悶せず比較的満足して死を迎えるため、グレーゴルの錯覚でなければ、「幸福だった」とする解釈はそれなりの正当性がある――。

父親はマネージャーの置き忘れたステッキで新聞を打ち鳴らし、グレーゴル甲虫を部屋に追い返した。第一章の締めくくり、ステッキは追放の象徴として効果的である。

（5） 時間と喪失

グレーゴルは、変身してから、引きこもって穏やかに流れる時間を手に入れた。忙し過ぎたセールスマン生活では時間は飛ぶように過ぎたのと好対照である。甲虫の生活を苦しみながらも何とか送っている。同じような感覚は最後の部分でも述べられる。主人公は妹から攻撃された後、急いでいるのに「自分の部屋までずいぶん距離があったことに驚いた」。思わぬ時間を喰った事実に不審なのである。「ついさっきは衰弱していたのにおなじコースを大変だとも思わす、どうやって辿ったのか、まるで見当がつかない」。時間や距離の感覚が行きと戻りではまったく違うのだ。

カフカの時間感覚は他に類を見ないほど独特である。『田舎医者』では医者が患者の家に到達するのはあっという間であるのに対し、戻る際はなかなか帰り着かない。小品『隣り村』においても、祖父が、「たまげるほど短い」半生を惜しみながら、若者はいくら時間をかけても隣り村に着けないと警告する。「こともなく過ぎていく人生をそっくりあて」るのだが、不足を補えない。いずれも、往路の急速さにおいて、あたかもワープした空間を行くような感じだ。となれば、マックス・プランクの量子論（一九〇〇年）やアインシュタインの相対性理論（特殊相対性理論一九〇五年、一般相対性理論一九一六年）を想い浮べてもよい。ヤノーホに「原子の種類は、原子のなかのエレクトロンの数によって決まる」（『カフカとの対話』一七八頁）と語るように、物理学にも強い関心を抱いていたカフカは、もし量子論や相対性理論を知っていたとすれば、確信的に時間の歪曲を考慮の対象に入れていたわけだ。時期が重なるのははたして偶然であろうか。単に心理状態が原因だとはどうしても思えない。カフカはさらに、「この世界を一瞬の閃光のなかに垣間見ることもできる」(同、六二頁)と語っている。

まさしく、これら主人公たちは一瞬のうちの移動で、この世界を見たのである。

他にも、たとえば『城』では、明星聖子が紹介しているように、測量士Kが第三章までかなり早い時間を経験し、第四章以降第二十五章までは非常にゆっくりした時間を過ごす。空間的位置関係では、道路は「曲がって」おり、「城から遠ざかりもせず近寄りもしない」ため、城を中心に円環をなしている様子だ。おいそれと到着できない道程なのである。建物どうしになると、宿屋「橋亭」と「紳士亭」とは遠く隔たっていると感じられるが、実際にはすぐ隣のようにも思われる。これなども時間感覚と距離感覚が極めて近いのに、逆方向に行けばひどく隔たっていると感じられる例と言えるだろう。

グレーゴルといえば、まるで測量士Kのように(あるいはKがグレーゴルのように)、多忙な業務時間から解放された途端、極度にゆっくりした時間を生きる。新聞を購読していたザムザ家には客観的時間が流れていた(金成陽一の個人的指摘)。なのに、グレーゴルにとっては時間感覚がなくなったかに描かれ、外光によって辛うじて季節を判断できるだけである。明らかに量的客観的時間から質的内面的時間に変わった。池内紀が『カフカ・コレクション』(『変身』)で言う「時間の変身」

とは、このことを指しているのだろう。
これらの事例には何か理由がありそうだ。

肝腎だと思えるものは、事態の打開に向けて主人公が何もしない態度、あるいはできない情況である。とんでもなく激しい事態急変のなかで、復路、「田舎医者」は家に残した女中を救えず、「若者」は隣り村に行き着く手立てが見つけられない。測量士Kにとっても城への入口が開いてくれない。ついに、無為に過ぎていく時間が示唆される。グレーゴルも同じく何ら対策を講じられないのである。(6)

ここには不条理では捉えきれないものがある。ニヒリズムでもないだろう。むしろ功利性の無視といったほうがよい。近代資本主義だけでなく、近代合理主義精神さえ否定ないし拒否している態度がうかがわれる。努力の方向さえ分からない。文明の進歩とともに人間が本来的に抱え込んだ矛盾とでも言えそうなものだ(一つの例は註11を参照)。

考えるヒントとして、カフカが準備した出来事をたどってみよう。筋が展開するたび、何か異変が起こるのが分かる。

外から認められる特徴といえば、人間的属性が一つひとつ奪われていく過程である。

マネージャーがグレーゴルの態度をがんことなじり、集金した金の使い込みを社長が疑っていると揺さぶる、「ポストだって安泰じゃないよ」と脅しをかけてきた。グレーゴルが抗弁しても、「動物の声」としか認識してくれない。「言葉はもう理解してもらえなかった」。この早い段階で、グレーゴルの側から意志疎通する手段たる言葉、というより声が剥奪されたのである。鍵を回す時には歯がなくなっている事態にも気づいた。

自室のドア三つには、ホテルでの癖が抜けていない結果、内側から鍵をかけておいたが、今や外から鍵がかかっている。部屋の窓は外界を垣間見る穴であり、ヨーロッパでは自由への憧憬をあらわす表象だったように、グレーゴルを慰めてくれる精神的解放の出口であった。とはいっても、外界の説明や描写は簡潔きわまりない。以前うとましかった病院はもう見えず、区別のつかない「灰色の空と灰色の地面」が見えるだけである。視力が徐々に落ちていると気づく。人間の単眼から甲虫の複眼になれば当然であろう。属性の一つがまた剥奪されてしまった。あるいは劣化した。

病院が見えなくなった事実は変身を元に戻す治療ができない医療的限界の寓意であろう。初日、医者も帰った。人知の限界である。

取り敢えず、「朝食にありつきたかった」。第二章では妹によってミルクなど食べ物が運び込まれるが、「口にあわない」。新聞紙にくるまれた「腐りかけの古い野菜、ホワイトソースのこびりついた骨」、かつてはまずかったチーズなどが美味しく感じられた。味覚が明らかに変調をきたしている。少なくとも変身前の味覚とはかけ離れてしまった。

人間の姿形を失ったうえ、言葉も声も出なくなった。歯も消え、視力が弱まり、あまつさえ味覚が狂ってきた。すなわち、事態はグレーゴルに厳しい方向へと進展していく。この喪失ないし降格のイメージ群は極めて優れており、シェイクスピアの収斂のイメージに匹敵する見事なものだ(7)。

このイメージの流れに乗って、読者はいやでも先を予想する。五感のうち、ほかに失うべきものといえば、何であろう。きっと聴覚ではないか。グレーゴルの音感については後に重大な出来事が起こる。

まるで時間の空費や無為無策に対する懲罰であるかのようだ。近代社会は無為の者に厳しい社会であり、能力を発揮できなくなったら、取り残される。グレーゴルは軍隊で尉官にまで昇進、高い能力を証明した。民間ではセールスマンとして成功し、家族を養う自分の甲斐性を「誇り」に思っていた。変身後、社会的地位も家族の資格も失うと、グレーゴルは天井を這う余技に楽しみを見つけた。カフカは社会悲劇を展開したかったとする評家もいる。社会から弾き出された者の悲劇だ。被害者は閉ざされた世界(部屋=牢獄)で、自分の存在について考えを巡らすものだが、グレーゴルにはその気配がない。無為者も徹底してくると、「モノ」同然の存在になるはずだ。ここに社会批判をみてもよいが、存在そのものと化した「モノ」は恐ろしい力を発揮する。後述するように、周囲に感覚麻痺や思考停止を引き起こすのである。

(6) イメージの効力

さらにイメージに注目すれば、カフカがいかに神経を使って物語構成に腐心しているかはっきりするだろう。

妹はグレーゴルのため、母親と一緒にチェストと机をのけて這いまわれるようにしてやろうとした。子供の頃から使ってきた机はないと困るが、片付けられた。

グレーゴルは壁に掛かっている絵に目を向ける。冒頭に出てきた裸女の絵である。片付けられてはたまらない。体を押し当て、妹の手から守ろうとした。この行為で、絵は単なる装飾ではなく、象徴的意味が込められていたと明らかにされる。最後に残された、人間であることの縁であったのだ。甲虫が絵の女性と(見せかけだけでも)交尾しているとみて、性的問題がからんでいるとする評家もいるほどである。なおさら守りたかったであろう。

グレーゴルの両親は五年前倒産し社長に借金していた。父親の話から少し「昔の財産が残っている」と分かる。グレーゴルが入れた金も幾分貯蓄されていた。この情報はグレーゴルが引きこもりになって初めて明らかになる。家族からも情報上阻害されていたわけだ。父親はグレーゴルの家族に対する愛情を利用していたとさえ言える。それを不問にしてくれている息子の異変となれば、困惑も深かろう。収入不足は深刻である。そこで、老齢の父親とぜんそく持ちの母親も、生活費を稼ぐ必要が出てきた。グレーゴルは家計の話になると、「恥ずかしさと悲しさ」で身が熱くなった。貯蓄隠匿の父を責めるのではなく、稼げなくなった自分を責める。主人公の性格を如実に表わす叙述である。

父親が外出から帰ってきた。普段不活発な男が、「銀行の用務員が着るような、金ボタンつきの紺の制服をぴしっと着ている」。きわめて厳しく接することだけが適切な態度と心得ている父親が、とうとう制服を手に入れた。

　このあたり、カフカ自身の家庭の事情が反映されているらしい。厳父の言行は、多様な解釈を許す『父への手紙』や、ヤノーホ『カフカとの対話』において赤裸々に描かれている。これを根拠に私小説とみるのは、はたして妥当であろうか。

　息子に会いたがっていた母親はグレーゴルの甲虫姿を見て失神する。妹から叱責されてグレーゴルは失地回復を図るが、母親はなかなか気を取り戻さない。そこへ父親が帰宅した。事態を見て、敵意もあらわにグレーゴルを追いかける。息子は走って逃げるしかない。赤いリンゴを投げつけられた。何個目かがグレーゴルの「背中に食い込んだ」。どうして甲羅のように固い背中にリンゴが食い込むか、(作者の都合の良いように筋を運ぶ)という近代リアリズムからの批判もあろうが、カフカはそうした矛盾など悠々と乗り越える。この程度の齟齬なら、寓話形式では「無理なく」許されるのである。

　リンゴといえば、楽園では知恵の実であったはずなのに、現実では凶器に変わり得ると示された。口で食べたのではなく、背中で受けたにしろ、リンゴを体内に取り込んだ。意志にかかわりなく、原罪を犯すよう仕向けられてしまったわけである。第二章の終わりに配された、この皮肉な(あるいは滑稽な)めぐりあわせこそ、追放の第二の象徴である。

　グレーゴルは深手を負い、一カ月以上苦しんだ。リンゴは「肉に食い込んだまま」である。部屋を横切るにも何分もかかる。ただ、自分は見られずに、リビングに集まる家族を見ることができた。

ここには何か覗き見の安心感がある。窃視者の心裡に近いだろうか。現代では顔や表情を隠すサングラスやマスク、フード、厚化粧などが思い当たる。髭も、後に出てくる間借り人のように、仮面の役割を果たす。匿名性の愉楽はグレーゴルの惨状に対比されるとブラックユーモアになるだろう。

両親に加え、妹は店員として働くようになり、夜は速記とフランス語の勉強にいそしむ。音楽は諦めたらしい。父は制服のまま椅子で寝入った。父親の制服はボタンが金ぴかに磨かれているものの、どんどん汚れていき、着心地も悪いはずだ。

注目すべきは、この制服である。二度も言及されているのは、なぜだろうか。当然、もう一つの制服を想起させるためであろう。すなわち、リビング正面の壁に懸けてある写真に写ったグレーゴルの少尉姿である。奇しくも(むろん計算されているが)、軍服と父の制服とは、同じ象徴的価値を持つ。写真の重要性がここで初めて明らかになる。すなわち、両方とも、組織の側の人間を表象するのだ。グレーゴルは除隊で体制から脱した一方、父親は体制に入った。汚れてきた制服は自由を束縛され疲労してきた情況を指すとはいえ、父親の権威の回復をも象徴する。

家庭内のヒエラルキーは、主人公(息子)が父親に言われるまま自殺する『判決』の主題であるが、カフカ家の反映だとはかねて指摘されてきた。通常なら代替わりして子供に引き継がれる制度が、『判決』と同じように『変身』でも主人公の死につながる。まさに、ヒエラルキーを受け継げない人間は、存在すら脅かされる情況が提示される。父殺しならぬ、息子殺しは、単にエディプス・コンプレックスの裏返しではあるまい。おそらく、セールスマンとして有能だったグレーゴルに対する処罰だったのである。原因はどこにあるのだろう。閉ざされた家庭内では近親相姦が見やすい。となれば、禁忌が問題となる。母と息子のそれではない。兄と妹の関係である。妹は家庭内で唯一人グレーゴルの面倒をみる。兄の妹に対する愛情には並々ならぬものがあり、「音楽学校に入れてやりたい」と望むほどだ。父親はこの近親相姦的愛情に危険を感じ取ったのである。

家計に目を戻せば、三人の稼ぎでは足りず、ますます窮屈になり、一人だけ残った女中には辞めてもらった。代わりに、骨ばった白髪の家政婦に通いで来てもらう。アクセサリーはすべて売り払われた。だが、広すぎる家は引き払えない。グレーゴルをどうやって移動させるか、見当もつかないからだ。最も大きい理由は「絶望していたから」だ。稀なことに説明が加えられている。

グレーゴルは背中の傷が痛み一睡もできない状態に陥った。

老家政婦は世間擦れした下層階級の女性らしい。カフカの父親がチェコ人を雇っていた事実を考慮すると、おそらくチェコ人だろう。グレーゴルをそれほど嫌悪せず、朝晩のぞきこんでは「クソ虫」〈原文〈Mistkäfer〉「糞コロガシ」〉と親しげに呼びかけた。春近く、グレーゴルが怒って立ち向かうと、椅子を振り上げて対峙した。下層階級の存在感が際立つ場面であり、中産階級何するものぞとばかり〈あるいは民族運動の高揚を背景に、ドイツ系に対する独立運動を示威するつもりか〉、作中、最もはつらつとした人物として大活躍だ。同時期に書かれた『火夫』〈『失踪者』の第一章〉の、性を武器とした女中を思わせる。

グレーゴルはほとんど食べなくなった。売れないが、捨てたくないものがグレーゴルの部屋に投げ込まれ、物置代わりにされた。家計の足しとして、男三人に部屋を貸したからだ。みな生真面目で、三人とも髭を生やしていた。似たような表情で区別がつけにくい。ドイツ系ユダヤ人を想起すれば足りるだろう。

ある晩、ヴァイオリンの音色が台所から聞こえてきた。夕食を済ませた間借り人たちは音色に惹かれ、妹をリビングに呼んでヴァイオリンを弾かせた。グレーゴルはドアの開いていたリビングの中に頭を突っ込んで聴いた。こうして、「自慢に思っていた」他人への配慮を忘れた――怒りから無遠慮へと程度は進む。明らかにグレーゴルの行動様式が変わってきた。「糸くず、髪の毛、食べ物のかすを背中や脇腹にくっつけて這」う。「あらゆることに無関心になっ」た。これは鬱の症状に外ならない。喪失ないし降格の表象はさらなる深化をみせたと言えるだろう。

間借り人たちは演奏にうんざりした。彼らを大衆の象徴だとみれば、努力だけではどうにもならないものが芸術にはあるという、芸術家の卵に対する警鐘ともなる。英詩人ジョン・キーツにならえば、絵によって喚起される聞こえない楽の音こそ至福をもたらす(「ギリシャの壺に寄せるオード」)。カフカも『人魚の沈黙』で、オデュッセウス(ホメロス『オデュッセイア』の主人公)に対するサイレンの「歌よりもはるかに強力な武器」は「沈黙」だ、と同趣旨の言明をしている。耳に聞こえる下手な音では駄目なのだ。(芭蕉の「古池や蛙《かはづ》飛びこむ水の音」においても、「水の音」は耳では聞こえず、脳裡で響く。)

だが、グレーゴルは妹の演奏が素晴らしいと感じる。「待ちこがれていた未知の栄養への道が、おそらく音感が劣化したのだ。さもなければ「素晴らしい」と感じなかったはずだろう。降下のイメージはついに聴覚の異変にまで到達した。体制から外れ、人間の姿形を失って初めて、グレーゴルは「未知の栄養」へ向かえたと言えるのである。立花健吾は『カフカ初期作品論集』でこれを形而上学的昇格と呼んだ。肉体的には虫への降格を蒙りながら、精神では逆転しているという議論だ。

では、いったい、「未知の栄養」とは何であろうか。立花は「解釈不可能なあるもの」としているが、一つだけ例を挙げれば、シェイクスピアにあって、音楽はメランコリーの治療薬であった（『ロミオとジュリエット』四幕五場、『ベニスの商人』五幕一場）。ドイツでも五月の到来を祝うヴァルプルギスの祭りで音楽は付きものである。ニーチェも、治療の魔術師は芸術だと断言した（『悲劇の誕生』第七節）。古くは、プラトンが、善い人たろうとするなら音楽（及び学問）をせよと述べた（『ティマイオス』88C）。カフカ自身、音楽は幸せをもたらすと作中人物（鼠）に言わせた（『歌姫ヨゼフィーネ、あるいは二十日鼠族』）し、犬にも音楽についての学問は食べ物についての学問より実り豊かだと言明させた（『ある犬の研究』）。もし治療してくれるのが名人の演奏だとすれば、ヴァイオリンのイメージにもまた逆説が秘められている。

カフカは『城』でも音楽を取り上げているが、本人は音痴であったようだ。「ぼくの非音楽性の本質的な点は、ぼくが音楽をまとまったかたちで楽しむことができないというところにある」とか、「音楽的感銘があることは滅多にない」などと、一九一一年十二月十三日の日記で告白している。

それだけ一層音楽に対する憧れは強かったとも言える。

間借り人の男が「(演奏を聴くため)ゆっくり前進してくるグレーゴルを指さした」。ヴァイオリンよりグレーゴルのほうを楽しんでいる。抽象的音よりも具体的象形のほうが訴える力は強い(ニーチェ『悲劇の誕生』一五四頁参照)。三人は「この部屋の解約を通告」し、部屋代は払わない旨宣告した。

グレーゴルは妹を自室に呼び、「音楽学校に入れてやる」と告げるつもりであったが、その「計画が失敗」し、食事が摂れず、空腹のため一歩も動けない。空腹感は冒頭からのイメージであるが、生理的で健全な欲求から人為的に抑制された欲求へ変わっており、空腹感(あるいは感覚全般)の変容、変身とも考えられる。

契約解除を契機として、妹が「この怪物」は「お払い箱にする」と宣言した。「お父さんも、お母さんも殺されちゃうよ」と泣き叫ぶ。「こんな厄介を抱えて」生きていけない。——介護に限界がきたのである。

妹はグレーゴルを「それ」と呼び、「出て行ってもらおう」と提言した。まったき裏切り行為であり、父親の背後に隠れるが、「グレーゴルは誰かを怖がらせるつもりなどなかった」——善意の性向は最後まで貫かれる。部屋に入るや、ドアが閉じられ、外から閂を掛けられた。急いだのは妹で、「やったよ」と両親に叫んだ。グレーゴルを最終的に追放したのは他でもない、妹であった。

自室に閉じ込められたグレーゴルは全然動けなくなった。知恵により生を豊かにするはずのリンゴは背中にめりこんだまま腐っていた。あたかも原罪の報いであるかのようだ。「消えなければならない」と考える。塔の時計が朝の三時を打った。窓の外が明るくなっていく。「鼻の穴から最後の息が弱々しく流れ出た」。弔いの鐘代わりに時報が鳴り響いただけだ。臨終の描写は感情を抑えたもので、むしろ素っ気ない。

（7）死と生

グレーゴル甲虫が死んでから本格的に視点が変わる。いわゆる全知の語り手視点、つまり神様視点によるエピローグが加えられている。

家政婦がやってきて、グレーゴルをくすぐったが反応がなく、ザムザ夫妻に「くたばってますよ」と呼びかけた。一家がグレーゴルの部屋に入る。家政婦は死骸をほうきで脇のほうへ動かした。父親は「神に感謝できる」と安堵し、妹は「なんてやせているんだろう」と驚嘆する。屍骸は完全に「ぺしゃんこ」だった。三月末のことである。

ザムザ氏は妻と娘に腕を貸し、朝食に来た三人の間借り人と対峙、「出て行ってもらいたい」と勧告する。制服の力を借りたとはいえ、自己を取りもどした態度といわねばならない。借金を払えるという自信が湧いてきた表れだ。何よりグレーゴルの介護が必要なくなったからであろう。男たちは黙ってお辞儀をし、出て行った。

一家は「今日は休んで散歩しよう」と決めた。欠勤届を書き始める。

老家政婦がニヤニヤしながら報告した。「隣の部屋のあれですがね、どうやって片づけるか、心配しないでいいんですよ。もう、ちゃんとやりましたから」。遺骸はまったく人間的な扱いをされず、家政婦にモノ、ゴミとして処分されてしまった。

ザムザ氏は家政婦のおしゃべりに不快感を覚え、夕方にはクビだ、と家族に告げる。息子の処遇に反発したようだ——本来は家族で埋葬すべきだった。当時、急激な工業化・都市化により大家族から核家族へと細分化する社会現象が生じていた。グスタフ・ヤノーホの報告では、カフカ自身「知的な仕事は、人間を人間の共同生活から引き離す」と述べている。現代のオタクを想起させるが、大家族は、社会からも個人からも、その必要性が問われていたのだ——。ザムザ氏は「過ぎたことはもう忘れるんだ」と言い聞かした。厄介物は忘れるに限る、というわけだ。妻と娘は欠勤届を書き終えた。

一家三人、散歩するため家を出た。路面電車の中で「将来の見通し」を語り合う。「三人の仕事は恵まれていて、前途が有望だった」。グレーゴルが賃借した今の家を出て、もっと小さく安く、立地条件が良く、使い勝手のいい家に引っ越す希望を語る——効率化、快適化など、高度文明化社会の象徴的表現とも見える——。娘は生き生きしてくる。両親は「そろそろいい相手を探してやろう」と考えた。目的の駅で娘が「背伸びをした」時、「それが、自分たちの新しい夢とよい意図を保証してくれる」ように思えた。

大団円では、三人が自己の存在感をつかみ始めるのも確かである。完全にグレーゴルの影響（庇護と同時に介護）から脱したことを示唆するが、それよりなにより、数か月ぶりの外出のお蔭であろう。

カフカ自身、日課として散歩した。健康への効用を信じたからだ。当時青年が熱中したのはワンダーフォーゲル（「渡り鳥」）であり、これは十九世紀末ドイツで始まった。外に出て、自然を満喫しようという運動である。カフカも自然愛好者の保養所《サナトリウム》へ頻繁に出かけた。外出は、歴史的背景から眺めれば健全さの象徴であった。

先に、「自然に掲げた鏡」というルネッサンス的演劇理念を問題提起しておいたが、現実を取りこむ姿勢は見事にそれを反映している。

（8） 手法

技法として即座に気付くことは、比喩が少ない点である。暗喩はまず使われない。一九二一年十二月二日の日記に「メタフォアは、書いているとき、ぼくを絶望させる多くのものの一つだ」と記されており、『アフォリズム集成』でも、「言葉は……感覚世界の外のこと（について）は……比喩的には使えない」とある。ここがシェイクスピアとは大きく異なる特徴だ。卓抜な比喩は読者の想像力を掻き立てるが、カフカは意図的、戦略的に、寡少の使用に留めた。直喩になると「～のように」として度々現れる——赤いリンゴが「感電したように」床を転げまわった、などは巧みだ——。なぜだろう。おそらく、寓話が隠喩そのものであるからだ。

イメージは指摘した通り、緊密につながり合っている。効果的であり、後述するようにどんでん返しの道具としてさえ働いてくる。

さて、十九世紀的手法として確立されていたとはいえ、かなり頻繁に作者が顔を出す。グレーゴルの視点が中心であるが、神様視点も用いられている。最後の部分はその典型だ。文献学者バイスナーは、モチーフを複数混淆したゲーテや、全知の語り手が視点をあちこち遠くに移動させるドストエフスキーにくらべ、三人称視点でも、主人公に密着、その視点と考えを通じて叙述されていると評価した。

反面、モダニズムの作家たちは十九世紀的リアリズムに飽き足らず、それを克服する運動を起こした。コンラッドは印象主義的描写を唱え、ジェイムズ・ジョイスやヴァージニア・ウルフ、マルセル・プルーストは意識の流れを主張して、近代リアリズムの対極に立った。鏡は時に歪むし、左右逆と嘘も吐く。必ずしも正確な像を写してくれるとは限らない。良く知られる通り、社会を神様視点で描くことは、社会が従来通り規定できないものになったので、もはや不可能としたのだ。その後、ポストモダンにも踏襲される。

この面で、フローベールを手本としたカフカは、時代の先端にはつかなかった。ただ、認識の項で述べた通り、師の描写法を採用したものの、合理的説明の拒否に徹し寓話形式に固執したため、結果は師の手法そのものを虚仮にするという逆説的な結果になった。印象主義や意識の流れとは別の形で、近代リアリズムの相対化を成し遂げたといえる。

よく指摘される通り、『変身』と同じ主題を扱う中島敦『山月記』(一九四二年)では、李徴が虎に転身して、友人(また読者)に「臆病な自尊心と、尊大な羞恥心」が変身の原因だと説明した。読者は理由を知りたいのだろうか。どのようにして虎になったか、どんな気分だったか、縷々と語るものの、ほとんど読者の胸にすとんと落ちるものがない。また、カフカにはたっぷりあるイメージが、まったくといってよいほど見当たらない。説明による辻褄合わせは近代リアリズムの限界に外ならないだろう。虎への変身という素材を生かしきれず、道徳的教訓に堕した、という批判さえある。手法に支配された結果だ。『山月記』が方法論的に近代リアリズムを相対化する、すなわち克服するところまで突き詰められたか、と問われれば、いかがであろう。素材を生かし切れなかったとは、そういうことではないか。(むろん、『山月記』が読むに値しないなどと言っているのではない。そのようなつもりは毛頭ないし、むしろ丁寧に読み込む必要があろう。近代日本文学の名短編の一つなのだ。誤解ないよう願いたい。)

キャラクターを立てるため、作家は様々な工夫をする。カフカの場合、グレーゴルの性格付けが興味深い。既に見たように、あくまで、家族や会社の人間に対し思いやりを優先する人物として描かれる。いい人、優しい人が強調される。裏に退避願望があるにしても、また三度ほど怒るにしても、その奥ゆかしさは歯痒いほどだ。グレーゴルの繊細な性格は最後まで変わらない。

カフカ自身の性格が反映されていると指摘しても、何も言ったことにはなるまい。弱者にして引き篭もりのグレーゴルに対し、十年後の『城』の主人公Kにその対極を見出せるからだ。測量士Kはどんな苛め、嫌がらせを受けても、村に残ろうとする。村人の迷惑を顧慮しない、したたかな人物である。ただ、むしろ、事態打開のための方法も見つからず、自分の意思が通らない情況には、変わりがないのだ。

一方、親切だった妹は若々しい肉体を解放させ、背伸びをする。厳格だった父親も大黒柱の誇りを取り戻し、うろたえていた母親も内職が気に入り、重労働ながら生気を蘇らせてきた。

実は、つとに指摘されているように、作中で変身を遂げたのは両親と妹であった。とくに十七歳の妹は思春期の少女から女へと変貌を遂げつつある。いわば、蛹から羽化したばかりの蝶である。「背伸び」がその象徴的表現であるのは言うまでもない。

カフカは装丁に虫の絵を描くことを拒否した。何を物語るだろうか。想像力で脳裏に描いて欲しかったのは確かであろう。羽化も読者の想像力に委ねたと考えてよい。

そもそも、カフカは、なぜ虫への変身という発想を得たか、その原点が気になるところだ。

変身の発想は『雑種』、『アカデミーに報告する』などいくつかのカフカ作品に現れ、『田舎の婚礼準備』(一九〇七年)の甲虫が最もはっきりした最初の例であろう。

エリック・スマジャ『笑い』によれば、「虫さんだぞお」という子供の遊びがヨーロッパにあるそうだ。

ルイス・キャロル『鏡の国のアリス』(一八七一年)第三章では、アリスが昆虫はいらないと宣言し、特に大きい虫が怖い存在として嫌われている。

ポーランド生まれのイギリス帰化人作家ジョウゼフ・コンラッドの『ロード・ジム』(一九〇〇年)第十九章には、甲虫への言及があり、語り手のマーロウは、玉虫やかみきり類を「ぞっとするような小さな怪物」と呼んで「死んで動かなくなっても悪党面」だと悪態をついてる。また、第二十九章では「不気味な甲虫――足だけがぞっとするように勤勉に動き、上体は微動もしないままに滑るように移動していく」(矢島剛一訳)と理由の一端まで示してある。

さらに、ノーベル文学賞候補になったジャン=アンリ・ファーブル『昆虫記』(一八七九～一九〇七年)はヨーロッパ人には珍しい興味の持ち方と言われ、著者存命中フランスでは売れなかったという。(高齢になると大統領ポアンカレが年金二千フランを与えた。)『昆虫記』の主役は蜂と糞虫である点も興味深い。

イギリス人哲学者ホワイトヘッドでさえ、昆虫は恐ろしさを連想させるものだと示唆している(『過程と実在』(一九二九年)第二部八章四節、三〇六頁)。

こうしてみると、昆虫の不気味さはヨーロッパ大陸で一般に共有されていた、と断じてよさそうだ。

プラハで育ったカフカは、子供同士の虫遊びなどに耽ったか、得意のフランス語で『昆虫記』を読んだか、あるいは虫の話を聞かされたか、何らかの経験で虫に対してある種の感情を持ったと思われる。しかも、ユダヤ人は〈Ungeziefer〉と差別的に呼ばれていた(前掲平野著)。もしこれが正鵠を射ているなら、身近な日常生活や幼児体験、読書体験などが『変身』の原点になったと言えるだろう。(8)

(9) 不変と外部

変身の対極、「不変」にも注目する必要がありはしないだろうか。

変貌していく家族を描く過程で、カフカは変われない自分を描く鏡として本作を書いたとも言える。グレーゴルは甲虫の状態を受容、引きこもりになるとはいえ、一方で、ゆったりした時間を獲得した。なのに、時間感覚の項で指摘した通り、自分のためにその時間を有効に活用できなかった。この意味では、変身の前も後も、変わらない。

繰り返し現れるイメージには新聞もある。既述のように客観的時間を示すと同時に、新聞は外界の情報を家庭内に持ち込む媒体である。父親は丁寧に読むのに――『判決』においても父親が新聞を読むが、それは古新聞であった――、グレーゴルは目も向けない。(変身前は経済欄などに目を通しただろうが)。いかにも自分に目隠しをしている状態で、あくまで外部は関わらないものとして扱われる。やはりこの点でも、変身前と後とは同じだ。確かに、外界は、偵察に来ながら逃げ帰ったマネージャーや、目には見えなくなった病院の建物で示される通り、「去る者、日々に疎し」

の状態だ。他方、室内では床や天井を這う楽しみさえ得られる。

この倒錯、危うさは、外部からやってきた老家政婦によって、いとも簡単に突き崩される。「クソ虫」という呼びかけが室内の実態を暴露するのだ。外部世界の常識という強力な武器が持ち込まれ、グレーゴルの内的時間ないし精神生活は完全否定されてしまう。怒って歯向かったところで、とうてい敵うはずもない。

掌編でもカフカは類似の情況を描く。『舵手』の船員たちは船の運命がどうなるか分からないのに、(外からやってきて)舵輪を乗っ取った「見知らぬ男」に「構うな」と命令されると、以前と変わらず、また甲板の下に引き返した。当然ながら船は針路を変更する。グレーゴルも家政婦の指し示す方向に従わざるを得ない。

老家政婦の役割を見れば、シェイクスピア『リア王』の道化が想い起こされる。娘たちによる深刻な疎外に遭ったリア王を常識の見地からからかい、教育さえするのは「阿呆」である。阿呆は常識の大家であり、その毒舌にかかればリア王のほうが道化となり下がる。この点では『アントニーとクレオパトラ』のイノバーバスも常識を武器とした道化である。『変身』の老家政婦もけたたましいとはいえ、世間的な常識に従って行動する、優れた道化なのだ。グレーゴルの父親がいかに不愉快に感じようと、厄介な甲虫がいなくなった点では「感謝」しているのである。彼女は下層階級の身分にもかかわらず(あるいはそれ故にこそ)、ずけずけと真実を突きつける役割を果たしおおせたと言える。

もう一人の他者を挙げておきたい。労働する必要に迫られたザムザ一家が、不要な(同時に滑稽な)存在になった間借り人の降下(階段を降りる行為)を踊場で確かめている時、肉屋の職人が階段を上ってくる。「誇らしそうな顔をして」三人とすれ違った。そのはつらつとした態度を描写するのは、カフカが労働者階級に好意的だった事実と重なるだろう。『父への手紙』には父ヘルマン・カフカの店で働く従業員たちに関して同情的な記述があり、彼らが団結して父に迫った時にはカフカは労働者の側に立って仲立ちをした。

老家政婦は馘になるとしても、肉屋の若者が新たに家族に関わる他者として登場した。カフカの祖父が食肉業者であった事実から、ザムザ氏が自分の側の人間とみなした、とする考え方もある。階段を上る行為がザムザ氏に近付く象徴だと見做すのだ。これは少し背景の事実に囚われ過ぎているのではないか。

別の観点からすれば、外部との交渉、とくに下層階級との付き合いは不変であり、決して断たれるはずのないものだ。老家政婦に次いで、肉屋の職人は波乱要因になる事態が示唆される。肉屋が食料品店全般の提喩としよう。その従業員らは店の先鋒として社会規範や常識を武器に、支払いを要求するのである。まだ現金払いが定着せず、付け払いが効いた時代でもあった。ザムザ一家がどちらを採用していたか作品では分からないが、間借り人たちの食費はかなりの額になっているはずだ。今後その分の出費はなくなるとしても、収入が激減した家族の食費は好不況にかかわらず、支払いが求められる。まして第一次世界大戦前では空前絶後の不景気の時代である。消費経済の刃はいずれ一家に突きつけられるであろう。

これも逆説的ながら、下層階級との付き合いという不変の紐帯は、予想を立てられない大変化を孕んでいる。ザムザ一家の将来、とくに妹の未来と深いかかわりを持ってくるはずだ。もう一つのどんでん返しが用意されているのである。

(10) エピローグの問題

さて、いよいよ大団円に入る。一見、明るい未来が開けていると思われるエピローグに隠された問題だ。〈牧歌的欺瞞だ〉と直観する評家もいる。

まず、どこからエピローグが始まるか、評家によって異なる。主人公が死んだ直後とか、ザムザ一家三人が散歩に出かける時とか、あるいは妹が主人公に死の宣告をした修羅場など、さまざまだ。本稿では、すでに示したように、主人公が死んだ朝、家政婦の描写からとしたい。『断食芸人』でもみられる通り、「全知の語り手」が新たな筋を展開し始めるからである。(9)

妹は上に述べたように最も大きく変身する。だが、自ら飛翔の希望に暗い翳を落とす。

グレーゴルを「あれ」とか「ケダモノ」と呼び、突き放すことによって、妹は新しい生活を見出した。この行為には、ある種のおぞましさが感じられるはずだ。兄をモノと見なすことによって自分をも心ないモノの水準まで貶めてしまった。グレーゴルには救済がなかったが、兄を切り捨てた妹に救済が訪れると期待するのはセンチメンタルである。むしろ、妹も、兄と同じ道を辿りはしないか。

モーリス・ブランショは「背伸び」をする場面こそ「恐怖の絶頂」だと指摘した。「背伸び」が羽化の象徴だとは述べた通りだが、兄を犠牲にした直後の行動が飛び立ちのイメージであるがために、それも皮肉なことに、兄の変身とは逆方向の変身であるにもかかわらず、倫理の崩壊を指し示すからだ。これこそブランショの言う「恐怖」の正体である。

逆説の冷徹さは骨に響くほどだが、考えるまでもなく、ヴァイオリンというイメージに仕掛けがある。妹のヴァイオリン演奏を評価すれば、大衆の象徴とみなせる間借り人三人が示したネガティブな(「うんざりした」)反応こそ、公平な判断であるからだ。それどころか、妹の誇張だとしても「くたくたになる」ほど働くからにはヴァイオリンはもはや贅沢で、諦めざるをえない余技である。労働のため時間に追われたグレーゴルとここで重なるだろう。治療薬であったはずの音楽が、兄だけでなく妹にとっても救済になり得ない。こうして、老家政婦と同じように、外部からの干渉(三人の間借り人)が内部を暴露、破綻させるのだ。つまり、ヴァイオリンには二重の象徴性があったと分かる。春の光に照らされたと思いきや、思わぬ棘が仕込まれていた。カフカは、容易には分からない形でどんでん返しを仕組んだミステリーを書いたとも言える。

さらに一つ見逃せないイメージがある。欠勤届だ。この文脈において、欠勤届は、はたして何を指し示すであろう。単に、体制に対する一時的休戦協定であろうか。あるいは悪魔に対する魂の売り渡し証であろうか。それとも免罪符であるか。「その日に仕事をしないのは当然」であり「絶対必要」であった。忌引きなどを想い起せば、現代でも受け入れられる考え方だろう。しかし、一家は喪に服すだろうか。否である。手に入れるのは散歩なのである。従って、救済は不可能というほかない。

もう一つのヒントは、欠勤届が余りに容易に提出される展開にある。『断食芸人』において、断食は主人公にとって容易な業であったが、そのために死に至る。ルーティン化した結果だ。収入激減のザムザ一家にとって過重な労働は否応なく続く。いつ労働忌避に陥らないとは、誰も言えないであろう。忌引きでないのに、「欠勤」が「当然」で「絶対必要」な日が遠からず来るに違いない。せっかくグレーゴルの庇護から脱し、自分たちで稼ぎ始めた一家も、社会の圧倒的な存在に押し潰されないとは、誰が保証できようか。

なぜカフカは寓話形式を採用したのか、という疑問も解かれることになる。アンチメルヘンの鋭い針を何重にも仕込めるのだから、他にどんな形式を選べただろう。

惟うに、『変身』の秀逸性は、鏡の表に写る虚像だけを描き、裏面に言及しない、という一点に懸かる。一言でも匂わされれば、興醒めだ。この意味で、カフカは読者の自由を守ったのである。

作品構造そのものにも仕掛けがありそうだ。既述したように、エピローグが神様視点で付けられるスタイルは『断食芸人』でも見られる。主人公が死んだ後、いずれも語り手は登場人物ではなく作者だという限定がつくものの、さらに物語が続く。叙事詩的な形式だと言われる所以である。ホメロスの『イリアス』ではトロイ戦争が主人公であった。

この伝にならって、『変身』でも主人公は別にあった、と考えれば、さらに意味深長になる。評家によって異なるに違いないが、家族であるか、社会であるか、国家であるか、はたまた人類であろうか。カフカのことだから、これら全てであってもおかしくないだろう。

(11) ユーモア

難題はまだある。すでに示した通り、ユーモアである。

カフカは自分の作品を朗読する時よく笑ったという。マネージャーの要求に応えようとして歯のないグレーゴルはドアの鍵を回し、苦労して解錠した。カフカは口に鍵を含み、回す仕草をして「朗読する時、笑った」と伝えられている。『城』の朗読でも大笑いをしたそうだ。『変身』や『城』に限らず、全体を通じてユーモアが感じられる作品が多い。その源はどこにあるだろう。

笑いは難解な要素を持っており、プラトンやカント、ベルクソンを初めとしてさまざまな分析、研究が行われてきた。ましてや、ユーモアはさらに難しく、定義さえも定かでない。かりに、笑いを大まかに、嘲笑など攻撃的なものと、微笑など愛他的・親和的なものに分ければ、カフカの場合、どのような笑いがあるだろうか。

一九二一年十二月六日の日記には、「書くということの自立性のなさ、火を入れている女中、暖炉でぬくまっている猫、暖をとっている哀れな年老いた男にすら依存していること。これらはみな自立した、自分の法則に支配された活動である。ただ書くことだけが寄る辺なく、自身のうちに安住せず、冗談であり、絶望なのだ」とある。書くことが冗談や絶望に譬えられている。小説執筆は不満の種であり、実在感がない。つまり生産的でないと自己認識している。このような書き手には、ユーモアだけが自分を救い、自立性を補完する縁になりはしないか。自作を朗読するとき、笑った、というのは、自立性の欠如を償う、絶望的な自己救済である。婚約者フェリーツェへの手紙（一九一二年十一月二十四日、十二月四日）によれば、カフカは朗読を好んだ。

ごく初期の作品からカフカはユーモアを多用した。『ブレシアの飛行機』は一九〇九年、著者二十六歳のとき新聞に発表されたが、タイトルからは飛行機展あるいは航空ショーを期待できるルポルタージュであるはずなのに、読者の予測は見事に裏切られる。なんと、飛行場に到達するまでの経緯が滑稽味を帯びた言葉遣いで告げられるのだ。前夜到着した際、辻馬車の馭者との価格交渉や掛け合いはその前哨戦である。翌日、飛行場では暑いなか駆け出したり、パイロット夫人を「小さな頭に商売の思惑をたっぷりと持ったセールスウーマン」と揶揄したり、エンジンの不調に出会うと「働いているより見物している方が疲れ」ると文句を言う。飛行機は「まるで不器用な人が平土間を走るように滑走」する。観客の貴族を見つけては「中年の婦人の顔はブドウの房のような黒ずんだ黄色」と活写。照れや気取りではなく、可笑しいから可笑しい書き方をする、といった風だ。飛行機そっちのけで、周りの光景にユーモアの種を見つける。おそらく天性の感覚なのだ。

『変身』になると、歯をなくした甲虫が苦労して鍵を開ける情景、這い上がった天井から落ちた局面(触覚の変調)など、可笑しみの質が変わってくる。共通点を探せば、読者に予想外のショックを与える行為となろう。グレーゴルがマネージャーの女好きな性癖に付け込もうと企む箇所や、間借り人が朝食を要求して探し回る(空腹に駆られる)シーンなど、他にも思わず笑ってしまう描写がたくさんある。巧まざる笑いと言えるほどだ。

動物が主人公の小品をみれば、『貂』では年寄りの獣なのに大胆不敵な跳躍をやってのけたり、『歌姫ヨゼフィーネ』では鼠が下手な歌を気取って歌ったり、『犬の研究』でも犬が汚物と血に塗れながら音楽を聴く。『巣穴』の「わたし」(正体不明の肉食獣)は寝床作りのため無用なトンネル掘りに明け暮れる。無残さや徒労の中から可笑しみが滲み出る。こうなると、笑い、ユーモアといっても相当複雑である。

小品『ある館の守りをめぐる情景』において、最前線では、「敵方のひそむところで何やらことが進行している」緊迫した情況なのに、見張りの兵士が不手際な昼食の配給を巡って炊事方を殴りつけ、見張り台である木の大枝の上で取っ組み合いをしている。この可笑しみは深刻さの裏返しである。小事にかまけて、生命の危険が迫っている大事を顧みないからだ。また、司令官はわずか一匙スープを飲む時間も惜しみ、守備隊を督励しているというのに、だ。

これらの例が示すところ、知識や機知、機転が絡むウィットとは言えないであろう。フランス的精神であるエスプリとも異なる。ポーランド出身のジョウゼフ・コンラッドが発する東欧的ユーモアによく似ている。イギリス的な「洗練」とは別の、泥臭いが、人間の皮肉な存在性を突いた重厚な槍のように感じられる。

さらに笑いは、『リア王』の「阿呆」が歌うように、悲しいとき苦しいときにも起こる。甲虫姿のグレーゴルにしても、きちんとした対応を受けて嬉しさを感じたり、床を思い通りに歩ける自由が喜びだったり、部屋の扉が通れるくらい開かれている隙間に幸せを感じたり、不幸のどん底にある自分を意識していないかのように、対極の感情が現れる。心奥の笑いと言えばよいかもしれない。顔面に浮かぶかどうかを問わず、笑いはいよいよ複雑な様相を呈する。スマジャが『笑い』で報告するように、辛く苦しい時の笑いは防衛プロセスであるとも思える。それでも何やら可笑しいという感情は、ユーモアというしかないのだろう。

カフカの文章には笑わせたいと構えている雰囲気は、初期を別にすれば、見られない。言葉のアヤで笑いを取るような真似もしない。むしろ文章は自然体といえるし、叙述は淡々と続く。一九一二年三月八日の日記にあるように、成功作品にするには「一気呵成に」書く必要があったが、中断される不幸が「しょっちゅう起こって」いた。カフカの創作方法と文体は密接に関係するだろう。

筆者には、言葉の技巧というよりもイメージの力が強く感じられる。たとえば、通常の状態より一段下にある存在(兵士)が目上(将校)の言うことをまったく理解していない状態とか、動物や物(たとえば橋)が人間のような振る舞いをする情景など、である。このイメージの連合が、現実とのギャップを意識させ、滑稽さを生み出す。下位者や動物がしくじりを犯す条りでは、行為主体からすれば真剣な必死の行動であるにもかかわらず、その血みどろさ加減が読者を笑わせる。

この方法は、与太郎や、熊さん八さんがヘマをやって笑いを取る落語を思わせないだろうか。ボケ、ツッコミの漫才でもよかろう。どこかタガの外れている人物がやらかす行為は、本人は真剣であるだけに、寄席の客からみればいっそう滑稽になる。しかも客は一種の優越感に浸ることができる。

反対に武士や権威者などが失敗をやり、からかいの対象となって笑いを誘う場合もある。せせら笑いや嘲笑といった攻撃的なもので、しかも客は溜飲をさげる。いわゆる構図のずれがもたらす笑いだ。『流刑地にて』をみよう。複雑極まりない処刑機械に異常なほどこだわる将校が、死刑には値しない死刑囚を機械から解放して、ついに自らを処刑する経緯にはどこか外れた可笑しみがある。

たぶん、新生児微笑やくすぐり笑い、道化の笑いなどを除けば、笑いとは心理的余裕の賜物である。普通、客が与太郎や熊さん八さんにまで落ちることなど、有り得ない。同じく、読者が甲虫になる可能性はないし、犬や貂、まして鼠になる恐れはない。その余裕が笑いにつながるのだ。

そこはかとないユーモアは人の心を和ませ、諧謔はコミュニケーションの潤滑油となる。落語の醍醐味でもある。おそらくカフカは本能的にユーモアを取り込んだ。ユーモアがなければ、物語を円滑に進められなかったのではないか。

その証拠の一端として、叙述される物語の内容を、現実に照らしてみればよい。決して面白可笑しいと笑い飛ばせるものではないのだ。逆である。とどのつまり――鼠は猫に食われる。犬は本来的な無能により学問の戸口にさえ足を掛けられない。橋は無理な動きで落ちる。不景気で商人は取引先との話もできず立ち去るのみ。『リア王』の道化が処刑され処分されるように、餓死したグレーゴル、甲虫の遺骸は、ゴミとしてあっさりと捨てられる。

身も蓋もない絶望的な情況、というよりも、世のことわりに帰結せざるを得ない当事者の姿が浮き彫りにされるのだ。厳しい摂理に縛られた世界にふとギャップを突いたユーモアが差し挟まれるため、物語は先に進める。他方、読者はいっそう凝然と立ちすくむのである。

笑いは、カフカ天性の戦略だったと改めて思い至らざるを得ない。物語の着想そのものがユーモアを要求しているからである。まことに、主人公が甲虫に変身したという設定自体がユーモアなのだ。主人公が不幸ならブラックユーモアになるし、幸福でもユーモアよりブラックユーモアに傾く。冒頭に述べたように、どちらか片方を排除するわけにもいかないが、本稿の趣旨として「不幸な主人公」の場合を主に考察してきた。それでもユーモアが良く効いて落語の構造に通じる点が浮き彫りになる。ただ、落語は落ちが付けばそれで終わりだが、カフカは終わらない。カフカの寓話、とりわけ『変身』は、イメージに加えユーモアをもテコとしながら、さらに、暗い深淵へと降りて行く。それが人間の愚行であるか否か、歴史の行く末に至ってみないと分からない。

(12) 現代の要請

他人の言動を誤解したり曲解したりする行為は容易である。ただ、誤解が人の精神を豊かにする場合もないわけではない。恋愛などその最たるものだろう。誤解は是非そうあってほしいものだが、本稿もカフカに惚れた挙句の贔屓目とみなされるかも知れない。つまり、発端は、情動が深く絡んだゆえの感動であったからだ。ともあれ、批評史が示す通り、『変身』は実に多岐にわたる読み方があり、人それぞれの感想が可能である。蟷螂の斧かも知れないが、ここにはその幾つかを挙げたまでである。時代の変遷につれ、新たな見方を生むのが名作の所以だ。したがってカフカを読み解いたなどと言うつもりはない。そう言ったとたんに、カフカはするりと手から逃げ去り、あらぬところで笑っているに相違なかろう。まさに書くことは冗談であり絶望(「日記」)であるのだ。カフカ本人にとってそうであるなら、読者にも評家にも、そうであろう。

では、情動の僕、読者はどうすればよいか。少なくとも『変身』をテコに、今と将来を考えるべきだとは言える。というのも、当代、カフカ世界への探り針はまだまだ深い所まで届くはずだからである。

鏡の裏側、別の言い方をすれば「心の変身」が、センチメンタリズムの対極であってもよい。一例をあげよう。二十一世紀を生きるためには、想像力だけでなく、創造力も求められている。筆者の父親のように無念の涙を呑む場合も少なくないものの、阪神淡路大震災(一九九五年)や東日本大震災、福島原発事故(二〇一一年)を経験した現代人は、復旧で終わらせられない宿命を課せられている。新しいものを創らねば、将来への希望は抱けないし、世界に対しても恥ずかしい。さもなければ、真の意味での復興にはならない。そうあちこちで叫ばれている。政治、産官学を問わず、だ。つまり、現代とは、創造の必要性、という共通認識が抱かれている実に稀有な時代ともいえる。これをチャンスと捉えたら、槌音高いなか、「心の変身」をしない手はあるまい。

――創意工夫の源、独創力こそ、すべてである。

カフカには『変身』と真逆の小品がある。猿が人間に転身する『アカデミーで報告する』(従来『ある学会報告』)だ[10]。主人公は、猿時代の「あらゆるこだわりを捨て」、教師を何人も雇って非常な刻苦勉励の末「ヨーロッパ人の平均的教養」を身につけた。それをふまえ、学会では、猿から人間へ転身した事実、その「知識をひろめること」(丘沢訳)が使命だと吐露した。元猿が言うからには、ほとんどの人間はこの逆だ、という皮肉が込められているはずだろう。グレーゴルと妹は一面たしかに犠牲者であるものの、この元猿ほどに、人間本来の精神を活き活きと働かせ得たか否かと問われれば、はたしていかがであろう。

さらに、『変身』のテーマは多々あるが、そのうち、最も原初的・動物的な欲望の対象といえば、

「口に合う食べ物」ではないだろうか。口に合わないため、つまり、生きる糧が得られないがため、グレーゴルも、後の断食芸人も餓死する。カフカ自身も肉類は苦手であった。菜食主義者に至ったことがマックス・ブロートの手紙で述べられている。

これに対し、断食芸人の死後、同じ檻に入れられた豹は「気にいりの餌」(つまり血の滴る肉)を食べ、「自由すらもわが身にそなえて歩きまわっているかのよう」で、観客が檻に釘づけになるほど「生きる喜び」を吐き出していた。グレーゴルの妹が「背伸びする」場面とよく比較される。生きる喜びが注目されているようだが、筆者には、何だか釈然としない。豹のイメージが蝶のイメージとは合わないのだ。他に探せば、『アカデミーで報告する』において元猿の手本となった「いい人たち」、すなわち下級船員こそ、下積みでありながら生き生きと描かれる存在であり、まさに、何でも食べるし、火酒もあおる。豹は、むしろ、この下級船員になぞらえられるのではないか。どれほど自由を謳歌しているように見えても、片や船に閉じ込められ、片や檻に入れられているからである。『舵手』において、見知らぬ男に命じられるまま、諾々と甲板の下に降りていった「いかつい」船員たちの姿を思い浮かべれば充分だ。『失踪者』第一章では、退職し下船する下級船員の火夫が、気に入らない船に愛想を尽かさなかっただろうか。

なるほど、世界に飛び立つ、羽化したばかりの「蝶」である「妹」は、生き生きとなるし、花あるる限り食べものには困らないだろう。だが、シェルターである家から一歩外に出れば、天敵にも出会わねばならないのだ。『失踪者』のカール・ロスマンが、新世界の入口たるニューヨーク港で下船の際、トランクを持ち逃げされたように、かえって危険は大きい。

妹の未来を寓意的に眺めるのも興味深い。現代を凝視するだけでよかろう。世界的な人口増加、地球温暖化、砂漠化の進行、旱魃の多発、台風・地震・津波・火山噴火など自然災害の激甚化、さらに水争いや牛肉争奪戦等々、まさに現代人は生命にかかわる問題にさらされている。二〇一六年アメリカ大統領選挙を初めとして、自国（ないし体制）を最優先したポピュリズム（あるいはポピュラリズム）の台頭が将来への不安を煽る。食糧危機なんて喫緊の課題ではない、と呑気に構えられる人がいるだろうか。[11]この現実に照らせば、グレーゴルや断食芸人の類はさながら博物館に納められた絶滅種の剥製であり、逆説的ユーモアの極地に上り詰めた姿だ。しかも剥製（遺骸）は廃棄されてしまうとなれば、念の入ったブラックユーモアと言うしかない。妹の運命もカール・ロスマンの失踪（『失踪者』）と重ねれば風前の灯火、少なくとも前途多難なように危惧される。すなわち、妹は現代人の寓意的存在に外ならないと気づくのである。これがもう一つのどんでん返しである。

精神的な生きる糧も当然ながら問題となる。「未知の栄養」はその象徴的表現であった。生きがいがなければ、生ける屍である。人がこの世に存在する価値は生きがいにこそある。これを見つけるための刻苦勉励であるはずだ。シェイクスピア『あらし』のキャリバン（人間の言葉を教わりながら悪用した怪物）とカフカの元猿を比べるまでもなかろう。何も「ヨーロッパ人の平均的教養」至上主義を唱えるつもりはない。生きる喜び、これがどこから生まれるかは、人それぞれであるが、例外なく努力が付きものである。

社会が生きるに値しなければ、社会を変えるしかあるまい。歴史的に、上意下達の改革はえてして失敗を見た。たしかに、『火夫』の下級船員が企んだ抗議の試みは不発に終わる。とはいえ、自らの全存在を賭して下から動かす以外に道はないのだ。

デフレすなわち不況の最中にある日本の問題に目を向ければ、いかにデフレを脱却するか、という難題がなかなか解決できない情況にある。解決策はどこにあるか。まず消費税など減税するか撤廃すればよい。結果として消費は伸びるであろう。加えて、建設国債を発行して公共事業を増やさねばならない。整備新幹線の早期完成、リニア新幹線の前倒し工事など、重要政策は民間にだけ任せるのではなく、政府が助力して完遂するのみだ。現代は東京一極集中を一気に解決する絶好の機会なのである。過密化した東京は巨大地震で簡単に壊滅する。惨事を避けるためにはどうしても分散する外ない。また、二〇二〇年の東京オリンピックは契機に過ぎないとしても、喫緊の課題となっている老朽化したインフラは、当然、早急に改善せねばならない。誰しも異論のないところだろう。GDPが大きく国民消費と民間投資・公共投資とで成り立っているなら、消費は伸びている段階(一九八〇年以降、内閣府)にあるため、あとは公共投資を伸ばせば簡単に解決できるではないか。法人税減税などもっての外で、どうして二〇パーセント台に落とさねばならないのか、理解に苦しむ(介護制度費用の削減分は法人税減税の財源になっている)。アメリカの法人税は法廷実効税率およそ四三パーセント(ニューヨーク州・市税を含む場合)であるのに、製造業を除いて、なぜ企業はアメリカから逃げ出さないのだろう。この状態をどのように説明するのか。要するに、日本を投資に魅力ある国にすれば、つまりアメリカ並みに儲かる国にすれば、法人税が四〇パーセントであろうと企業は逃げ出さないのだ。これが、資本主義という経済制度の下にある国民の、黒船的見解なのである。

カフカがこれら現代的問題を予見したと主張するのは言い過ぎである。だが、『変身』のテーマをつぶさに検討してみれば、形を変えそっくり現代にあてはまる。寓話形式のなせる「わざ」だろう。驚嘆すべきである。

問題解決の糸口はどこにあるか。ひとえに、人間らしく、心をはつらつと働かせる、という一点に尽きる。

従来の批評は糧として、『変身』をもう一度、本文に沿って総合的に読み直す意義もそこにありはしないだろうか。『変身』はひとり学者のものだけではなく、一般読者のものでもあるからだ。

註

[序]

(1) ロラン・バルトは、アルチンボルドの場合、「絵が、隠すか、暴くか、ためらっている」と評した(『美術論集——アルチンボルドからポップ・アートまで』沢崎浩平訳、みすず書房、一九八六年、五五頁)。

(2) 無を前提とする思考そのものを否定する考え方は、ベルクソン『創造的進化』(一九〇七年)合田正人・松井久訳、ちくま学芸文庫、二〇一〇年、第四章に詳述されている。「存在は、無の征服として私に現れる」(三四九頁)など。西田幾多郎も、有か無かの二元論を排し、「知即行」「行即知」、あるいは「主客合一」という一元論を主張した。その背景となる意識の根源的統一力については、『善の研究』(一九一一年)全註釈・小坂国継、講談社学術文庫、二〇〇六年、七九頁ほかを参照。

(3) プラトン『ソクラテスの弁明』田中美知太郎訳、『全集』第一巻、岩波書店、一九七五年、22C(六四頁)、『パイドロス〈美について〉』藤沢令夫訳、『全集』第五巻、一九七四年、265B(二三〇頁)、『メノン——徳について』藤沢令夫訳、『全集』第九巻、一九七四年、99D(三三〇頁)、及び『イオン——「イリアス」について』森進一訳、『全集』第十巻、一九七五年、533E-534A(一二八頁)。

(4) アリストテレス『詩学』朴一功訳、『全集』第十八巻、岩波書店、二〇一七年、1451B(五〇八頁)。

(5) カント『判断力批判』(一七九〇年)、『全集』第八巻、原祐訳、理想社、一九六五年、二〇四～五七(二一八、二二六、二三〇)頁。

(6) ショーペンハウアー『意志と表象としての世界』(一八一九年)第三部、茅野良男他訳、『全集』第三巻、白水社、二〇〇四年、正編Ⅲ、三六頁。

(7) ニーチェ『悲劇の誕生』(一八七二年)西尾幹二訳、中央公論社、中公クラシックス、二〇〇四年、第一節、五～一三頁、他。

(8) ホワイトヘッドによれば、「創造性は、すべての形相の背後にある究極的なものであり、形相では説明できず、それが創る種々の創られたものによって制約されている。……〈創造性〉は新しさの原理である。現実的契機は、それが統合する〈多〉のうちにあるどんな実質とも区別された新しい実質である」(『過程と実在』、一九二九年、山本誠作訳、松籟社、三三

～四頁)。

(9) Scott Barry Kaufman and Elliot Samuel Paul, eds., *The Philosophy of Creativity: New Essays* (New York, NY: Oxford University Press, 2014), pp.18-20.

(10) シェイクスピアは『アテネのタイモン』一幕一場において、詩人に詩作の実際について述べさせている。「詩はゴムの樹液のように／自然に生まれ自然ににじみでる」「自由に漂う私の詩ごころは／特定のどこかで立ち止まったりせず、広大な海を／どこまでも進んでいく。私の航路には／誰かを狙った悪意の矢弾はひと言もなく、／鷲のようにひたすら高く飛翔し／なんの痕跡も残しません」(松岡和子訳)と。キーツがこの台詞を念頭に置いていたか否か闡明しないが、自身の詩作に資するところ大であったとは充分考えられる。シェイクスピアにもキーツにも、苦吟の痕跡は見られない。なお、'writ in water.'は『ヘンリー八世』四幕二場四五～六行：'Men's evil manners live in brass, their virtues / We write in water.'(人の悪行は真鍮に刻まれ、徳行は水に書かれる)に由来する。「水で書く」という解釈も不可能ではない。おそらく両方であろう。吉賀憲夫「キーツにおける〈消極的能力〉と抒情の構造」愛知工業大学『研究報告』第二十一号A、昭和六十一(一九八六)年、五～一〇頁、およびソーントン不破直子「ロマン主義と〈作者〉」日本女子大学『英米文学研究』第四十二号、二〇〇七年三月、一～一五頁、などを参照。

(11) ただ、森山茂が言うように(一六五～六頁)、この句の文化的背景は翻訳不可能である。イギリス人にとって、蛙'frog, frogs'といえばたちどころにフランス人を連想させるから、翻訳者を難じるつもりはまったくないものの、直訳すると、むしろ揶揄とか滑稽味を滲ませる結果になる。フランス人(たとえばデカルト)が蛙よろしく古池に飛び込む姿を想像すればよい。もっとも、それはそれで独創的であると言えなくもないが。

(12) イメージの使い方とその実例は、以下で取り上げた。第一章「復讐悲劇と『ハムレット』」では、とくに「ソネット七三番」に見られる収斂のイメージ群の分析をおこなった。第四章「言葉の闇——コンラッド『闇の奥』の秘密」では、コンラッドの意識的なイメージの使い方に注意を喚起した。また、第五章「確信の形式——カフカ『変身』と時代」においては、見過ごされてきた下降のイメージを跡付けた。それぞれ比類のない実例として参照していただけたら幸いである。

(13) ベルクソン自身も『精神のエネルギー』(原著、一九一九年、原章二訳、平凡社、二〇一二年)の「意識と生命」の中で同じ言い方を用いている(一二頁)。ゴーギャンから引いたとは断っていない。篠原資明はパスカルから得た可能性が高いと推測する。ブランシュヴィック版『パンセ』断章一四三において、「彼ら(人々)からこうした(自分および友人たちの名誉や財産についての)心づかいを全部取り除いてやればいいさ。なぜって言えば、そうすれば、彼らは自分を見つめ、自分が何であり、何処から来て、どこへ行くのかを考えることになろう」(篠原訳)と述べられているからだ。ゴーギャンもまた出典を挙げておらず、手紙で「福音書に比すべきテーマ」であると明かし、この大作を「哲学的な作品」と呼んでいるだけだという(『ベルクソン』五頁)。しかし美術史家ゲイフォードの研究によれば、オルレアン司教フェリクス・デュパンルーがゴーギャンら当時の神学校生徒たちに教理問答を植え付けた際、その三つの基本的問答が「人間はどこから来たのか」「どこへ行こうとするのか」「どのように進むのか」であったという(Gayford, *The Yellow House*, pp.99-100)。後半生キリスト教に激烈な反発を示したゴーギャンでも、晩年、無意識のうちに生徒時代の経験が表面に現れたとみえる。実は、同じような問いは、紀元一世紀のローマの詩人ペルシウスや、二世紀のグノーシス主義者テオドトスなどに共有されていた。「アウグスチヌス(キリスト教教父、三五四〜四三〇年)は、この問題に答えるものこそ、ローマの伝統的な神々ではなく、キリスト教の神とその教会にほかならないのだと説いた」(筒井賢治『グノーシス』、三六頁)。カトリックの伝統的な教理問答に採用されたのも宜《むべ》なるかなである。

[第一章]

(1) テキストは *The Riverside Shakespeare: The Complete Works*, ed G. Blakemore Evans (Boston & New York: Houghton Mifflin Company, 2nd ed. 1997)を用いた。訳文は、一幕五場一七四〜五行、三幕二場四〇〜一行(ともに小田島雄志訳)を除き拙訳。

(2) Q1及びQ2のテキストはファクシミリ版である Allen, M. J. B. & Muir, Kenneth, eds., *Shakespeare's Plays in Quarto* (1981)、および W. W. Greg and Charlton Hinman, eds. *Shakespeare Quarto Series*, 16 vols (Oxford: Oxford University Press, 1939-75)に依る。*Der Bestrafte Brudermord*(DBB)のテキストは、H. H. Furness, ed., *Hamlet* (A New Variorum Edition of Shakespeare), (Philadelphia & London: J. B. Lippincott & Co., 3rd ed. 1877), vol. 2, pp.121-42に所載してある英訳版を用いた。

(3) *The Reign of Elizabeth* (The Oxford History of England, vol.8) (Oxford: Clarendon Press, 2nd ed. 1959), p.407. なおニヴェット卿(一五三七〜九八年)は一五九三〜六年、低地地方の戦闘に関し、ロバート・セシルに徴兵制や検地を具申した(*The Defence of the Realm* (rpt. 1956); Website, 'Geni': Sir Henry Knyvett, MP, of Charlton については http://www.historyofparliamentonline.org/volume/1558-1603/member/knyvett-henry-1537-98 を参照)。

(4) Peter Thomson, *Shakespeare's Theatre* (London, 1983), p.65.

(5) Sir Francis Bacon, 'Of Revenge', *Essays* (1625; Everyman's Library, 1915, rpt.1983), pp.13-4. なおベーコン生前の版は、初版一五九七年(十編)、第二版一六一二年(三十八編)、第三版一六二五年(五十八編)であり、'Of Revenge' は第三版初出であ

る。公的復讐には、ベーコン以前にも肯定する意見があったと思われる。

（6）Fredson Bowers, *Elizabethan Revenge Tragedy* (Princeton: Princeton University Press, 1940), pp.10-15; Eleanor Prosser, *Hamlet and Revenge* (Stanford: Stanford University Press, 1967; second ed., 1971), pp.3-35; Janet Clare, *Revenge Tragedies of the Renaissance* (Writers and Their Works) (Horndon, Tavistock, Devon: Northcote House Publishers Ltd., 2006).

（7）Bowers, *ibid.*, p.31.

（8）Prosser, *ibid.*, p.63; Kenneth Muir, *The Sources of Shakespeare's plays* (New Haven: Yale University Press, 1978), pp.164-6; John Lawlor, *Tragic Sense in Shakespeare* (London: 1960), p.47ff.

（9）Bowers, *ibid.*, pp.9, 31.

（10）Bowers, *ibid.*, p.32.

（11）中世文学の流れをくむ『為政者通鑑』*A Mirror for Magistrates* (1559-1610), ed. Lyly Campbell (Banes & Noble, 1960) の影響がとくに重視されている。これは初版十九編すべてが同じ形式をとった韻文悲話で、死んだ主人公の亡霊が登場し、嘆きの形で生前の生きざまを語り、自らの罪や落ち度のためいかにして天罰をこうむるに至ったかを訴える物語である。リリー・キャンベルによると作者の本来の目的は政治的真理を説くことにあった（一九六〇年版、'Introduction', pp.52ff.）というが、内容は、残虐のための残虐といったものが多い。基本的態度としては、現世蔑視とその裏返しの現世享楽がうかがえる。枠組みとしての亡霊と、復讐の要求など、トマス・キッドは作劇上基本となるものを取り込んでいる。

（12）『ハムレット』前後で、復讐者が死なない作品は John Marston, *Antonio's Revenge* (1600) など極めて例外的である。一六〇三年に上演されたトマス・ヘイウッド『親切で殺された女』*A Woman Killed with Kindness* でも復讐者は死なない。

（13）中野好夫『シェイクスピアの面白さ』新潮社、一九六七年、七二～五頁が示唆に富む。

（14）『ジョン王』の原文 (*Riverside Shakespeare*) を掲げておく。ルイはフランス皇太子である。

Lewis Your breath first kindled the dead coal of wars
Between this chastis'd kingdom and my self,
And brought in matter that should feed this fire,
And now 'tis far too huge to be blown out
With that same weak wind which enkindled it.

（15）　ソネット七三番の原文（*Riverside Shakespeare*）を掲げておく。

That time of year thou mayst in me behold,
When yellow leaves, or none, or few do hang
Upon those boughs which shake against the cold,
Bare ruined choirs, where late the sweet birds sang.
In me thou seest the twilight of such day,
As after sunset fadeth in the west,
Which by and by black night doth take away,
Death's second self that swals up all in rest.
That on ashes of his youth dothe lie,
As the death-bed, whereon it must expire,
Consumed with that which it was nourished by.
This thou perceiv'st, which makes thy love more strong,
To love that well, which thou must leave ere long.

（16）　一五八九年、ロバート・グリーン Robert Greene のパストラル・ロマンス『メナフォン』*Menaphon* がトマス・ナッシュ Thomas Nashe の序文を付けて出版されたが、そこでナッシュは、

English Seneca read by Candle light yeelds many good sentences...;
and if you intreate him faire in a frostie morning, hee will afford
you whole Hamlets, I should say handfuls of Tragicall speeches.
英訳セネカは蝋燭の火のもとに読めば名文が次々と味わえる……
霜の降りた寒い朝に読めば、ハムレット全部に匹敵する
悲劇の名セリフがたっぷり楽しめるのだ。

と書いている——Harold Jenkins, ed., *Hamlet* (The Arden Shakespeare) (London: Methuen, 1981), p.83——。トマス・ロッジThomas Lodge は一五九六年に出版された *Wit's Misery and the World Madness* の中で、ある種の悪魔(a notorious feature)を、

> …looks as pale as the Visard of the ghost which cried so miserably at the theatre, like an oister wife, Hamlet, revenge.
> その青白い顔ときたら、牡蠣売り女の呼び声よろしく哀れげに「ハムレットよ、復讐せよ」とシアター座で叫ぶ亡霊の顔とみまがうほどだ。

と表現している——*Ibid.*, pp.82-3——。なお、当時海軍提督座の座長だったフィリップ・ヘンズロウはその著名な日記に、一五九四年六月九日付けで、ニューイントン・バッツ Newington Butts の劇場においてハムレット劇を宰相一座と共同上演したという記事を記している——R. A. Foakes and R. T. Rickert, eds. *Henslow's Diary* (Cambridge: Cambridge University Press, 1961), p.21——。『ハムレット』はこの時すでに、シェイクスピアが所属した宰相一座の持ち玉だったという証拠となろう。五年遡って一五八九年の言及が、トマス・キッドの作品ではなくシェイクスピアの作品だったとする考え方もあり得る。ただし、これらの台本がQ1のテキストだったかDBB、あるいはQ2のそれだったか分からない。

(17) John Dover Wilson, *What Happens in Hamlet* (Cambridge: Cambridge University Press, 1935), pp.52-86; Prosser, *ibid.*, pp.97-117.

(18) 『スペインの悲劇』の亡霊は誰の目にもカトリックに見え、『アントニオの復讐』の亡霊は明白に異教のものである。この二つの劇では、亡霊の正体についてもその言葉についても、主人公はともかく観客が疑念を抱く暇はない。したがって観客が劇のダイナミズムに巻きこまれ、主人公とともに自然に劇行為に参加する機会はずっと少なくなる。

(19) これは構成上からも注目される。『ハムレット』を五幕に分けたのは、ニコラス・ロー版(一七〇九年)以下、後世の作業であり、元来、第一クォート版(一六〇三年)、第二クォート版(一六〇四年)はともに幕分けがなく、第一フォリオ版(一六二三年)は二幕構成となっている——『アントニーとクレオパトラ』にいたっては何ら指示がない——。引用部分はFでは第一幕の最後(一行を残して)に相当し、

> The time is out of joint—O coursed spite,
> That ever I was born to set it right!

とカプレットの韻を踏んでいる。この押韻は、幕ないし場面の転換を示す作劇上のコンヴェンションであるが、序の役割を果たしている第一幕を締めくくり、観客に第二幕への準備をうながしている点で、もっと重視されてよい。すなわち、現代からは想像できないほど鋭敏な耳をもっていたと思われるエリザベス朝人(H. Neville Davis, 'Jacobian "Antony and Cleopatra"', *Shakespeare Studies*〔1985〕, Vol.17, pp.123-58)には、押韻部分の内容はいつまでも耳に響いていたはずであり、言いかえれば、ハムレットの公人的側面は二幕以降、劇行為の底流となり、クローディアスの「高位の者の狂気は捨てておけぬ」(三幕一場一八八行)という言葉にみられるとおり、形を変えて繰り返し喚起されるのである。なお、「公的性格」は、Caroline Spurgeon, *Shakespeare's Imagery and What It Tells Us* (Cambridge: Cambridge University Press, 1935; rpt.1984), pp.318-9; Francis Fergusson, *The Idea of Theater* (Princeton: Princeton University Press, 1949; rpt.1972), pp.102, 128, *passim*; H. D. F. Kitto, *Form and Meaning of Drama* (London: 1956), p.289 に指摘されているが、その意味が充分汲まれたとは言い難い。

(20) 三幕二場までのあいだに、舞台外で'confident'たるホレーシオにだけは打ち明けたことが明らかである。

(21) これは従来、「佯狂」すなわち「気違いの振り」として良く知られている。しかし、実はこの用語には問題がある。たしかに祖型の「ハムレット伝説」では主人公が白痴の振りをする。復讐悲劇においてもヒエロニモやタイタス・アンドロニカスは狂気を装う。それが真相究明などの手段としてコンヴェンション化されているのも事実である。ところが、ハムレットはそれとはやや異なっている。

I perchance hereafter shall think meet
To put an antic disposition on——
この先、必要とあらば
気違いじみた道化の振りをするかも知れぬ。(一幕五場一七一〜二行)

この'antic'という形容詞がシェイクスピアでどのように使われているかは、Sidney Thomas, *The Antic Hamlet and Richard III* (New York, 1943), pp.1-10; Harry Levin, *The Question of 'Hamlet'* (Oxford: Clarendon Press, 1959), pp.111-26, p.128 note の二著で検討されているが、結局この場合、「妙ちきりんな」とか「道化た」という意味が最も適切であろう。少なくとも「気が違った」という用法は一例もない。

もっとも、この場合が唯一の例外で、「気違いの」という意味に使われていると主張するのは可能である。シェイクスピアにはそのような例が少なくないからである。しかしその後のハムレットの行動をみれば、この主張には無理がある。「気違いじみた道化の振り」ぐらいが妥当であろう。

(22) 本稿と論旨は異なるが、Ferguson, *ibid.*, pp.107, 130 の指摘が興味深い。

(23) このような姿勢には大衆受けする表面的な果断さがあり、劇においてもレイアティーズはたちまち大衆によって国王へと祭り上げられそうになる。大衆に対するシェイクスピアの観察には極めて鋭いものがあり、その典型的な例は『ジュリアス・シーザー』三幕二場や『コリオレイナス』一幕一場などに見られるが、ここでもレイアティーズの訴えに動かされる大衆への批評がうかがわれる。後に『アントニーとクレオパトラ』一幕二場一八五行では、アントニーが人民を 'Our slippery people' と呼んだ。

(24) 五幕二場九〜一〇行「人間が荒削りし、神が仕上げる」、同二二二行「覚悟こそ、すべてだ」などを参照。

(25) 宰相一座の道化役者がウィリアム・ケンプからロバート・アーミンに変わった一五九九年頃から、いわゆる賢い道化がシェイクスピアの作品に登場してくる。偶然ではないだろう。河合祥一郎『ハムレットは太っていた!』白水社(二〇〇一年)、巻末の役者小事典を参照。

(26) Prosser, *ibid.*, p.220.

(27) 道化の台詞を評価するレヴェルはいくつか考えられる。(一)台詞通り、言葉そのままに解する。(二)道化はオフィーリア水死の事情に通じていないから、勝手な憶測をしているとする。(三)道化の言葉を一般庶民の平均的意見とみなす。あるいは、(四)逆に、(二)と関連して作者の大衆批判と考える。(五)事故死の報告(四幕七場)に対し、自殺説を提示することによって、オフィーリア埋葬の場面における僧侶の「死に疑いが残っている」という宗教的疑念が客観化されるとする見解、など。

道化の台詞には、当時有名だったヘイルズ Sir James Hales の水死事件(一五五四年発生、一五六一〜二年に裁判、一五七一年出版。新アーデン版『ハムレット』五四七頁)への言及があり、鋭い皮肉が込められている。意味を重層化させるのはシェイクスピアの通例であるから、ここではハムレットの批評も、大衆批判もあわせておこなわれていると考えるのが妥当だろう。本稿では、ハムレットへの批評だけを取り上げておいたが、それは復讐に的を絞ったためである。

(28) ハムレットは、フォーティンブラスの人と為りについて、「名誉がかかっているとなれば、藁一本にも闘いを見出す」(四幕四場五五〜六行)と独白で褒めたたえるが、藁一本であるなら話し合いの道も残されていたはずだ。それが真の知恵だろう。観客(ないし読者)の第一印象は、復讐心を胸に抱いた武人としてのイメージである。この鎧武者の具体的な形象が言葉でどれだけ緩和されるであろうか。言語不信については第三、四章参照。

【第一章】

(1) R. J. Nelson, *Play within the Play, The Dramatist's Conception of his Art: Shakespeare to Anouilh* (New Haven: Yale University Press, 1958); N. A. Durso, 'Play-Within-A-Play in Modern Drama' (Notre Dame University), *Dissertation Abstracts International*, 38 (1978), 4156A-57A. 喜志哲雄『喜劇の手法——笑いのしくみを探る』集英社新書、二〇〇六年、一九七〜八頁「(劇中劇は)劇と現実との複雑な関係に我々の目を向けさせるという、もっと高度な結果をもたらす場合もある。それだけではない、この手法は人間の認識行為そのものをも根源的に吟味することさえある」。なお、劇中劇に関する最近の分析、研究には、Gerhard Fischer, Mandy Busse, Gil Katz(参考文献参照)などがあり、重層的幻想空間への興味はいよいよ旺盛である。

(2) たとえば Pirandello, Stoppard, Weiss and Beckett; cf. Arthur Brown, 'Play within the Play', *Essays and Studies* (1960), Vol.13, p.37.

(3) Nelson, p.8.

(4) F. S. Boas, 'Play within the Play', in *A Series of Papers on Shakespeare and the Theatre* (London: 1927), p.134. Cf. Leo Salingar, *Shakespeare and the Tradition of Comedy* (Cambridge: 1974; rpt.1979), p.283.

(5) G. Forestier, 'Le Théâtre dans le théâtre ou la conjunction du deux dramaturgies à la fin de la Renaissance', *Revue d'Histoire du Théâtre* (1983),Vol.35, pp.163, 167; G. Forestier, *Le Théâtre dans le théâtre sur la scène française du XVII siècle* (Geneve: 1981), p.19. Cf. also Salingar, pp.267-8: 及びニーチェ『悲劇の誕生』(一八七二年)西尾幹二訳、中央公論社、中公クラシックス、二〇〇四年、第七節。

(6) Cf. Nicoletta Neri, *The Play within the Play* (Torino: 1981), p.3.

(7) Forestier, 'Le Théâtre', *RHT*, p.163; Forestier, *Le Théâtre*, p.19.

(8) Richard Southern, *The Staging of Plays before Shakespeare* (London: 1973), p.19.

(9) H. M. Croome and R. J. Hammond, *An Economic History of Britain* (London: 1938; rpt.1948), *passim*.

(10) E. K. Chambers, *The Medieval Stage*, 2 vols. (Oxford: Clarendon Press, 1903; rpt.1963), II, p.186.

(11) Alfred Harbage, *Annals of English Drama 975-1700*, revised by S. Schoenbaum (London: 1964), p.16. For the sake of consistency, other datings are also derived from this work.

(12) T. W. Craik, *The Tudor Interlude* (Leicester: 1958; 3rd impr. 1967), p.8. Cf. also Southern, p.268.

(13) Janet S. Loengard, 'An Elizabethan Lawsuit: John Brayne, his Carpenter and the Building of the Red Lion Theatre', *Shakespeare Quarterly* (1983), Vol.34, pp.298-310; Andrew Gurr, *Playgoing in Shakespeare's London* (Cambridge: 1986), p.10, *et passim*. See also E. K. Chambers, *Elizabethan Stage*,4 vols. (Oxford: Clarendon Press, 1923; rpt.1967), II, 379-80.

(14) Boas, p.156; Salingar, p.268.

(15) 引用の出典は参考文献を参照のこと。 *Ralph Poister Doister*, Sig. A2, pointed out in Anne Righter, *Shakespeare and the Idea of the Play* (Harmondsworth: 1967), p.54.

(16) M. Doran, *Endeavors of Art: A Study of Form in Elizabethan Drama* (Madison, Wis: 1954; rpt.1964), pp.93, 100, *et passim*; Righter, pp.53-8; Boas, pp.155-6; Nelson, pp.6-10; M. C. Bradbrook, *Themes and Conventions of Elizabethan Tragedy* (Cambridge: 1935; rpt.1979), pp.75ff.

(17) Forestier, *Le Théâtre*, p.22; Righter, pp.31-2.

(18) Forestier, *Le Théâtre*, p.21.

(19) Righter, p.54.

(20) Pointed out in Righter, p.54.

(21) Cf. Philip Sidney, *The Countess of Pembrokes Arcadia* (printed 1590), in *Works,* ed. A Feullerat, 4 vols. (London: 1912-26), I, 333; '〔Erona〕 found the world but a wearisom stage unto her, where she played a part against her will'(〔エローナは〕意志に反して役を演じた時、この世を憂き舞台に過ぎないと思った)。 This is echoed in the heroine's speech in Webster's *The Duchess of Malfi* (1614), IV.i. 84-5 (Revels Plays, ed., J. R. Brown, London: 1964). Macbeth, too, looks back on his life upon hearing of his wife's death:

> Life's but a walking shadow, a poor player,
> That struts and frets his hour upon the stage,
> And then is heard no more. (*Macbeth*, 5.5. 24-6)
> 人は歩く影にすぎない、哀れな役者だ、
> 舞台で一生いらいら謂々時間を潰し、
> その後は何も聞こえてこない。

シェイクスピアのテキストは *The Riverside Shakespeare: The Complete Works*, ed. G.Blakemore Evans (Boston and New York: Houghton Mifflin Company, 2nd ed., 1997) による。

(22) Ed. J. W. Harper (New Mermaids) (London: 1966).

(23) Righter, p. 61. Cf. Salingar, p.283.

(24) Cf. Richard Edwards, *Damon & Pithias* (1567), ll. 397–8: 'Pythagoras said, that this world was like a Stage, / Whereon many play their partes' (Malone Society Reprints).（ピタゴラスは、この世界は舞台のようなもので、多くの人々はそこで自分の役割を演じるのだ、と語った。）

(25) H. Tanaka and T. Ochiai, eds., *The Greek and Latin Quotation Dictionary* (Tokyo: 1937; enlarged edition, 1979), p.84. E. K. Chambers cites this phrase on the title-page of his *William Shakespeare: A Study of Facts and Problems*, 2 vols. (Oxford: Clarendon Press, 1930).（ギリシャ語では）o kosmos skene o bios parodos elthes, eides, aperudes.

(26) Tanaka and Ochiai, p.84.

(27) プラトン『ピレボス』50B、『全集』第四巻、田中美知太郎訳、岩波書店、一九七五年、二八六頁、他。E. R. Curtius, *European Literature and the Latin Middle Ages*, trans. W. R. Trask (New York: 1953), p.138; Salingar, pp.153, 283.

(28) Suetonius, *The Lives of Caesars*, trans. J. C. Rolfe, 2 vols. (Loeb Classical Library) (London: 1928), I, 281.

(29) Chambers, *Elizabethan Stage*, II, 434.

(30) Curtius, pp.140-1; cf. also G. R. Owst, *Literature and Pulpit in Medieval England* (Oxford: 1961), p.552.

(31) Curtius, p.140; Righter, p.60.

(32) Righter, p.76; Curtius, p.141. In parallel with Curtius, Righter points out another poem by Palladas (Augustine's pagan contemporary): (Title: 'All the World's a Stage') 'This life a theatre we well may call, / Where every actor must perform with art; / Or laugh it thro' and make a farce of all / Or learn to bear with grace his tragic part' (T. F. Higham and C. M. Bowra, eds., *The Oxford Book of Greek Verse in Translation*〔Oxford; 1938〕, the verse No. 639).（この世を劇場と呼んでもよい。ならば、役者は役を演じねばならない。あるいは笑い飛ばすか、全部を笑劇とするか、またあるいは悲劇的役回りを優雅に演じ遂げるか。）Cf. also M. Grivelet, 'Shakespeare et "The Play within the Play"', *Revue des Sciences Humaines* (1972), 37, Note 6: 'Le "Quem Quaeritis", point de départ de l'art dramatique dans l'Europe chrétienne, est une action analogue au sein du rite plus fondamental de la liturgie de Pâques'.（キリスト教ヨーロッパの演劇の出発点とされる「主よ、誰にお尋ねですか」は、復活祭典礼の根本的な儀式にお

いて、劇行為に類似したものである。）

（33） Cf. Salingar, p.283; Ben Jonson, *Bartholomew Fair*, ed., Douglas Duncan (Fountainwell Drama Texts) (Edinburgh: 1972), Introduction, pp.5-6.

（34） Glynne Wickham, *Early English Stages 1300-1600*, 3 vols. (London: 1959; 2nd edition 1980), I, 262-6; Chambers, *Medieval Stage*, I, 89-115 *et passim*; Curtius, pp.149-209; Forestier, *Le Théâtre*, pp.22, 40, 43-4; Righter, p.60.

（35） John Heywood, *A Merry Play between John the Husband, Tyb his Wife, and Sir John the Priest*, in the *The Dramatic Writings of John Heywood*, ed., John S. Farmer (Early English Dramatists) (London: 1905; rpt.1966), p.88, cited in R. Harwood, *All the World's a Stage* (London: 1984), p.107.

（36） IV.vii-viii in *Malone Society Reprints*, Sigs. G3-H2. Cf. B. Spivack, *Shakespeare and the Allegory of Evil* (New York: 1958), pp.318-22.

（37） A. P. Rossiter, *English Drama from Early Times to the Elizabethans* (London: 1950), p.130.

（38） Rossiter, p.131.

（39） Both quotations are cited in Rossiter, p.131.

（40） Cf. F. P. Wilson, *The English Drama 1485-1585*, ed. G. K. Hunter (Oxford: 1968; rpt. 1979), pp.72-102.

（41） Nelson, p. 30.

（42） Joachim Voigt, *Das Spiel im Spiel: Versuch einer Formbestimmung an Beispielen aus dem deutschen, englischen und spanischen Drama* (Göttingen: 1955), discusses the aesthetic aspects of the play within the play; his argument includes the pretended prayer scene in *Richard III*, dumb shows in *Gorboduc*, and so on. 喜志哲雄、前掲書、一九七〜八頁。

（43） Cf. Dieter Mehl, 'Zur Entwicklung des "Play within a Play" in elisabethanischen Drama', *Shakespeare Jahrbuch* (1961),Vol.97, p.134; Righter, p.76.

（44） Brown, p.48. Righter points out that 'in Prospero's hands, the play-within-the-play becomes an agent of bewilderment' in *The Tempest* (The New Penguin Shakespeare), ed. Anne Righter, (Harmondsworth: 1968), p.45.（プロスペローの手にかかれば、劇中劇は驚愕を媒介するものとなる。）

（45） Cf. Grivelet, p.38.

（46） Mehl, p.137.

[第三章]

（1） 書誌学一般および分析書誌学については『シェイクスピア大事典』(日本図書センター、二〇〇二年)の参考文献を参照。とりわけ Charlton Hinman, ed., *The Norton Facsimile: The First Folio of Shakespeare* (New York: Norton, 1968); M. J. B. Allen & Kenneth Muir, eds., *Shakespeare's Plays in Quarto* (Berkeley: University of California Press, 1981); Charlton Hinman, *The Printing and Proof-Reading of the First Folio of Shakespeare*, 2 vols. (Oxford: Clarendon Press, 1963)、および Peter Blayney, *The Origins of the Texts of 'King Lear': Nicholas Okes' First Quarto* (Cambridge: Cambridge University Press, 1982) などを参照。『リア王』第二クォート(一六一九年)は第一クォート版のリプリントに過ぎないため考慮の対象としない。なお『リア王』以外の作品については、*The Riverside Shakespeare: The Complete Works,* ed. G.Blakemore Evans (Boston and New York: Houghton Mifflin Company, 2nd ed., 1997) のテキストに従う。

（2） Stanley Wells, Gary Taylor, *et al.*, eds., *William Shakespeare: A Textual Companion* (Oxford: Clarendon Press, 1987), pp.148-54; Stanley Wells, 'Revision in Shakespeare's Plays', in *Editing and Editors: A Retrospect*, ed. Richard Landon (New York: AMS Press, 1988), pp.67-97.

（3） Gary Taylor and Michael Warren, eds., *The Division of the Kingdoms: Shakespeare's Two Versions of King Lear* (Oxford: Clarendon Press, 1983), *passim.*

（4） Beth Goldring, '*Cor*'s Rescue of Kent', in Taylor & Warren, *ibid.* pp.143-51.

（5） Steven Urkowitz, *Shakespeare's Revision of King Lear* (Princeton: Princeton University Press, 1980) and P.W.K. Stone, *The Textual History of 'King Lear'* (London: Scolar Press, 1980).

（6） Terence Hawks, 'Love in King Lear', in Frank Kermode, ed., *King Lear* (Case Book Series Shakespeare) (London: Macmillan, 1969; rpt.1981; first appeared in 1959), pp.179-83; '"King Lear" and "Antony and Cleopatra": The Language of Love', in John Drakakis, ed., *Antony and Cleopatra: William Shakespeare* (New Casebooks) (London: Macmillan-Palgrave, 1988; rpt.1994), pp.101-25 (103-11).

（7） Stephen W. Hawking and Michael York, *Theory of Everything: The Origin and the Fate of the Universe* (New Millennium Press, 2003).

（8） 二〇〇七年一月八日(月)付け『読売新聞』朝刊に、地球を回る宇宙軌道上のハッブル望遠鏡とハワイのスバル反射望遠鏡を連携して使い、ダーク・マターの存在が特定されたという報道があった。ダーク・マターとはしし座方向にある、一見して何も無いような領域である。光も電磁波も発しないため、目には見えない。一九八〇年代から、極めて質量の大きい存在であることは仮説で提唱されていた。今回、「重力レンズ効果」理論に基づき、存在域の特定と形状の観測に成功したことは、天文学の謎の解明に迫るものとして画期的な業績だという。ただし、まだダーク・マターの正体は分っていない。なお、量子力学'quantum mechanics'の詳しい理論というような話になったら、筆者の力量をこえている。ご存知の方は、どうぞ教えていただきたい。

(9) キリスト教に関しては膨大な資料、著述、論文があるのは言うまでもないが、本邦でハンディなものとしては、大貫隆、宮本久雄、名取四郎、百瀬文晃編『岩波キリスト教辞典』(岩波書店、二〇〇二年)がある。関連項目を参照のこと。

(10) 河合祥一郎『ハムレットは太っていた!』白水社(二〇〇一年)、七六~七頁を参照。役者の経歴については、同書の巻末に掲載された役者小事典が便利である。

(11) 内藤健二氏の所説。傍白'*Aside*'については元明治大学教授故内藤建二氏との対話で考えが深まった。示唆に富むお話に深く感謝する次第である。内藤健二『シェークスピア劇の傍白――Modest Doubt』成美堂、二〇〇九年を参照。

(12) 優れた翻訳は枚挙にいとまないが、江戸時代では『解体新書』が余りにも有名である。翻案も、当時、清朝中国で表向き発禁本とされた『水滸伝』は格好の題材とされた。とりわけ山東京伝や滝沢馬琴は、庶民の娯楽に供するところが大きい。真摯な努力が積み重ねられた結果であろう。

(13) 梅宮創造早稲田大学教授との対話により、拙論の補強ができた。この機会に、日ごろのご理解とご協力にお礼を述べたい。

(14) 『あらし』一幕二場四〇一行。ここでジェフリー・チョーサー『カンタベリー物語』やジェイムズ・ジョイス『ユリシーズ』を思い浮かべてもよいだろう。

(15) 日本シェイクスピア協会主催第四十五回シェイクスピア学会(二〇〇六年十月八、九日、於東北学院大学)の講演で、バーミンガム大学シェイクスピア研究所所長Kathleen McLuskie教授は、翻案について創造'creation'を伴う行為だと述べておられた。拝聴しながら、最も語学ができたのは江戸時代ではなかったか、と考えたが、不遜であろうか。当時、知識人は、学問的著述のほか結社や研究会における討論では漢文を使うのが当然であった。他に漢詩を作った。
　また和歌を詠むか、俳句をひねった。連歌の会を開いて即興詩を楽しみ、随想もつづったし、日記もつけた。武士は辞世の歌句もよんだ。むろん、このような精神活動は庶民にもひろがっていた。識字率の高さからも想像されるように、川柳、狂歌、狂句などは亜流というべきではなく、批評精神がほとばしり出たものであり、一部支配階級にさえ支持されていた。これらは、小林秀雄が、はつらつとした精神の働き、と呼んだものに相違ない。

言論が統制・弾圧されていた江戸時代にあって、何らかの方法で創造を実践していたからこそ、文化が「成熟」したとは考えられないだろうか。

平安時代とも考え合わせれば、「成熟」(TLN二九三五)には二〇〇〇年という時間を必要とするものかもしれない。

ひるがえって、言論の自由が保証されている現代において、とりわけ第二次世界大戦以降、世界中で作られるようになった俳句のように、真に自由で闊達な、豊かで成熟した精神活動が行われているか、真剣に問い直してみたらどうだろう。日本のアニメやマンガが世界をリードしているといわれるだろうが、大衆は受動的である。これらを除いて、他に何を思い浮かべてよいか、たちまち困難に直面するのは筆者のみであろうか。

[第四章]

(1) *Heart of Darkness: Joseph Conrad*, ed. Paul B. Armstrong (A Norton Critical Edition) (New York: W. W. Norton & Company, 4th edition, 2007)――以下 *Norton* 4 と略記。

(2) 拙訳。指定がない限り、以下同じ。コンラッドは全般にシェイクスピアからの直接引用、アイデアの借用、あるいは捩《もじ》りなどが多い。たとえば、第三章の 'He had kicked himself loose of the earth' (p.66「真っ逆さまに落ちた」)は『ハムレット』の 'his heels may kick at heaven' (三幕三場九三行)を捩ったものだし、『ロード・ジム』(一九〇〇年)の二十章にはハムレットの台詞 'That is the question' (「それが問題だ」三幕一場五七行)がそのまま引用されている上、二十三章では、ジムはパツサンに行くとき一巻本シェイクスピア全集を持参したとある。*Lord Jim: Joseph Conrad*, ed. Thomas Moser (A Norton Critical Edition) (New York: W. W. Norton, 2nd edition, 2010)――以下 *Lord Jim Norton* 2 と略記――p.142. これらは、言うまでもなく、コンラッドがいかにシェイクスピアを耽読したかという事実の反映である。なお、本稿ではシェイクスピアのテキストは *The Riverside Shakespeare: The Complete Works*, ed. G. Blakemore Evans (Boston and New York: Houghton Mifflin Company, Second Edition, 1997) による。

(3) プラトン『国家』藤沢令夫訳、全二巻、岩波文庫、一九七九年。下、第十巻「詩への告発」、とくに第八節「真似するに過ぎない詩人の追放」を参照。プラトンへの反論はシドニー『詩の弁護』Sir Philip Sidney, *The Defense of Poesy: Otherwise Known as An Apology for Poetry* (ca. 1579, first published 1595), edited with Introduction and Notes by Albert S. Cook (1890) が良く知られる。Thomas Dilworth, 'Listeners and Lies in "Heart of Darkness"', *Review of English Studies* (November

1987), Vol. 38, No. 152, pp.510-22、村越行雄「嘘の基準——話し手側からの視点——」跡見学園女子大学文学部『紀要』第四十五号、二〇一〇年九月十五日、五七～七三頁なども参照。

（4） Oscar Wilde, 'The Decay of Lying', in *Intentions, The Complete Works of Oscar Wilde*, ed. Merlin Holland, 5th edition (London: Collins, 2003), pp.1071-92.

（5） エーリッヒ・アウエルバッハ『ミメーシス』篠田一士・川村二郎訳、全二巻、筑摩書房、一九六七年。

（6） たとえば 'Preface', in *The Nigger of the 'Narcissus'* (Garden City, NY: Doubleday, Page and Company, 1897; rpt. in *Norton* 4, pp.279-82) において自己の芸術論を披歴した。内容は本稿第三節を参照。Ian Watt, *Conrad in the Nineteenth Century* (Berkeley, Los Angelis: University of California Press, 1979)——以下 Watt, *Conrad 19 C* と略記——pp.76-88 に詳しい解説がある。

（7） Norman Sherry, ed., *Conrad: The Critical Heritage* (London: Routledge, 1973); Allan H. Simmons, ed., *Joseph Conrad in Context* (Cambridge: Cambridge University Press, 2014), pp.75-90.

（8） 最新版の案内書としては、Allan H. Simmons, 'Reading *Heart of Darkness*', J. H. Stape, ed., *The New Cambridge Companion to Joseph Conrad* (Cambridge: Cambridge University Press, 2015), pp.15-28 を参照。

（9） 立野正裕「虚無を見つめて——ジョゼフ・コンラッド『闇の奥』」『未完なるものへの情熱——英米文学エッセイ集』スペース伽耶、二〇一六年、一〇～三八(三二)頁。立野の議論はまったく新しい視点に立ったもので優れている。なお、思想の伝統に留意した論考としては、岡田俊之輔「T・S・エリオットとジョゼフ・コンラッド——『闇の奥』を巡って」早稲田大学英文学会『英文学』第七十三号、一九九七年三月、二七～三六頁が秀逸である。

（10） Juliet McLauchlan, 'The "Value" and "Significance" of *Heart of Darkness*', in *Heart of Darkness: Joseph Conrad*, ed. Robert Kimbrough (A Norton Critical Edition) (New York: W. W. Norton & Company, 3rd edition, 1988)——以下 *Norton* 3 と略記——pp.375-91 (382). マクロークランは Garrett Stewart, 'Lying as Dying in *Heart of Darkness*', *PMLA* (1980), Vol.95, No.3, 319-31; rpt. *Norton* 3, pp.358-74 を批判。

（11） Caroline Spurgeon, *Shakespeare's Imagery and What It Tells Us* (Cambridge: Cambridge University Press, 1935). コンラッドのイメージに関しては Donald C. Yelton, *Mimesis and Metaphor: An Inquiry into the Genesis and Scope of Conrad's Symbolic Imagery* (The Hague and Paris: Mouton, 1967) を参照。

（12） *Joseph Conrad's Letters to Cunningham Graham*, ed. Cedric T. Watts (Cambridge: Cambridge University Press, 1969). ほかに、当時イメージを巧みに使った作家としてはサキ(Hector Hugh Munro)、ジェイムズ・ジョイスなどがいる。

(13) コンラッドの‘temperament’は‘sensibility’あるいは‘soul’のつもりであろうとWatt, *Conrad 19 C*は述べている(p.82)。Paul B. Armstrong, *The Challenge of Bewilderment: Understanding and Representation in James, Conrad, and Ford* (Ithaca and London: Cornell University Press, 1987), pp.109-48.

(14) 聖書はThe King James Version (1611) の電子版を用いた。

(15) Albert J. Guerard, ‘The Journey Within’, in his *Conrad the Novelist*, pp.35-48――以下Guerard, ‘The Journey Within’, *Norton 3*と略記――pp.243-50 (243). マーロウもクルツも自己断罪の告白で贖罪を図る。

(16) Watt, *Conrad 19 C*, p.219.

(17) プラトンは三柱のすべてを挙げているわけではない。高津春繁『ギリシャ・ローマ神話辞典』岩波書店、一九六〇年、により補った。

(18) 植民地主義は、十八、九世紀に理論武装した。現地人をキリスト教化し、文明化する、教育を施し、ついには西洋並みの文化水準に引き上げる、と。ジョージ・ネーデル、ペリー・カーティス編『帝国主義と植民地主義』川上肇他訳、御茶ノ水書房、一九八三年、を参照。

(19) 帝国主義(移民を主目的とせず、軍事力により他国を侵略すること)とは、一八七〇年、ナポレオン三世が使い始めた術語であり、もっぱら収奪を目的とするが、実態はかなり古くから存在する。もっとも、ベルギー王レオポルド二世の私有によるコンゴ支配は一八八五年からである。

(20) A Review by Edward Garnett (December 1902), *Critical Heritage*, ed. Sherry, pp.131-3 (133).

(21) *Lord Jim Norton* 2, p.60.

(22) Guerard, ‘Journey Within’, *Norton* 3, pp.243-50 や Watt, *Conrad 19 C*, pp.126-53 及び William Freedman, ‘The Lie of Fiction’, in his *Joseph Conrad and the Anxiety of Knowledge* (Columbia: University of South Carolina Press, 2014)――以下Freedman, *Anxiety of Knowledge* と略記――pp.36-60 (41-4) を参照。

(23) pp.7-8; ‘Geography and Some Explorers’, in *Last Essays* (Garden City, NY: Doubleday, 1926), pp.1-17; partially rpt. in *Norton* 4, pp.273-8 (275).

(24) 武田ちあき「解説」(『闇の奥』黒原敏行訳、光文社、二〇〇九年)一九五頁。

(25) Robert O. Evans, ‘Conrad’s Underworld’, *Modern Fiction Studies* (May 1956), Vol.2, pp.56-62 及び Lillian Feder, ‘Marlow’s Descent into Hell’, *Norton* 1, pp.186-89.

（26）　Sylvia Plath, *Collected Poems*, ed. Ted Hughes (London: Faber and Faber, 1981), pp.212-3.
（27）　Watt, *Conrad 19 C*, p.249 や McLauchlan, ‘Value’, *Norton* 3 を参照。
（28）　Bernard C. Meyer, *Joseph Conrad: A Psychoanalytic Biography* (Princeton: Princeton University Press, 1967).
（29）　クルツによる自己断罪能力の回復を高く評価する McLauchlan, ‘Value’, *Norton* 3, p.382 の論旨を敷衍すれば、マーロウも自己断罪していることになる。
（30）　Seiji Minamida, ‘Why “a hulk with two anchors”?’, *Journal of the College of Arts and Sciences* (1986), Vol.B-19, Chiba University, Japan, pp.169-72 (172).
（31）　McLauchlan, ‘Value’, *Norton* 3, pp.375-91 (379).
（32）　トマス・ホックリーヴ『君主治世論』一四一一年、五一二五～三一行、V・F・ホッパー『中世における数のシンボリズム——古代バビロニアからダンテの「神曲」まで』大木富訳、彩流社、二〇一五年、一二二頁。
（33）　Joan E. Steiner, ‘Modern Pharisees and False Apostles: Ironic New Testament Parallels in Conrad’s “Heart of Darkness”’, *Nineteenth Century Fiction* (1982), Vol.37, No.1, pp.75-96.
（34）　*Lord Jim Norton* 2, Chapter XXXII, p.183; Freedman, *Anxiety of Knowledge*, p.69.
（35）　Guerard, ‘Journey Within’, *Norton* 3, p.245.
（36）　Wayne C. Booth, *The Rhetoric of Fiction* (Chicago: Chicago University Press, 1961).
（37）　Armstrong, *Bewilderment*, p.114, note.
（38）　Norman Sherry, *Conrad’s Western World* (Cambridge: Cambridge University Press, 1971), pp.36-42.
（39）　Peter Brooks, ‘An Unreadable Report: Conrad’s *Heart of Darkness*’, *Norton* 4, pp.376-86 (381).
（40）　森山茂、ソシュール関連については、長年森山の研究会に参加してきた畏友、久保寺昌宏目白大学教授にたいそうお世話になった。不明を指摘していただいた上、蓄積してきた資料なども分けてもらった。あまつさえ、森山に本稿の下読みを仲介してくれるなど、言語に尽くせないご厚誼をたまわった。氏の寛大な資質に深く感謝する次第である。むろん、文責はすべて筆者にある。原典は、Ferdinand de Saussure, *Cours de Linguistique Générale (1910-1911) d’après les cahiers d’Emile Constantin*, French Text edited by Eisuke Komatsu and English Translation by Roy Harris (Oxford, New York, Seoul & Tokyo: Pergamon press, 1993), pp.91-96a を参照。
（41）　Alfred North Whitehead, *Process and Realilty* (1929; corrected edition, 1978), p. 265.『過程と実在』山本誠作訳、松籟社、

一九八四年、下巻、四七八～九頁。

（42）第五章、「確信の形式――カフカ『変身』と時代」を参照。

（43）ピーター・ブルックスはマーロウがクルツの跡を追跡するため、ミステリーの構成に重なると指摘する（Brooks, 'Unreadable Report', *Norton* 4, pp. 378–9）。

（44）西村隆「コンラッド『闇の奥』の一節に関する解釈と翻訳について」『大阪教育大学紀要』第一部門、二〇一〇年、第五十九巻第一号四五～五四（五三頁）。

（45）McLauchlan, 'Value', *Norton* 3, p.388.

（46）Watt, *Conrad 19 C*, p.234.

（47）他に Freedman, *Anxiety of Knowledge*, pp.61-87 を参照。

（48）森山『「ソシュール」名講義』「言葉と心理のずれが（中略）言葉と主体の乖離を作り出す」（一二九頁）。なお「人間は間歇的にのみ理性的である」（序参照）と言い直したホワイトヘッドよりも、コンラッドのほうが徹底していると見えなくもない。

（49）『一般言語学講義』第三回、一九一一年五月十九日、森山茂訳（『「ソシュール」名講義』一四四頁）。

（50）一九〇二年五月三十一日付けの出版者 William Blackwood 宛て手紙（*Norton* 4, p. 299）。また H. M. Delaski, *Joseph Conrad: The Way of Disposition* (London: Faber and Faber, 1977), p.73 を参照。

（51）Watt, *Conrad 19 C*, p.138.

（52）Melissa Leach, James Fairhead and James Fraser, 'Green Grabs and Biochar: Revaluing African Soils and Farming in the New Carbon Farming', *Journal of Peasant Studies* (April 2012), Vol.39, No.2, pp.285-307; Douglas Sheil and Erik Meijaard, 'Purity and Prejudice: Deluding Ourselves About Biodiversity Conservation', *Biotropica* (2010) , Vol.42, No.5, pp.566-8; David Griggs, *Plant Microevolution and Conservation in Human-influenced Ecosystems* (Cambridge and New York: Cambridge University Press, 2009), p.89; John Reader, *Africa: A Biography of the Continent* (London: Hamish Hamilton, 1997; rpt.Vintage Books, 1999), 2 Vols, Vol.2, pp.589-92; Frederick Lugard, *The Rise of Our East African Empire: Early Efforts in Nyasaland and Uganda* (Edinburgh: W. Blackwood and Sons, 1893; rpt.Frank Cass & Co. Ltd, 1968), 2 Vols, Vol.1, pp.525-7 などを参照。

（53）Paul Theroux, *Dark Star Safari: Overland from Cairo to Cape Town* (Cape Cod Scrivners Co., 2002; rpt.Penguin, 2003), p.261.

（54）ニーチェは『悲劇の誕生』において、「ギリシャ悲劇の主人公たちの語る言葉は、彼らの行為よりも、いわば皮相浅薄である。神話というものは語られた言葉の中に、けっしてその適当な客体化を見出すことはできない」と断言したうえ、「舞台場面の構成や具体的形象のほうが、詩人自身が言葉や概念でとらえることができるものより、はるかに深い英知を啓示するであろう」と駄目を押した(『悲劇の誕生』〔一八七二年〕西尾幹二訳、中央公論社、中公クラシックス、二〇〇四年、一五四頁)。言葉の不十分さには夙《つと》に気づいていたわけである。むろん、ホワイトヘッドも言語に欠陥があると指摘している(『過程と実在』〔一九二九年〕山本誠作訳、松籟社、一九八四年、上巻、五頁、および註41)。

(55) Eloise Knapp Hay, *The Political Novels of Joseph Conrad* (Chicago: Chicago University Press, 1963), p.151.

(56) 辻健一「コンラッド小説における、言葉と『真実』」金沢星稜大学紀要『星稜論苑』四十三号、二〇一四年十二月、七五〜八五頁。

[第五章]

(1) テキストの問題と編纂史、最近の史的批判版の成果については、明星聖子『新しいカフカ——「編集」が変えるテクスト』(慶應義塾大学出版会、二〇〇二年)が詳しい。ただ『変身』についてはカフカが生前に校正したため、単行本初版が底本とされており、いくつかの例外を除いてブロート版、批判版、史的批判版の間で大きな差はない。マックス・ブロートが手を加えた箇所については高橋行徳『開いた形式としてのカフカ文学』鳥影社、二〇〇三年(一三一〜四頁)に指摘がある。本稿で用いたテキストは参考文献に掲げた通りである。

(2) 金成陽一はメルヘン研究の立場から、立花健吾は『変身』批評の立場からそれぞれメルヘンとの違いを論ずる。フリードリッヒ・バイスナーは文献学者であり、ホメロス、ゲーテ、ドストエフスキー他との比較でカフカを検討している。出典については参考文献を参照。

(3) カフカは言葉にも注意を払った。第三章でグレーゴルが死ぬとき、息を吐く動詞に〈hervorströmen〉を使った。神がアダムに息を吹き込んだ(〈inspirieren〉)事績に応じて、死ぬときその反対語のラテン系語彙(幸か不幸か〈expirieren〉はドイツ語にはない)(または造語)が使われれば宗教的意味合いが強調されたかも知れない。

(4) 西田幾多郎『善の研究』二一〇頁に、心理学において自己は観念と感情の結合であるとする説は、分析だけをみて統一の方面を忘れている、とある。精神は統一者であるとは、西田哲学の真髄とも言える思想である。二五四頁にも「分析よりも綜合に重きを置」く、とある。

(5) ウラジーミル・ナボコフは精神分析からのアプローチを最初から排除した(『ヨーロッパ文学講義』三二一六頁)。だが、グレーゴルが幸福だったと解釈できる余地はあるわけだから、『変身』を豊かに読むためにも、二つの可能性を許すのが順当だろう。『変身』を批評のために貧しくしてはならないと思う。

（6）一つのテーマが形を変えいくつかの作品で扱われるのも、またカフカの特徴である。シェイクスピアも同様だ。『タイタス・アンドロニカス』と『ハムレット』、『リア王』と『コリオレイナス』など。第一章「復讐悲劇と『ハムレット』」および第三章「『リア王』と創造性」を参照していただきたい。

（7）ソネット七三番及び『ハムレット』一幕一場二三〜三二行――本書の第一章「復讐悲劇と『ハムレット』」を参照。

（8）カフカの動物を主人公にした短編は、『グリム童話』や『マザーグース』、『イソップ物語』などにヒントを得たと思われる節があるが、別の課題であるのでここでは詳述しない。

（9）『変身』や『断食芸人』には、エピローグで全知の神様視点からどんでん返しを仕組んだハインリッヒ・フォン・クライストの影響がみられる。『O公爵夫人』『決闘』『聖ドミンゴ島の婚約』などを参照。

（10）落語にも「元犬」という、犬が人間に変身する小噺がある。白い犬が人間に生まれ変わりたいと八幡様に願掛けし、お参りした。満願の当日、人間に変身した。裸なので、手拭を腰に巻いた。人間並みに働きたいため奉公先を探す。商家で働くようになった。しかし犬の性質が所々で出てしまい、客や主人に不審に思われる。笑いを取るだけのように感じられるが、人間の犬的な性質と、鏡的な方法から観想すれば、皮肉が見えてくる。

（11）食べ物のイメージをさらに敷衍すれば、別の危機もある。高度文明化社会の犠牲者は、たとえば、食物アレルギー患者である。この皮肉な現象は一九六〇年ころから急激な増加に転じており、死亡事故も報じられている。原因はTレグ細胞（日本人研究者坂口志文が発見した、免疫細胞の暴走を抑える細胞）の減少であるらしい。「口に合う」どころか、食べもの自体が危険物質になった究極の状態である。

Tレグ細胞を多く持つ北米アーミッシュの人々は幼い頃から家畜に触れているため、食物アレルギーが極端に少ない。彼らは中世的生活を頑なに守ってきた。これに注目した、Tレグ細胞を増やす新しいアレルギー治療法（花粉症を含む）は、飛躍的に効果をあげると期待されている。いわば、中世的な泥臭さが、クリーンすぎる環境に慣れきった（動物の野生性を失った）現代人を救うわけだ。

しかしながら、アレルギーが晴れて治癒するとはいえ、肝心の食糧のほうは、足りるとは限らない。現にアフリカでは、紛争のせいもあるが、一日あたり膨大な数の人々が餓死している。世界における死亡原因の第一位は癌ではなく、飢餓である。心あれば、戦慄するのが普通であろう。

カフカに通底するイメージの一つが「食べ物」であるのは明らかであろうが、紆余曲折の果て、「動物的な」諸紛争の種となるのである。

参考文献

[序]

プラトン『ソクラテスの弁明』田中美知太郎訳、『プラトン全集』第一巻、岩波書店、一九七五年。

プラトン『パイドロス(美について)』藤沢令夫訳、『プラトン全集』第五巻、岩波書店、一九七四年。

プラトン『メノン――徳について』藤沢令夫訳、『プラトン全集』第九巻、岩波書店、一九七四年。

プラトン『イオン――「イリアス」について』森進一訳、『プラトン全集』第十巻、岩波書店、一九七五年。

アリストテレス『詩学』朴一功訳、『アリストテレス全集』第一八巻、岩波書店、二〇一七年。

カント『判断力批判』(原著、一七九〇年)原祐訳、『カント全集』第八巻、理想社、一九六五年。

ショーペンハウアー『意志と表象としての世界』(原著、一八一九年)、第三部、茅野良男他訳、『ショーペンハウアー全集』齊藤忍随他訳、白水社〈新装版〉、第三巻(正編第Ⅱ~Ⅳ巻)、二〇〇四年。

曲亭馬琴『馬琴日記　新訂増補』(文政十〔一八二七〕年~嘉永二〔一八四九〕年)柴田光彦校注、中央公論社、全四巻、二〇〇九~一〇年。

フリードリヒ・ニーチェ『悲劇の誕生』(原著、一八七二年)西尾幹二訳、中央公論社〈中公クラシックス〉、二〇〇四年。

アンリ・ベルクソン『創造的進化』(原著、一九〇七年)合田正人・松井久訳、筑摩書房〈ちくま学芸文庫〉、二〇一〇年。

西田幾多郎『善の研究』一九一一(明治四十四)年、講談社学術文庫、全註釈小坂国継、二〇〇六年。

アルフレッド・ノース・ホワイトヘッド『過程と実在』(原著、一九二九年)山本誠作訳、一九八四年、『ホワイトヘッド著作集』全十五巻、松籟社、藤川吉実他訳、一九八一~九八年、十、十一巻。

網野義紘『夏目漱石』(センチュリーブックス人と作品)福田清人編、一九六四年、清水書院、二〇一六年。

ドナルド・W・シャーバーン『「過程と実在」への鍵』(原著、一九六六年)松延慶二・平田一郎訳、晃洋書房、一九九四年。

松井栄一他編『日本国語大辞典』小学館、二十巻、一九七二~六年。第二版(電子版)、二〇〇〇~二年。

ロラン・バルト『美術論集――アルチンボルドからポップ・アートまで』(原著、一九八二年)沢崎浩平訳、みすず書房、一九八六年。

井筒俊彦『意識と本質――精神的東洋を索めて』岩波書店、一九八三年、〈岩波文庫〉、一九九一年、十三刷、二〇〇〇年。

吉賀憲夫「キーツにおける〈消極的能力〉と抒情の構造」愛知工業大学『研究報告』第二十一号A、昭和六十一（一九八六）年、五～一〇頁。

『日本大百科全書：ニッポニカ』小学館、二十六巻、一九八四～九年。電子版、二〇〇〇年。

高橋誠編『創造力事典――21世紀へのビジネス発想を拓く』モード学園出版局、一九九三年。〈新編〉、日科技連出版社、二〇〇二年。

田中裕『ホワイトヘッド――有機体の哲学』講談社〈現代思想の冒険者たち2〉、一九九八年。

一條和生「イノベーションライブ68」website、二〇〇〇年。

饗庭孝男『芭蕉』集英社〈集英社新書〉、二〇〇一年。

筒井賢治『グノーシス：古代キリスト教の〈異端思想〉』講談社選書メチエ、二〇〇四年。

篠原資明『ベルクソン――〈あいだ〉の哲学の視点から』岩波新書、二〇〇六年。

ソーントン不破直子「ロマン主義と〈作者〉」日本女子大学『英米文学研究』第四十二号、二〇〇七年三月、一～一五頁。

土井康弘『本草学者――平賀源内』講談社選書メチエ、二〇〇八年。

佐藤勝彦監修『図解・量子論がみるみるわかる本』ＰＨＰ研究所、二〇〇九年。

竹下義人「元禄の俳諧と芭蕉」、佐藤勝明編『松尾芭蕉』ひつじ書房〈21世紀日本文学ガイドブック5〉、二〇一一年、二一六～二二三頁。

山本誠作『ホワイトヘッド「過程と実在」――生命の躍動的前進を描く「有機体の哲学」』晃洋書房、二〇一一年。

森山茂『「ソシュール」名講義を解く！　ヒトの言葉の真実を明かそう』ブイツーソリューションズ、二〇一四年。

日本創造学会：ホームページ（二〇一七年）。

Edward Young, *Conjectures on Original Composition*, ed. Edith J. Morley (1759; Manchester: Manchester University Press, second edition, 1918).

Johann Caspar Lavater, *Essays on Physiognomy* (originally in German, 4 Vols., 1775–8), trans. by Thomas Holcroft (London: William Tegg and Co., 15 th edition, 1878).

Samuel Taylor Coleridge, *Biographia Literaria* (1817; London: Dent, 1980).

John Keats, *The Letters of John Keats 1814-1821*, ed. Hyder Edward Rollins, 2 Vols. (Cambridge, MA: Harvard University Press, 1958; 1976).

Arthur Schopenhouer, *The World as Will and Representation* (1819), trans. E. F. J Payne (New York: Dover, 1969).

Percy Bysshe Shelley, 'A Defense of Poetry' (written 1821, published 1840), *English Critical Essays: Nineteenth Century*, ed. Edmund D. Jones (Oxford: Oxford University Press, 1971).

Friedrich Nietzsche, *The Birth of Tragedy* (1872), *and Other Writings*, eds. Raymond Geuss and Ronald Speirs (Cambridge: Cambridge University Press, 1999).

Henri Bergson, *L'évolution créatrice* (1907; Paris: Presses Universitaires de France, 1986).

Alfred North Wihtehead, *Process and Reality: An Essay in Cosmology* (1929; New York: The Free Press, corrected edition, 1978).

M. H. Abrams, *The Mirror and the Lamp: The Romantic Theory and the Critical Tradition* (London and New York: Oxford University Press, 1953; paperback 1971).

Martin Gayford, *The Yellow House: Van Gogh, Gauguin, and Nine Turbulent Weeks in Arles* (Fig Tree, 2006; London: Penguin Books, 2007).

Scott Barry Kaufman and James C. Kaufman, eds., *The Psychology of Creative Writing* (Cambridge: Cambridge University Press, 2009).

Scott Barry Kaufman, *Ungifted: Intelligence Redefined* (New York, NY: Basic Books, 2013).

Scott Barry Kaufman, ed., *The Complexity of Greatness: Beyond Talent or Practice* (New York, NY: Oxford University Press, 2013).

Scott Barry Kaufman and Elliot Samuel Paul, eds., *The Philosophy of Creativity: New Essays* (New York, NY: Oxford University Press, 2014).

[第 I 章]

〈編纂テキスト〉

William Shakespeare, *Hamlet,* ed. Harold Jenkins (The Arden Shakespeare) (London and New York: Methuen, 1982).

Oxford Shakespeare, eds. Staley Wells, Gary Taylor, *etc*. (Oxford: Oxford University Press, 1986)

William Shakespeare, *Hamlet,* ed. G. R. Hibberd (Oxford World Classics) (Oxford: Oxford University Press, 1987).

The Riverside Shakespeare: The Complete Works, ed. G. Blakemore Evans (Boston and New York: Houghton Mifflin Company, Second Edition, 1997).

William Shakespeare, *The First Quarto of Hamlet Text*, ed. Kathleen O. Irace (The New Cambridge Shakespeare: The Early Quartos)

(Cambridge: Cambridge University Press, 1999)
William Shakespeare, *Hamlet*, ed. Barbara A. Mowat (Folger Shakespeare Library) (Washington DC: Folger, 2003).
William Shakespeare, *Hamlet, Prince of Denmark*, ed. Robert Hapgood (The New Cambridge Shakespeare) (Cambridge: Cambridge University Press, 2003).
William Shakespeare, *Hamlet: The Texts of 1603 and 1623*, eds. Ann Thompson and Neil Taylor (The Arden Shakespeare, 3 rd Series) (London and New York: Methuen, 2007).
William Shakespeare, *Hamlet, with Contemporary Essays*, ed. Joseph Pearce (San Francisco: Ignatius Press, 2008).
William Shakespeare, *Hamlet*, ed. Robert S. Miola (A Norton Critical Edition) (New York: W. W. Norton & Company, 2 nd ed. 2011)
William Shakespeare, *Hamlet: The Revised Edition*, eds. Ann Thompson and Neil Taylor (The Arden Shakespeare, 3 rd Series) (London and New York: Methuen, 2016).

〈最近の論文集ほか〉
河合祥一郎『謎解き「ハムレット」――名作のあかし』ちくま学芸文庫、二〇一六年（初版二〇〇〇年）。
河合祥一郎『ハムレットは太っていた！』白水社、二〇〇一年。
Martin Coyle, ed., *Hamlet: William Shakespeare* (Contemporary Critical Essays) (New Casebooks) (London: Macmillan Education Ltd., 1992).
Mark Thornton Burnet and John Manning, eds., *New Essays on Hamlet* (The Hamlet Collection) (New York: AMS Press, 1994).
Kinny, A. F., ed., '*Hamlet: New Critical Essays* (New York: Routledge, 2002).
William Shakespeare, *Hamlet, with Contemporary Essays*, ed. Joseph Pearce (San Francisco: Ignatius Press, 2008).
テキストの後 'Contemporary Essays' として巻末に論文六編収録。
J. A. Waldock, *Hamlet: A Study of Critical Method* (Cambridge: Cambridge University Press, 2014).
Ann Thompson and Neil Taylor, eds., *Hamlet: A Critical Reader* (Arden Early Modern Drama Guides) (London and New York: Bloomsbury Publishing Co., 2016). 巻末に参考文献がある。
H. Neville Davis, 'Jacobian "Antony and Cleopatra"', *Shakespeare Studies* (1985), Vol.17, pp.123-58.

[第1章]

プラトン『ピレボス』、『プラトン全集』第四巻、田中美知太郎訳、岩波書店、一九七五年。

ニーチェ『悲劇の誕生』(一八七二年)西尾幹二訳、中公クラシックス、二〇〇四年。

喜志哲雄『喜劇の手法——笑いのしくみを探る』集英社新書、二〇〇六年。

Suetonius, *The Lives of Caesars*, trans. J. C. Rolfe, 2 vols. (Loeb Classical Library) (Boston, MA: Harvard University Press, 1928).

John Heywood, *A Merry Play between John the Husband, Tyb his Wife, and Sir John the Priest* (1520), in the *The Dramatic Writings of John Heywood*, ed., John S. Farmer (Early English Dramatists) (1905; Guildford, Eng.: Charles W. Traylen, rpt. 1966).

Nicholas Udall, *Ralph Roister Doister* (1552) (London: The Malone Society, 1935).

George Gascoigne, *The Supposes* (1566) and *Jocasta* (Boston and London: D. C. Heath & Co., 1906).

Richard Edwards, *Damon & Pithias* (licensed 1568; published 1571) (London, W.C.: and Edinburgh, T.C. & E.C. Jack, 1908, available on Internet Shakespeare Editions).

Philip Sidney, *The Countess of Pembrokes Arcadia* (printed 1590), in *Works*, ed. A Feullerat, 4 vols. (Cambridge: Cambridge University Press, 1912-26).

William Shakespeare, *The Riverside Shakespeare: The Complete Works*, ed. G. Blakemore Evans (Boston & New York; Houghton Mifflin Company, 2nd ed. 1997).

William Shakespeare, *The Tempest*, ed. Anne Righter (The New Penguin Shakespeare) (Harmondsworth: Penguin, 1968).

Ben Jonson, *Bartholomew Fair* (1614), ed. Douglas Duncan (Fountainwell Drama Texts) (Edinburgh: Oliver & Boyd, 1972).

Thomas Middleton, *A Game at Chess* (1624), ed. J. W. Harper (New Mermaids) (London: Earnest Benn Limited, 1966).

Thomas Middleton: The Complete Works, general eds. Gary Taylor and John Lavagnino (Oxford: Clarendon Press, 2007).

E. K. Chambers, *The Medieval Stage*, 2 vols. (Oxford: Clarendon Press, 1903; rpt. 1963).

E. K. Chambers, *Elizabethan Stage*, 4 vols. (Oxford: Clarendon Press, 1923; rpt. 1967),

E. K. Chambers, *William Shakespeare: A Study of Facts and Problems*, 2 vols. (Oxford: Clarendon Press, 1930).

F. S. Boas, 'Play within the Play', in *A Series of Papers on Shakespeare and the Theatre* (London: Oxford University Press, 1927).

M. C. Bradbrook, *Themes and Conventions of Elizabethan Tragedy* (Cambridge: Cambridge University Press, 1935; rpt. 1979).

H. Tanaka and T. Ochiai, eds., *The Greek and Latin Quotation Dictionary* (Tokyo: 1937; enlarged edition, 1979).

H. M. Croome and R. J. Hammond, *An Economic History of Britain* (London: Chrsitophers, 1938; rpt. 1948).
T. F. Higham and C. M. Bowra, eds., *The Oxford Book of Greek Verse in Translation* (Oxford: Clarendon Press, 1938).
A. P. Rossiter, *English Drama from Early Times to the Elizabethans* (London: Hutchinson, 1950).
E. R. Curtius, *European Literature and the Latin Middle Ages*, trans. W. R. Trask (London: Routlegde, 1953).
M. Doran, *Endeavors of Art: A Study of Form in Elizabethan Drama* (Madison, Wis: University of Wisconsin Press, 1954; rpt. 1964).
Joachim Voigt, *Das Spiel im Spiel: Versuch einer Formbestimmung an Beispielen aus dem deutschen, englischen und spanischen Drama* (Göttingen: 1955).
R. J. Nelson, *Play within the Play*, *The Dramatist's Conception of his Art: Shakespeare to Anouilh* (New haven: Yale University Press, 1958).
B. Spivack, *Shakespeare and the Allegory of Evil* (New York: Columbia University Press, 1958).
T. W. Craik, *The Tudor Interlude: Stage, Costume and Acting* (Leicester: Leicester University Press, 1958; 3rd impr. 1967).
Arthur Brown, 'Play within the Play', *Essays and Studies* (1960), Vol.13.
G. R. Owst, *Literature and Pulpit in Medieval England* (Cambridge: Cambridge University Press, 1933; rpt. 1961).
Dieter Mehl, 'Zur Entwicklung des "Play within a Play" in elisabethanischen Drama', *Shakespeare Jahrbuch* (1961), Vol.97.
Alfred Harbage, *Annals of English Drama 975-1700*, revised by S. Schoenbaum (London: Methuen and Co., 1964).
Anne Righter, *Shakespeare and the Idea of the Play* (Harmondsworth: Penguin, 1967).
Richard Southern, *The Staging of Plays before Shakespeare* (London: Faber, 1973).
N. A. Durso, 'Play-Within-A-Play in Modern Drama' (Notre Dame University), *Dissertation Abstracts International*, 38 (1978).
Leo Salingar, *Shakespeare and the Tradition of Comedy* (Cambridge: Cambridge University Press, 1974; rpt. 1979).
F. P. Wilson, *The English Drama 1485-1585*, ed. G. K. Hunter (Oxford: Clarendon Press, 1968; rpt. 1979).
Glynne Wickham, *Early English Stages 1300-1600*, 3 vols. (New York: Columbia University Press, 1959; 2nd edition 1980).
Nicoletta Neri, *The Play within the Play* (Torino: 1981).
Georges Forestier, *Le Théâtre dans le théâtre sur la scène française du XVII siècle* (Geneve: Droz, 1981)
Georges Forestier, 'Le Théâtre dans le théâtre ou la conjunction du deux dramaturgies à la fin de la Renaissance', *Revue d'Histoire du Théâtre*(1983), Vol.35.

Janet S. Loengard, 'An Elizabethan Lawsuit: John Brayne, his Carpenter and the Building of the Red Lion Theatre', *Shakespeare Quarterly* (1983), Vol.34, pp.298-310.

Ronald Harwood, *All the World's a Stage* (Boston, MA: Little Brown and Company, 1984).

Andrew Gurr, *Playgoing in Shakespeare's London* (Cambridge: Cambridge University Press, 1986).

Cherrell Guilfoyle, *Shakespeare's Play within Play: Medieval Imagery and Scenic Form in Hamlet, Othello, and King Lear* (Kalamazoo, Michigan: Western Michigan University, Medieval Institute Publications, 1990).

Gerhard Fischer, *The Play within the Play* (Amsterdam: Rodopi, 2007).

Mandy Busse, *The Play within the Play: Ovid's Metamorphoses and Shakespeare's A Midsummer Night's Dream* (München und Ravensburg: Grin Verlag, 2007).

Gil Katz, *The Play within the Play: The Enacted Dimension of Psycho-analytic Process* (London: Routledge, 2013).

[第三章]

〈テキスト〉

William Shakespeare, *King Lear*, eds. George Ian Duthie and John Dover Wilson (The New Shakespeare) (Cambridge: Cambridge University Press, 1960).

William Shakespeare, *King Lear*, ed. Jay L. Halio (Fountainwell Drama Texts) (Berkeley and Edinburgh: University of California Press and Oliver & Boyd, 1973).

William Shakespeare, *King Lear*, ed. Jay L. Halio (The New Cambridge Shakespeare) (Cambridge: Cambridge University Press, 1992).

William Shakespeare, *King Lear: A Parallel Text Edition*, ed. René Weis (Longman Annotated Texts) (London and New York: Longman, 1992).

William Shakespeare, *King Lear*, ed. R. A. Foakes (The Arden Shakespeare, 3 rd Series) (Walton-on-Thames, Surrey: Thomas Nelson and Sons Ltd., 1997).

William Shakespeare, *The Complete Works*, general eds. Stanley Wells and Gary Taylor (The Oxford Shakespeare) (Oxford: Oxford University Press, 1986).

William Shakespeare, *The Tragedy of King Lea*r, ed. Jay L. Halio (The New Cambridge Shakespeare) (Cambridge: Cambridge University

Press, 1992).
William Shakespeare, *King Lear: A Parallel Text*, ed. René Weis (Longman Annotated Texts) (London and New York: Longman, 1993).
William Shakespeare, *King Lear*, ed. R. A. Foakes (The Arden Shakespeare, 3 rd Series) (Walton-on Thames, Surrey: Thomas Nelson and Sons Ltd, 1997).
William Shakespeare, *The Riverside Shakespeare: The Complete Works*, ed. G. Blakemore Evans (Boston and New York: Houghton Mifflin Company, 2nd ed., 1997).
William Shakespeare, *The History of King Lear*, ed. Stanley Wells (The Oxford Shakespeare) (Oxford: The Oxford University press, 2000).
William Shakespeare, *The Complete Works: Critical Reference Edition*, eds. Gary Taylor, John Jowett, et al (The New Oxford Shakespeare) (Oxford: Oxford University Press, 2017).

〈評論その他〉

河合祥一郎『ハムレットは太っていた！』白水社、二〇〇一年。

大貫隆、宮本久雄、名取四郎、百瀬文晃編『岩波キリスト教辞典』岩波書店、二〇〇二年。

『読売新聞』二〇〇七年一月八日(月)朝刊。

内藤健二『シェークスピア劇の傍白——Modest Doubt』成美堂、二〇〇九年。

Terence Hawks, ‘Love in King Lear’, in Frank Kermode, ed., *King Lear* (Case Book Series Shakespeare) (London: Macmillan, 1969; rpt. 1981; first appeared in 1959), pp.179-83.

Charlton Hinman, *The Printing and Proof-Reading of the First Folio of Shakespeare*, 2 vols. (Oxford: Clarendon Press, 1963).

Charlton Hinman, ed., *The Norton Facsimile: The First Folio of Shakespeare* (New York: Norton, 1968).
P.W.K. Stone, *The Textual History of ‘King Lear’* (London: Scolar Press, 1980).
Steven Urkowitz, *Shakespeare's Revision of King Lear* (Princeton: Princeton University Press, 1980).
M.J.B. Allen & Kenneth Muir, eds., *Shakespeare's Plays in Quarto* (Berkeley: University of California Press, 1981).
Peter Blayney, *The Origins of the Texts of ‘King Lear’ : Nicholas Okes' First Quarto* (Cambridge: Cambridge University Press, 1982).
Gary Taylor and Michael Warren, eds., *The Division of the Kingdoms: Shakespeare's Two Versions of King Lear* (Oxford: Clarendon Press, 1983).

Beth Goldring, 'Cor's Rescue of Kent', in Gary Taylor and Michael Warren, eds., *The Division of the Kingdoms: Shakespeare's Two Versions of King Lear* (Oxford: Clarendon Press, 1983), pp.143-51.

Stanley Wells, Gary Taylor, *et al*., eds., *William Shakespeare: A Textual Companion* (Oxford: Clarendon Press, 1987).

Stanley Wells, 'Revision in Shakespeare's Plays', in *Editing and Editors: A Retrospect,* ed. Richard Landon (New York: AMS Press, 1988), pp.67-97.

Terence Hawks, '"King Lear" and "Antony and Cleopatra": The Language of Love', in John Drakakis, ed., *Antony and Cleopatra: William Shakespeare* (New Casebooks) (London: Macmillan-Palgrave, 1988; rpt. 1994), pp.101-25.

Stephen W. Hawking and Michael York, *Theory of Everything: The Origin and the Fate of the Universe* (New Millennium Press, 2003).

[第四章]

〈テキスト、注釈、手紙等〉

Joseph Conrad, *Heart of Darkness, Blackwood's Magazine* (1899), issues of February, March, and April.

Joseph Conrad, *Youth: A Narrative and Two Other Stories* (Edinburgh and London: William Blackwood and Sons, 1902).

Joseph Conrad, *Youth, Heart of Darkness, The End of the Tether*, ed. Owen Knowles (The Cambridge Edition of the Works of Joseph Conrad) (Cambridge: Cambridge University Press, 2010).

Joseph Conrad, *Last Essays* (Garden City, NY: Doubleday, 1926).

Joseph Conrad, 'Geography and Some Explorers', in *Last Essays* (Garden City, NY: Doubleday, 1926).

Robert Kimbrough, ed., *Heart of Darkness: Joseph Conrad* (A Norton Critical Edition) (New York: W. W. Norton & Company, 1st edition, 1963)—*Norton* 1.

Robert Kimbrough, ed., *Heart of Darkness: Joseph Conrad* (A Norton Critical Edition) (New York: W. W. Norton & Company, 2nd edition, 1971)—*Norton* 2.

Robert Kimbrough, ed. *Heart of Darkness: Joseph Conrad* (A Norton Critical Edition) (New York: W. W. Norton & Company, 3rd edition, 1988)—*Norton* 3.

Paul B. Armstrong, ed. *Heart of Darkness: Joseph Conrad* (A Norton Critical Edition) (New York: W. W. Norton & Company, 4th edition, 2007)—*Norton* 4.

Ross C. Murfin, ed., *Heart of Darkness - Complete, Authoritative Text with Biographical and Historical Contexts, Critical History, and Essays from Five Contemporary Critical Perspectives* (Case Studies) (Boston and New York: Bedford Books of St. Martin's, 2nd edition, 1996).
Thomas Moser, ed., *Lord Jim: Joseph Conrad* (A Norton Critical Edition) (New York: W. W. Norton, 2nd edition, 2010).
Joseph Conrad, 'Preface', in *The Nigger of the 'Narcissus'* (Garden City, NY: Doubleday, Page and Company, 1897; rpt. in *Norton* 4, pp. 279-82).
Joseph Conrad's Letters to Cunningham Graham, ed. Cedric T. Watts (Cambridge: Cambridge University Press, 1969).

〈『闇の奥』邦訳者〉

中野好夫、岩清水由美子、藤永茂、黒原敏行

〈評論〉

吉田徹夫『ジョウゼフ・コンラッドの世界——翼の折れた鳥』開文社出版、一九八〇年。

照屋佳男『コンラッドの小説』早稲田大学出版部、一九九〇年。

岡田俊之輔「T・S・エリオットとジョウゼフ・コンラッド——『闇の奥』を巡って」早稲田大学英文学会『英文学』第七十三号、一九九七年二月、二七〜三六頁。

吉岡栄一『亡命者ジョウゼフ・コンラッドの世界』南雲堂フェニックス、二〇〇二年。

武田ちあき「解説」(『闇の奥』黒原敏行訳、光文社、二〇〇九年)。

西村隆「コンラッド『闇の奥』の一節に関する解釈と翻訳について」『大阪教育大学紀要』第一部門、二〇一〇年、第五十九巻第一号、四五〜五四頁。

辻健一「コンラッド小説における言葉と『真実』」金沢星稜大学紀要『星稜論苑』四十三号、二〇一四年十二月、七五〜八五頁。

立野正裕『未完なるものへの情熱——英米文学エッセイ集』スペース伽耶、二〇一六年。

A Review by Edward Garnett (December 1902), *Critical Heritage*, ed. Sherry, pp.131-3.
E. M. Forster, 'Joseph Conrad: A Note', *Abinger Harvest* (London: Edward Arnold, 1936).

Henry Steele Commager, 'The Problem of Evil in *Heart of Darkness*', Bowdoin Prize Essay (Harvard University, 1952), p.7.

Lillian Feder, 'Marlow's Descent into Hell', *Norton* 1, pp.186-89.

Robert O. Evans, 'Conrad's Underworld', *Modern Fiction Studies* (May 1956), Vol.2, pp.56-62.

Albert J. Guerard, *Conrad the Novelist* (Boston, MA: Harvard University Pres, 1958).

Albert J. Guerard, 'The Journey Within', in his *Conrad the Novelist*, pp.35-48; *Norton* 3, pp.243-50.

Wayne C. Booth, *The Rhetoric of Fiction* (Chicago: Chicago University Press, 1961).

Eloise Knapp Hay, *The Political Novels of Joseph Conrad* (Chicago: Chicago University Press, 1963).

Bernard C. Meyer, *Joseph Conrad: A Psychoanalytic Biography* (Princeton: Princeton University Press, 1967).

Donald C. Yelton, *Mimesis and Metaphor: An Inquiry into the Genesis and Scope of Conrad's Symbolic Imagery* (The Hague and Paris: Mouton, 1967).

Wilfred S. Dowden, *Joseph Conrad: The Imaged Style* (Nashville: Vanderbilt University Press, 1970).

Norman Sherry, *Conrad's Western World* (Cambridge: Cambridge University Press, 1971).

Norman Sherry, ed., *Conrad: The Critical Heritage* (London: Routledge, 1973).

H. M. Delaski, *Joseph Conrad: The Way of Disposition* (London: Faber and Faber, 1977).

Ian Watt, *Conrad in the Nineteenth Century* (Berkeley, Los Angelis: University of California Press, 1979).

Jeremy Hawthorn, *Joseph Conrad: Language and Fictional Self-Consciousness* (London: Edward Arnold, 1979).

Jeremy Hawthorn, 'Heart of Darkness: Language and Truth', in his *Joseph Conrad: Language and Fictional Self-Consciousness* (London: Edward Arnold, 1979), pp.7-36.

Garrett Stewart, 'Lying as Dying in *Heart of Darkness*', *PMLA* (1980), Vol. 95, No. 3, 319-31; rpt. in *Norton* 3, pp.358-74.

Joan E. Steiner, 'Modern Pharisees and False Apostles: Ironic New Testament Parallels in Conrad's "Heart of Darkness"', *Nineteenth Century Fiction* (1982), Vol.37, No.1, pp.75-96.

Seiji Minamida, 'Why "a hulk with two anchors"?', *Journal of the College of Arts and Sciences* (1986), Vol.B-19, Chiba University, Japan, pp.169-72.

Paul B. Armstrong, *The Challenge of Bewilderment: Understanding and Representation in James, Conrad, and Ford* (Ithaca and London: Cornell University Press, 1987).

Thomas Dilworth, 'Listeners and Lies in "Heart of Darkness"', *Review of English Studies* (November 1987), Vol.38, No.152, pp.510-22.
Juliet McLauchlan, 'The "Value" and "Significance" of *Heart of Darkness*', in *Heart of Darkness: Joseph Conrad*, ed. Robert Kimbrough (A Norton Critical Edition) (New York: W. W. Norton & Company, 3rd edition, 1988).
Ross C. Murfin, ed., *Joseph Conrad, Heart of Darkness: A Case Study in Contemporary Criticism* (Boston & New York: Bedford Books of St. Martin's Press, 1989).
Cedric Watts, ed., *The Heart of Darkness* (Everyman) (London: J. M. Dent, 1995, rpt. 1996).
Alison Leigh Brown, *Subjects of Deceit: A Phenomenology of Lying* (Albany: State University of New York Press, 1998).
Aldert Vrij, *Detecting Lies and Deceit: The Psychology of Lying and the Implications for Professional Practice* (Hoboken, New Jersey: Wily John and Sons, 2000).
Owen Knowles and Gene M. Moore, eds., *Oxford Reader's Companion to Conrad* (Oxford: Oxford University Press, 2000).
Peter Brooks, 'An Unreadable Report: Conrad's *Heart of Darkness*', *Norton* 4, pp.376-86.
Allan H. Simmons, ed., *Joseph Conrad in Context* (Cambridge: Cambridge University Press, 2014).
William Freedman, *Joseph Conrad and the Anxiety of Knowledge* (Columbia: University of South Carolina Press, 2014).
William Freedman, 'The Lie of Fiction', in his *Joseph Conrad and the Anxiety of Knowledge* (Columbia: University of South Carolina Press, 2014), pp.36-60.
J. H. Stape, ed., *The New Cambridge Companion to Joseph Conrad* (Cambridge: Cambridge University Press, 2015).
Allan H. Simmons, 'Reading *Heart of Darkness*', J. H. Stape, ed., *The New Cambridge Companion to Joseph Conrad* (Cambridge: Cambridge University Press, 2015).

〈その他〉

プラトン『国家』藤沢令夫訳、全二巻、岩波文庫、一九七九年。

フリードリヒ・ニーチェ『悲劇の誕生』（一八七二年）西尾幹二訳、中公クラシックス、二〇〇四年。

エーリッヒ・アウエルバッハ『ミメーシス』篠田一・川村二郎訳、全二巻、筑摩書房、一九六七年。

ジョージ・ネーデル、ペリー・カーティス編『帝国主義と植民地主義』川上肇ほか訳、御茶ノ水書房、一九八三年。

アルフレッド・ノース・ホワイトヘッド『過程と実在』（一九二九年）山本誠作訳、松籟社、全二巻、一九八四年。

高津春繁『ギリシャ・ローマ神話辞典』岩波書店、一九六〇年。
丸山圭三郎『ソシュールの思想』岩波書店、一九八一年。
フェルディナン・ド・ソシュール『一般言語学講義　コンスタンタンのノート』景浦峡・田中久美子訳、東京大学出版会、二〇〇七年。
村越行雄「嘘の基準――話し手側からの視点」跡見学園女子大学文学部『紀要』第四十五号、五七～七三頁、二〇一〇年九月十五日。
森山茂『「ソシュール」名講義を解く！　ヒトの言葉の真実を明かそう』ブイツーソリューションズ、二〇一四年。
V・F・ホッパー『中世における数のシンボリズム――古代バビロニアからダンテの「神曲」まで』大木富訳、彩流社、二〇一五年。
トマス・ホックリーヴ『君主治世論』一四一一年、五一二五～三一行、V・F・ホッパー『中世における数のシンボリズム――古代バビロニアからダンテの「神曲」まで』大木富訳、彩流社、二〇一五年。
The Holy bible, The King James Version (1611) 電子版。
Sir Philip Sidney, *The Defense of Poesy: Otherwise Known as An Apology for Poetry* (ca. 1579, first published 1595), edited with Introduction and Notes by Albert S. Cook (1890; Charleston, South Carolina: BiblioLife, 2009).
William Shakespeare, *The Riverside Shakespeare: The Complete Works*, ed. G. Blakemore Evans (Boston and New York: Houghton Mifflin Company, Second Edition, 1997).
William Shakespeare, *Hamlet,* ed., G. R. Hibberd (Oxford Shakespeare) (Oxford: Oxford University Press, 1987; reissued, 2008).
Oscar Wilde, *The Complete Works of Oscar Wilde*, ed. Merlin Holland, 5th edition (London: Collins, 2003),
Oscar Wilde, 'The Decay of Lying', in *Intentions, The Complete Works of Oscar Wilde*, ed. Merlin Holland, 5th edition (London: Collins, 2003).
Frederick Lugard, *The Rise of Our East African Empire: Early Efforts in Nyasaland and Uganda*, 2 vols. (Edinburgh: W. Blackwood and Sons, 1893; rpt. Frank Cass & Co. Ltd, 1968).
J. A. Hobson, *Imperialism: A Study* (London: James Nisbet & Co., Limited, 1902; rpt. 1965).
Ferdinand de Saussure, *Cours de Linguistique Générale (1910-1911) d'après les cahiers d'Emile Constantin*, French Text edited by Eisuke Komatsu and English Translation by Roy Harris (Oxford, New York, Seoul & Tokyo: Pergamon press, 1993).

Alfred North Whitehead, *Process and Realilty* (1929; New York: Free Press, corrected edition, 1978).
Caroline Spurgeon, *Shakespeare's Imagery and What It Tells Us* (Cambridge: Cambridge University Press, 1935).
John Gallapher and Ronald Robinson, 'The Imperialism of Free Trade', *The Economic History Review* (August 1953), Vol.6, No.1, pp.1-15.
Sylvia Plath, *Collected Poems*, ed. Ted Hughes (London: Faber and Faber, 1981).
P. J. Cain and A. G. Hopkins, *British Imperialism*, 2 vols. (London: Longman, 1993).
John Reader, *Africa: A Biography of the Continent*, 2 vols. (London: Hamish Hamilton, 1997; rpt. Vintage Books, 1999).
Paul Theroux, *Dark Star Safari: Overland from Cairo to Cape Town* (Cape Cod Scrivners Co., 2002; rpt. Penguin, 2003).
David Griggs, *Plant Microevolution and Conservation in Human-influenced Ecosystems* (Cambridge and New York: Cambridge University Press, 2009).
Douglas Sheil and Erik Meijaard, 'Purity and Prejudice: Deluding Ourselves About Biodiversity Conservation', *Biotropica* (2010), Vol. 42, No.5, pp.566-8.
Melissa Leach, James Fairhead and James Fraser, 'Green Grabs and Biochar: Revaluing African Soils and Farming in the New Carbon Farming', *Journal of Peasant Studies* (April 2012), Vol.39, No.2, pp.285-307.

[第五章]（本邦で入手しやすいものに絞った）
〈テキスト〉
Franz Kafka, *Die Verwandlung*, in *Das Urteil und andere Erzählungen* (Frankfult am Mein: Fischer Taschenbuch Verlag, 1935; 1973), pp.19-73.
Franz Kafka, *Drucke zu Lebzeiten*. Hrsg. von Wolf Kittler, Hans-Gerd Koch und Gerhard Neumann. Bd. I: Text (New York & Frankfult am Mein, Schriften Tagebucher Briefe. Kritisch Ausgabe, 1994).
Franz Kafka, *Die Verwandlung*. Hrsg. von Roland Reuss und Peter Staengle; unter Mitarbeit von Peter Staengle, Michel Leiner und K. D. Wolff (Historisch-Kritische Ausgabe sämtlicher Handschriften, Drucke und Typoskripte) (Basel & Frankfult am Mein: Stroemfeld/Roter Stern, paperback 2003).
Anonymous translator, *Die Verwandlung Metamorphosis* (German-English Parallel Text) Franz Kafka (Milton Keynes, UK: JiaHu Books, 2014).

中井正文編『Franz Kafka, *Die Verwandlung*「変身」〈同学社対訳シリーズ〉』同学社、一九九五年、初版一九八八年。

〈『変身』邦訳者〉

浅井健二郎、池内紀、大山定一、丘沢静也、川村二郎、高橋義孝、高安国世、多和田葉子、中井正文、原田義人、山下肇・山下萬里、など多数（五十音順）。


〈翻訳全集、作品集〉

『カフカ全集』（一九四六年ブロート版全集を底本）全六巻、新潮社、一九五九年。

『決定版カフカ全集』（ブロート版全集第三版を底本）全十二巻、新潮社、一九八〇〜八一年。

『カフカ小説全集』（批判版全集を底本）池内紀訳、全六巻、白水社、二〇〇〇〜〇二年。

『カフカ・コレクション』（右記『カフカ小説全集』を仕訳け直し、新たに解説を付した新書版）池内紀訳、全八巻、白水社、二〇〇六年。

『カフカ・セレクション』（長編三作を除く。批判版を底本）平野嘉彦編、平野嘉彦・柴田翔・浅井健二郎訳、全三巻、ちくま文庫、二〇〇八年。

『カフカ』（史的批判版全集を底本）丘沢静也訳、現在二巻（『変身／掟の前で 他二編』『訴訟』）、光文社、二〇〇七、二〇〇九年。


〈邦人著作〉

後藤明生『カフカの迷宮』岩波書店、一九八七年。

金成陽一「カフカ、そして「浦島太郎」をめぐって」『日本学』十二号、一九八八年十一月、八三〜九頁。

粉川哲夫『カフカと情報化社会』未来社、一九九〇年。

平野嘉彦『プラハの世紀末――カフカと言葉のアルチザンたち』岩波書店、一九九三年。

三原弟平『カフカ「変身」注釈』平凡社、一九九五年。

平野嘉彦『カフカ――身体のトポス』講談社、一九九六年。

富山典彦「日本におけるカフカ研究についての一考察――日本独文学会文献情報（ＢＧＪ）を利用して――」『成城文藝』一五七号、一一二〜九〇頁、一九九七年。www.seijo.ac.jp/pdf/falit/157/157-04

明星聖子『新しいカフカ――「編集」が変えるテクスト』慶應義塾大学出版会、二〇〇二年。

池内紀・若林恵『カフカ事典』三省堂、二〇〇三年。

高橋行徳『開いた形式としてのカフカ文学――「判決」と「変身」を中心に』鳥影社、二〇〇三年。

三原弟平『カフカ「断食芸人」〈わたし〉のこと』みすず書房、二〇〇五年。

室井光弘『カフカ入門』東海大学出版会、二〇〇七年。

立花健吾・佐々木博康編『カフカ初期作品論集』同学社、二〇〇八年。

池内紀『カフカの生涯』白水社、二〇一〇年。

古川昌文・西嶋義憲編『カフカ中期作品論集』同学社、二〇一一年。

川島隆『ＮＨＫテレビテキスト　１００分de名著　カフカ　変身』ＮＨＫ出版、二〇一二年。


〈カフカ関連翻訳〉

フェリクス・ヴェルチュ、マックス・ブロート『カフカ――その信仰と思想』岡田幸一・川原栄峰訳、パンセ書院、一九五四年。

マックス・ブロート『フランツ・カフカ』辻瑆・林部圭一・坂本明美訳、みすず書房、一九七二年、初版一九五五年。

グスタフ・ヤノーホ『増補版　カフカとの対話――手記と追想』吉田仙太郎訳、ちくま学芸文庫、一九九四年、初版一九六七年。

ミシェル・カルージュ『カフカ対カフカ』金井裕訳、審美社、一九七〇年。

エリアス・カネッティ『もう一つの審判――カフカの「フェリーツェへの手紙」』小松太郎・竹内豊治訳、法政大学出版局、一九七一年。

ヴィルヘルム・エムリッヒ『カフカ論』Ⅰ「蜂起する事物」志波一富・中村詔二郎訳、冬樹社、一九七一年。Ⅱ「孤独の三部曲」志波一富・加藤真二訳、冬樹社、一九七一年。

ヴィルヘルム・エムリッヒ『カフカの形象世界』喜多尾道冬訳、審美社、一九七三年。

喜多尾道冬編『カフカとその周辺』（ポリッツァー他）審美社、一九七四年。

城山良彦・川村二郎編『カフカ論集』（ボルヘス他）国文社、一九七五年。

フリードリッヒ・バイスナー『物語作者フランツ・カフカ』粉川哲夫訳編、せりか書房、一九七六年。

モーリス・ブランショ『カフカ論』粟津則雄訳、筑摩書房、一九七七年。

ジル・ドゥルーズ、フェリクス・ガタリ『カフカ――マイナー文学のために』宇波彰・岩田行一訳、法政大学出版局、一九七八年。

ウラジーミル・ナボコフ「フランツ・カフカ『変身』」『ヨーロッパ文学講義』野島秀勝訳、ティビーエス・ブリタニカ、三一九～六〇頁、一九八二年。

クロード・ダヴィッド編『カフカ＝コロキウム』円子修平ほか訳、法政大学出版局、一九八四年。

ジャック・デリダ『カフカ論――「掟の門前」をめぐって』三浦信孝訳、朝日出版社、一九八六年。

ミラン・クンデラ『小説の精神』金井裕・浅野敏夫訳、法政大学出版局、一九九〇年。

アンソニー・ノーシー『カフカ家の人々――一族の生活とカフカの作品』石丸昭二訳、法政大学出版局、一九九三年。

クラウス・ヴァーゲンバッハ『若き日のカフカ』中野孝次・高辻知義訳、ちくま学芸文庫、一九九五年。

テオドール・W・アドルノ「カフカおぼえ書き」『プリズメン』渡辺祐邦・三原弟平訳、ちくま学芸文庫、四〇三～五七頁、一九九六年。

ヴァルター・ベンヤミン「フランツ・カフカ――没後十年を迎えて」西村龍一訳、『ベンヤミン・コレクション２』浅井健二郎訳、ちくま学芸文庫、一〇七～六三頁、一九九六年。

マーク・アンダーソン『カフカの衣装』三谷研爾・武林寿子訳、高科書店、一九九七年。

ハンス＝ゲルト・コッホ『回想のなかのカフカ――三十七人の証言』吉田仙太郎訳、平凡社、一九九九年。

ロートラウト・ハッカーミュラー『病者カフカ――最後の日々の記録』平野七涛訳、論創社、二〇〇三年。

クラウス・ヴァーゲンバッハ、マルコム・パスリーほか『カフカ＝シンポジウム』金森誠也訳、吉夏社、二〇〇五年。

リッチー・ロバートソン『カフカ』明星聖子訳・解説、岩波書店、二〇〇八年。


〈歴史、その他背景〉

Lewis Carroll, *Through the Looking-Glass, and What Alice Found There* (first published 1871); rpt. in *The Annotated Alice*, Introduction and Notes by Martin Gardner (New York: W. W. Norton and Company, 1960, 2000).『鏡の国のアリス』河合祥一郎訳、角川文庫、二〇一〇年。

Joseph Conrad, *Lord Jim* (first published 1900), ed., Thomas C. Moser (A Norton Critical Edition) (New York: W. W. Norton and Company, 2nd edition, 2004). 『ロード・ジム』矢島剛一訳、筑摩書房、一九六七年。

プラトン『ティマイオス・クリティアス』岸見一郎訳、白澤社、二〇一五年。

フリードリヒ・ニーチェ『悲劇の誕生』(一八七二年)西尾幹二訳、中公クラシックス、二〇〇四年。

ジャン＝アンリ・ファーブル『ファーブル昆虫記』(一八七九〜一九〇七年)山田吉彦・林達夫訳、全十巻、岩波文庫、一九八九年。

アンリ・ベルクソン『笑い』(原著、一九〇〇年)増田靖彦訳、光文社古典新訳文庫、二〇一六年。

西田幾多郎『善の研究』一九一一(明治四十四)年、講談社学術文庫、全註釈小坂国継、二〇〇六年。

アルフレッド・ノース・ホワイトヘッド『過程と実在』(原著、一九二九年)山本誠作訳、一九八四年、『ホワイトヘッド著作集』全十五巻、松籟社、藤川吉実他訳、一九八一〜九八年、十巻、十一巻。

河盛好蔵『エスプリとユーモア』岩波新書、一九七一年、初刷一九六九年。

A・コンディヴィ『ミケランジェロの詩と手紙』〈美術名著選書21〉高田博厚編訳、岩崎美術社、一九八〇年、初版一九七八年。

ウォルター・Z・ラカー『ドイツ青年運動――ワンダーフォーゲルからナチズムへ』西村稔訳、人文書院、一九八五年。

平田達治・平野嘉彦編訳『プラハ――ヤヌスの相貌』〈『ドイツの世紀末』第二巻〉、国書刊行会、一九八六年。

A・J・P・テイラー『ハプスブルク帝国一八〇九〜一九一八――オーストリア帝国とオーストリア＝ハンガリーの歴史』倉田稔訳、筑摩書房、一九八七年。

南塚信吾編『ドナウ・ヨーロッパ史』〈新版世界各国史一九〉山川出版社、一九九九年。

メアリー・フルブロック『ドイツの歴史』〈ケンブリッジ版世界各国史〉高田有現・高野淳訳、創土社、二〇〇五年。

喜志哲雄『喜劇の手法――笑いのしくみを探る』集英社新書、二〇〇六年。

稲賀繁美「物質の裡に精神は宿るか――漱石『夢十夜』の運慶とミケランジェロの詩」《あいだすみっこ不定期漫遊連載第76回》『あいだ』１７６号、二〇一〇年八月二十日。

ジョルジョ・ヴァザーリ『芸術家列伝』第三巻、田中英道訳、白水社、二〇一一年。

エリック・スマジャ『笑い――その意味と仕組み』高橋信良訳、文庫クセジュ９５８、二〇一一年。

桐生裕子『近代ボヘミア農村と市民社会――十九世紀後半ハプスブルク帝国における社会変容と国民化』刀水書房、二〇一二年。

ＮＨＫスペシャル、「新アレルギー治療——花粉症・完治への挑戦。発症を抑え込む細胞！　食物アレルギー新展開」、ＮＨＫ総合放送放映、二〇一五年四月五日(日)午後九時。

あとがき

独創性、創造性という曖昧模糊でありながら作品には紛うことなく感じられる「事象」について、その時々の興味に応じた感想を書き付けてきた。試みが実を結んだかどうか、読む人の胸先次第であろう。時代によって独創性の相も変化してくる。どのように作品が創造されるか、軌跡を確かめたいという思いだけは強く持ち続けてきた。今後、時代を画する新たな独創性の発露に出会う機会があることは間違いない。

最後の二章はモダニズムと不条理の魁となった作品を扱った。十九世紀リアリズムが非常に強力だったため、世紀末から二十世紀にかけて何とかそれをのり超えようとした努力が重ねられてきた。その萌芽である。

各章の初出を記しておきたい。

序「創造の謎をめぐって」　跡見学園女子大学文学部『紀要』第五十三号、二〇一八年三月十五日、一〇五〜一二一頁。

第一章　「復讐悲劇と『ハムレット』」　早稲田大学英文学会『英文学』第六十一号、一九八五（昭和六十）年二月十五日、一二七〜三八頁。

第二章　（英文論考）'Some Aspects of Dramatic Illusion and the Emergence of the Play within the Play' 早稲田大学英文学会『英文学』第六十五号、一九八九年二月十五日、一二一〜三二頁。

第三章　（原題）「『リア王』と創造性――分析書誌学・本文批評の立場から」　冬木ひろみ編『ことばと文化のシェイクスピア』早稲田大学出版部、二〇〇七年、二一九〜四九頁。

第四章　「言葉の闇――コンラッド『闇の奥』の秘密」　跡見学園女子大学コミュニケーション学科『コミュニケーション文化』第十一号、二〇一七年三月二十日、七三〜八九頁。

第五章　（原題）「カフカ『変身』――シェイクスピア学徒から見た」　跡見学園女子大学文学部『紀要』第五十一号、二〇一六年三月十五日、七九〜一〇六頁。

序は原稿の段階で大島一彦氏と梅宮創造氏（いずれも早稲田大学教授）、久保寺昌宏氏（目白大学教授）、および金成陽一氏（元いわき明星大学教授）に下読みをしていただき、それぞれ忌憚のない貴重なご意見をたまわった。紀要掲載にあたっては、跡見学園女子大学文学部の村越行雄教授から特段のご厚誼をいただき、共同研究という形で掲載を許可していただいた。村越教授には監修してもらった形だが、同氏の協力がなければ紀要掲載とはならなかった。改めて深くお礼を述べたい。

第一章は元来、早稲田大学文学部大学院英文学科修士論文（一九八三年度）の一部であり、初出稿では紙幅の都合で最初の節を省いたが、今回、元に戻して全体に手を入れた。第二章には留学中に執筆した英文論考を充てた。この度日本語に直した上、多少の加筆修正をおこなった。第三章では、早稲田大学演劇博物館主催二十一世紀ＣＯＥ演劇研究センター、シェイクスピア・セミナー第一回（二〇〇五年五月十四日）において口頭発表した音源が元になっている。テープを文字に起こしてもらい、冬木ひろみ早稲田大学教授編纂の論文集に採録していただいた。今回は加筆及び語句の修正を行った。第四章の元稿はかなり錯綜していたが、この機会に叙述を組み替え、読みやすいように修正したため、註を多少簡略化した。註の詳細は紀要のほうを参照していただきたい。第五章は訂正と多少の加筆を除けば初出とほとんど変わりない。

『ハムレット』や『リア王』については拙論発表後、当然ながら毎年いくたの研究が現われ、新しい文学理論に基づく批評も旺んに行われている。本来ならそれらを加味し修正したものを載せるべきであったろう。しかし、河合祥一郎『謎解き「ハムレット」』（二〇〇〇年）――拙論と方向が近いものの、切り口がまったく異なる、歴史主義の成果――を除き類似の趣旨の論考は見当たらない上、当時の能力や知見の限界をほぼありのまま残すことに稍微の意味もあるだろうと考えた。

第四、五章及び序の執筆に際しては、資料収集の段階から久保寺教授にたいへんお世話になった。寛大な氏の協力がなかったらこれほど短い間に書き上げることは絶対不可能であった。また森山茂氏に下読みの仲立ちをしてもらったほか、ソシュールに関しても深いご指南を受けることができた。梅宮教授には粗稿に駄目出しをお願いしたところ、快諾された。ご助言はまことに的確で、お蔭で多くの誤りを犯さずに済んだ。『変身』論は思わぬ時間を取ったが、メルヘン研究家金成陽一氏には原稿に徹底して朱筆を入れていただいた。お説ごもっともで、啓示を得た箇所も多い。久保寺教授の仲介によって、明治大学文学部元教授吉田正彦氏にはドイツ文学の立場から論文構成や読者に関わるご助言とご意見を賜った。何とか形になったのは氏らのご厚意のお蔭である。

第四、五章を最初に発表したのは個人的な読書会であり、参加してくれた三人の方々にも貴重なご意見をいただいた。その他、筆者の質問に快く応じていただいた方々も数多い。いちいちお名前は記さないが、お礼を申し上げたい。

取捨選択は筆者の判断であるから、むろん文責はすべて筆者にある。

本書上梓に当たって再録を許可していただいた初出誌の各関係者には深く感謝する。

第一章の初出からすると今日まで三十年を超えた。『変身』を初めて読んでからは実に五十有余年である。二十歳代は自己免疫疾患によって棒に振った運否天賦を顧みれば、よく生きていたと自ら慰めるべきであろうが、人生はやはり、短いと痛感するのみだ。何事かの達成という点では、誰もが知る通り、実に長く困難な道のりであり、古人の名言をひしひしと身に感じる。大学の学部に入り直したのは三十二歳の直前であった。御破算にすれば十三年浪人となる。その後留学までこぎつけたものの、一年もしないうちに父親が亡くなり、挫折しかけた。どうにか復帰できたのは、また多くの方々から励ましを受けたためであった。感謝に堪えない。この場を借りて、衷心から深甚なお礼を申し上げる。帰国した時には四十三歳になっていた。その後も決して平坦な道のりではなかったが、とりわけ苦境にあったとき背を向けずにいてくれた方々は、文字通り莫逆之交を実感させてくれた。得難い友人先達に恵まれ、身過ぎ世過ぎも今日に至ったわけである。

ここに謝意を表明できる機会が得られたことは僥倖とすべきであろう。感傷ではないが、幾ばくかの感慨なしとしない。

とはいえ、世界は今までにない速度で変貌を続けており、政治的社会的経済的、軍事的自然環境的等々、多岐にわたって、幾多の問題が地球規模で次々と発生している。一刻も立ち止まる猶予を与えてはくれない。

そういうグローバル化の時代に生きる一個人として、めくるめく事象に流されない態度は維持困難になっている。流されつつも、どこかで踏み止まっていければ、と考える。その手掛かりが筆者の場合、文学であった。

文学作品というものは、一面で時代が要請するものでもあろう。シェイクスピアはロンドンが疫病に打ちのめされること度々であっても、喜劇であろうと悲劇であろうと超軼絶塵の舞台で観客を楽しませた。コンラッドやカフカも、大きな時代のうねりに揉まれながらも、世界を見据えていた。

今後も決して楽な時代ではないであろうが、いつかパラダイムを変える作品が生まれるという希望的観測は誤っていないだろうし、楽しみにしていきたい。

末筆になったが、全編に目を通し、倦まず上梓を勧めてくれた金成陽一氏には、彩流社の河野和憲氏に紹介の労をとっていただいた。また河野氏は上梓を快諾された。編集にあたっていろいろお手数をおかけし、恐縮の至りである。お二方には、真に言葉にできないほどのご厚誼をたまわった。一冊の本が形になるには、さまざまな方々の親切と協力が必要だという事実を改めて胸に刻んだ次第である。

【著者】
野上勝彦
…のがみ・かつひこ…

1946年、宮崎県生まれ。慶應義塾大学文学部独文学科中退。早稲田大学第二文学部英文学科卒業。早稲田大学文学部大学院英文学科修士課程修了。英国・ウォリック大学文学部大学院ヨーロッパ演劇学科修士課程修了。英国・バーミンガム大学文学部大学院シェイクスピア学科博士課程修了(Ph.D.)。これまで千葉工業大学工学部英語科教授、早稲田大学文学部および大学院非常勤講師。明治大学文学部兼任講師。跡見学園女子大学文学部兼任講師。千葉大学教養部、目白学園女子短期大学、芝浦工業大学工学部、日本大学生産工学部、大東文化大学文学部等の非常勤講師を勤める(いずれも元職)。

Sairyusha

〈創造《そうぞう》〉の秘密《ひみつ》

二〇一八年四月十日　初版第一刷

著者――野上勝彦
発行者――竹内淳夫
発行所――株式会社 彩流社
〒102-0071
東京都千代田区富士見2-2-2
電話：03-3234-5931
ファックス：03-3234-5932
E-mail：sairyusha@sairyusha.co.jp
印刷――明和印刷(株)
製本――(株)難波製本
装丁――宗利淳一

ISBN978-4-7791-2455-6 C0098

http://www.sairyusha.co.jp

フィギュール彩

〔既刊〕

⑪ 壁の向こうの天使たち

越川芳明◉著

定価（本体1800円＋税）

天使とは死者たちの声なのかもしれない。あるいは森や河や海の精霊の声なのかもしれない。「ボーダー映画」に登場する人物への共鳴。「壁」をすり抜ける知恵を見つける試み。

㊼ 誰もがみんな子どもだった

ジェリー・グリスウォルド◉著／渡邉藍衣・越川瑛理◉訳

定価（本体1800円＋税）

優れた作家は大人になっても自身の「子ども時代」と繋がっていて大事にしているので、子どもに向かって真摯に語ることができる。大人（のため）だからこその「児童文学」入門書。

㊵ 編集ばか

坪内祐三・名田屋昭二・内藤誠◉著

定価（本体1600円＋税）

弱冠32歳で「週刊現代」編集長に抜擢された名田屋。そして早大・木村毅ゼミ同門で東映プログラムピクチャー内藤監督。同時代的な活動を批評家・坪内氏の司会進行で語り尽くす。